HEYNE
BÜCHER

Von Heinz G. Konsalik
sind als Heyne-Taschenbücher erschienen

Die Rollbahn · Band 01/497
Das Herz der 6. Armee · Band 01/564
Sie fielen vom Himmel · Band 01/582
Der Himmel über Kasakstan · Band 01/600
Natascha · Band 01/615
Strafbataillon 999 · Band 01/633
Dr. med. Erika Werner · Band 01/667
Liebe auf heißem Sand · Band 01/717
Der rostende Ruhm · Band 01/740
Entmündigt · Band 01/776
Zum Nachtisch wilde Früchte · Band 01/788
Der letzte Karpatenwolf · Band 01/807
Die Tochter des Teufels · Band 01/827
Das geschenkte Gesicht · Band 01/851
Privatklinik · Band 01/914
Ich beantrage Todesstrafe · Band 01/927
Auf nassen Straßen · Band 01/938
Agenten lieben gefährlich · Band 01/962
Zerstörter Traum vom Ruhm · Band 01/987
Agenten kennen kein Pardon · Band 01/999
Der Mann, der sein Leben vergaß · Band 01/5020
Fronttheater · Band 01/5030
Der Wüstendoktor · Band 01/5048
Ein toter Taucher nimmt kein Gold · Band 01/5053
Die Drohung · Band 01/5069
Eine Urwaldgöttin darf nicht weinen · Band 01/5080
Viele Mütter heißen Anita · Band 01/5086
Wen die schwarze Göttin ruft · Band 01/5105
Ein Komet fällt vom Himmel · Band 01/5119
Straße in die Hölle · Band 01/5145
Ein Mann wie ein Erdbeben · Band 01/5154
Diagnose · Band 01/5155
Ein Sommer mit Danica · Band 01/5168
Aus dem Nichts ein neues Leben · Band 01/5186
Des Sieges bittere Tränen · Band 01/5210
Die Nacht des schwarzen Zaubers · Band 01/5229
Alarm! — Das Weiberschiff · Band 01/5231
Bittersüßes 7. Jahr · Band 01/5240
Das Teufelsweib · Band 01/5350
Liebe ist stärker als der Tod · Band 01/5436
Haie an Bord · Band 01/5490
Niemand lebt von seinen Träumen · Band 01/5561
Das Doppelspiel · Band 01/5621
Die dunkle Seite des Ruhms · Band 01/5702
Der Gentleman · Band 01/5796
Konsalik — der Autor und sein Werk · Band 01/5848
Der pfeifende Mörder / Der gläserne Sarg · Band 01/5858
Die Erbin · Band 01/5919
Die Fahrt nach Feuerland · Band 01/5992
Der verhängnisvolle Urlaub / Frauen verstehen mehr von Liebe · Band 01/6054
Glück muß man haben · Band 01/6110
Der Dschunkendoktor · Band 01/6213
Das Gift der alten Heimat · Band 01/6294
Das Mädchen und der Zauberer · Band 01/6426
Frauenbataillon · Band 01/6503
Heimaturlaub · Band 01/6539
Die Bank im Park / Das einsame Herz · Band 01/6593
Die schöne Rivalin · Band 01/6732
Der Geheimtip · Band 01/6758
Russische Geschichten · Band 01/6798
Nacht der Versuchung · Band 01/6903
Saison für Damen · Band 01/6946
Das gestohlene Glück · Band 01/7676
Geliebter, betrogener Mann · Band 01/7775
Sibirisches Roulette · Band 01/7848
Tödliches Paradies · Band 01/7913
Der Arzt von Stalingrad · Band 01/7917
Schiff der Hoffnung · Band 01/7981
Liebe in St. Petersburg / Heiß wie der Steppenwind / Liebe am Don · Band 01/8020
Bluthochzeit in Prag / Straße ohne Ende / Wir sind nur Menschen · Band 01/8021
Die Verdammten der Taiga / Natascha / Der Himmel über Kasakstan · Band 23/25
Die Verdammten der Taiga · Band 01/8055
Männerstation · Band 01/8182
Das Konsalik-Lesebuch · Band 01/8217
Heinz G. Konsalik · Band 01/8218
Das Bernsteinzimmer · Band 01/8254

HEINZ G. KONSALIK

DER GOLDENE KUSS

Roman

WILHELM HEYNE VERLAG
MÜNCHEN

HEYNE ALLGEMEINE REIHE
Nr. 01/8377

Der Roman erschien bereits
unter dem Autoren-Pseudonym
Stefan Doerner

12. Auflage

Wilhelm Heyne Verlag GmbH & Co. KG, München
Printed in Germany 1999
Umschlagillustration: Bildagentur Mauritius/Superstock, Mittenwald
Umschlaggestaltung: Atelier Ingrid Schütz, München
Gesamtherstellung: Elsnerdruck, Berlin

ISBN 3-453-05306-0

An diesem lauen, wolkenlosen Herbstabend, der so gar nicht nach kommendem Winter, sondern eher nach Frühling roch, geschah etwas Ungewöhnliches. Es geschah auf offener Straße. Ungefähr vierzig Personen waren Zeuge, denn es war eine belebte Straße, die erst bei fortschreitender Nacht munter und laut wurde. Und ein Fotograf war zufällig da und dankte Gott, daß sein Blitzlicht gerade in diesem Moment nicht versagte.

Aus dem hellerleuchteten Eingang der Bar »Chez Lulu« kam die durch viele Fernsehstücke bekannte Schauspielerin Karin Jarut und wollte über die Straße zu ihrem parkenden Wagen gehen. Sie war nicht allein, sondern ein großer, eleganter Herr in einem schwarzen Mantel begleitete sie und hakte sie unter, als sie die vier Stufen des Einganges hinabschritt. Sie lächelte ihn dankbar an, raffte ihren Nerzmantel vorne zusammen und setzte dann ihr fotogenes Puppengesicht auf. Einige der nächtlichen Passanten hatten sie erkannt, blieben stehen, nickten ihr wie einer alten Bekannten zu – denn wer so oft auf der Mattscheibe im Wohnzimmer flimmert, ist fast schon ein Familienmitglied –, der Fotograf visierte Karin Jarut im Sucher an und wollte gerade abdrücken ... da geschah es!

Aus einem dunklen Türeingang neben der Bar »Chez Lulu« stürzte eine Frau, stellte sich dem schönen, bewunderten Paar in den Weg, schlug der Schauspielerin ins Gesicht und griff dann nach dem Nerzmantel von Karin Jarut.

»Du Miststück!« hörten die erstarrten Passanten sie laut schreien. »Du Hure! Du ... du ...« Die Frau zerrte an dem Nerz, während Karin Jarut wehrlos um sich sah. »Ich bin seine Frau! Er hat drei Kinder zu Hause! Seit vierzehn Jahren sind wir verheiratet! Und du nimmst ihn mir weg! Du Saustück, du!«

Der elegante Herr drängte sich dazwischen und versuchte, die Frau wegzuziehen. »Bist du verrückt, Agnes?« rief er heiser vor Erregung. »Dieser Skandal. Auf der Straße. Nimm doch Vernunft an! Die Leute...«

»Was kümmern mich die Leute?« schrie die Frau. Ein Ruck ihres Mannes befreite Karin Jarut aus ihren Händen. Diese nahm die Gelegenheit wahr, wandte sich schnell um und lief wie gehetzt zu ihrem Wagen. Der Fotograf blitzte und knipste. Welch eine Serie! Welch ein Glück! Karin Jarut wird auf offener Straße verprügelt! Die Sternstunde eines kleinen Lokalreporters! Er fotografierte den eleganten Herrn, wie er mit einer Frau rang, die hinter Karin Jarut herrennen wollte. Er fotografierte den Fernsehstar, wie er sich in den Wagen warf und vergeblich nach dem Zündschlüssel suchte, den der elegante Herr in der Tasche hatte. Er blitzte das Bild des Jammers, als Karin Jarut beide Hände vor das Gesicht schlug und sich weinend hinter dem Armaturenbrett verkroch.

Die Frau auf der Straße schrie noch immer. Unartikuliert, laut weinend, verzweifelt. Sie hieb mit den Fäusten auf ihren Mann ein, nannte ihn einen Hurenbock, bis sie in sich zusammensank, als habe sie alle Kraft aus sich hinausgebrüllt. Mit letzter Auflehnung riß sie sich von ihrem Mann los, stieß ihn von sich und rannte davon, durch die gaffende Menge, die ihr Platz machte.

Der elegante Herr sah sich konsterniert um. Die Gesichter der anderen Menschen waren schadenfroh, sensationslüstern, in die Breite gezogen vom wissenden Lächeln. Ja ja, die Stars! Leben wie die Vögelein. Oder war alles nur bestellt, ein guter Werbegag? Eifersuchtsdrama vor der Bar »Chez Lulu« ... so etwas macht sich immer gut. Wie war das bei der amerikanischen Schauspielerin XY? Die sprang aus Liebeskummer von einer Brücke in den Fluß, aber erst, als genug Presseleute da waren. Und unter der Brücke, im Wasser, nahm sie ein Froschmann in Empfang und schleppte sie in den Schatten, wo angewärmte trockene Kleidung auf sie wartete.

»Sie haben fotografiert?« sagte der elegante Herr zu dem jungen Reporter. »Was kostet es?«

»Was?« fragte der Fotograf dumm.

»Der Film.«

»Unverkäuflich.«

»Reden Sie keinen Blödsinn!« Der elegante Herr zog seine Brieftasche. »Zweihundert Mark. Recht so?«

»Für keine tausend.«

»Ein Prozeß kostet Sie mehr.«

»Den bezahlt meine Zeitung.«

»Also gut... tausend.«

»Nein.« Der junge Reporter hielt mit beiden Händen seine Kamera fest, als wolle man sie ihm entreißen. »Ich bin nicht käuflich, mein Herr.«

»Sie sind noch jung.« Der elegante Herr lächelte schief. »Sie müssen noch viel fürs Leben lernen... auch das Sichverkaufen.«

Er ging zu dem Wagen von Karin Jarut, stieg ein, ließ den Motor an, blendete die Scheinwerfer auf und stob mit einem rasanten Start davon.

Das war das letzte Bild, das der Reporter machte: der Blondkopf Karin Jaruts, der sich hilfesuchend an eine breite Männerschulter lehnte...

*

Theo Pelz hatte es sich bequem gemacht.

Er hatte seinen Sessel so weit herangeschoben, daß er seine langen Beine auf die Lehne der Couch legen konnte, auf dem Tischchen neben ihm standen eine Flasche Bier, ein Glas, eine Kiste Zigarren und eine geschliffene Kristallkaraffe mit goldgelbem Whisky. Ein Thermoeisbehälter besetzte den letzten freien Platz des Tisches.

In dem großen Zimmer war es dunkel bis auf eine Lampe, die auf dem Fernsehgerät brannte und ein mildes Licht verbreitete.

So oder ähnlich sah es um diese Zeit in einigen Millionen deutschen Wohnzimmern aus. Das Abendprogramm des Fernsehens begann. In dem einen Programm lief die 6. Folge der Erfolgsserie »Fremde Länder – fremde Killer« an, mit dem männlichsten aller Männer-Stars, dem eisenharten Tommy Brest. Was niemand wußte: Bei den Aufnahmen der 4. Folge in Hongkong schnitt sich Tommy Brest mit einem Brotmesser in den Finger und fiel ohnmächtig um, als er Blut sah. Es war nur ein kleiner Schnitt, den ein Schnellpflaster verdeckte, aber die

Aufnahmen mußten für vier Tage unterbrochen werden, weil Tommy Brest nervlich am Ende war. Am fünften Tag war er dann wieder so weit, daß er filmische Heldentaten vollbringen und seine Gegner reihenweise umlegen konnte.

Das wußte kaum einer... aber Theo Pelz wußte es. Er war der Programmdirektor des Senders. Ein hochbezahlter, verantwortungsvoller Posten. Durch seine Hände, über seinen Schreibtisch gingen alle Planungen der Fernsehanstalt. Er stellte den Spielplan auf, er schlug vor und verwarf, er kämpfte gegen Bestechungen von Fernsehfilm-Produzenten, widerstand Verlockungen karrieresüchtiger Starlets, die Busen mit Begabung verwechselten, er schlug dem Intendanten Dr. Aloys Rathberg neue Schauspieler vor, verhandelte mit Autoren, nachdem diese die Dramaturgie bereits durchlaufen hatten, drückte die Preise, schimpfte über die Kosten für Bauten und Kostüme, kurzum: Er war eine der Seelen, durch die eine Fernsehanstalt zum lebenden, pulsenden Organismus wird.

Daß er heute abend nicht im Atelier war, nicht im »Carlton« speiste oder sonst eine Verabredung hatte, sondern in seiner antik eingerichteten Wohnung saß, die Beine auf die Couchlehne legte und auf die Mattscheibe des Fernsehers starrte, hatte einen einfachen Grund: Er war verärgert.

Seit drei Tagen hielt ihn Karin Jarut hin. Seit drei Tagen hatte sie Migräne, empfing wohl seine Blumen, aber nicht ihn selbst, log am Telefon das Blaue vom Herbsthimmel (Theo Pelz wußte es) und wich auf gezielte Fragen aus.

Heute wäre nun der letzte gemeinsame Abend gewesen, denn morgen, in der Frühe, flog ein großes Aufnahmeteam ab nach Zypern, um dort unter der Regie von Carlos Heimann gleich zwei Fernsehserien zu drehen: Die 10. Folge von »Fremde Länder – fremde Killer« mit dem knallharten Tommy Brest und »Ich suche Kain« mit Karin Jarut. Dieser Abend sollte ein Abschied für sechs lange Wochen sein, Theo Pelz hätte ihn im Nachtclub »Sahara« verbracht und dann hier in seiner Wohnung, wie so oft, nebenan im weißgoldenen Schlafzimmer im Louis-quartorze-Stil. Statt dessen hatte Karin Jarut abgesagt, sich telefonisch mit einem Küßchen verabschiedet und Theo Pelz wütend zurückgelassen.

Was hat sie nur, dachte er. Will sie die Rolle der heiligen Johanna ertrotzen? Und wenn sie sich selbst in den schönen

Popo beißt – sie bekommt die heilige Johanna nicht! Sie ist keine klassische Schauspielerin. Sie kann Sexkatzen spielen, von mir aus auch die Cleopatra; aber zur Heiligen fehlt ihr alles. Der seelenvolle Blick allein genügt nicht. Karin Jarut auf dem Scheiterhaufen – undenkbar!

Theo Pelz stellte Helligkeit und Brillanz mit der Fernsteuerung ein und lehnte sich im Sessel zurück. Er nahm einen Schluck Whisky mit Eis, steckte sich eine Zigarre an und sah unlustig auf die letzten Reklamespots.

Mal sehen, was die Konkurrenz bringt, dachte er. Man kommt so selten dazu, die Sendungen des anderen Programms zu analysieren. Nur bei den großen Brummern, den echten Konkurrenzsendungen, da sitzt das Team von der Programmplanung zusammen und starrt auf die andere Mattscheibe. Und dann heißt es: Na, sooo gut war das auch wieder nicht! Der Kulenkampff... Schwamm drüber, der ist Klasse. Und die Dokumentarsendung... etwas trocken, aber sehenswert. Doch die Show »Links herum« ... Kinder, Kinder! Das können wir besser! Wenn man der Lily nicht den Schalleffekt unterlegen würde oder dem Manuel nicht das Playback gestattete, dann ginge alles in den Eimer. Sänger mußte man haben. Sänger, die auch singen können! Aber eher schickt der Himmel statt Regen nur Pflastersteine, ehe man einen Sänger entdeckt, bei dem die Technik hinter der Glasscheibe des Aufnahmeraumes schlafen kann.

Ende der Reklame. Leise Musik. Zärtlich, mit viel Geigen. Beigemischtes Echo. Nicht übel, dachte Theo Pelz. Klingt gut.

Und dann durchzuckte es ihn wie ein Stich. Er beugte sich vor, setzte das Whiskyglas blind nach hinten tastend auf den Tisch und schob die Unterlippe vor.

Auf der Mattscheibe erschien ein Mädchenkopf.

Ein schmaler, von einem Lächeln verzauberter Kopf. Zwei Grübchen stachen in die glatten Wangen, große, sprechende, dunkle Augen sahen ihn an, der Schwung der Lippen war so erregend, als hätten sie sich gerade von einem Kuß gelöst.

Theo Pelz kratzte sich das Haar. Das Gefühl, daß ihn das Mädchen ansah, ihn allein, ganz bewußt, als sehe sie ihn wirklich, blieb an seinem Herzen kleben. Das ist ja blöd, sagte sich Theo Pelz. Sie sieht jetzt auf die große Schrifttafel unter der Kamera I, wo das draufsteht, was sie sprechen soll. Gedächtnishilfe für Doofe, an denen es im Atelier nicht mangelt. Und wenn sie auf die Tafel blickt, sieht es so aus, als spreche sie unmittelbar mit dem Zuschauer. So von du zu du...

Die Folge sind dann die Briefe, die zum Sender kommen. So zum Nachrichtensprecher: »Lieber Fritz Happe. Gestern haben Sie mich angesehen und mir zugeblinkt. Mein Herz stand still. Meine Telefonnummer ist 678712... Ich bin hübsch, habe Oberweite 98...«

Aber der Zauber blieb an Theo Pelz haften, sosehr er sich dagegen mit seiner Vernunft wehrte. Das Mädchen auf dem Bildschirm sah ihn weiterhin an, ihr Lächeln traf ihn mitten ins Herz, ihre klare Stimme streichelte ihn. Nun neigte sie den Kopf, eine Locke des dunklen Haares fiel ihr in die hohe Stirn, sie sah nun etwas verwegen aus, lausbübisch, keck, dazu die großen dunklen Augen, die allein sprachen, der Mund, der keiner Worte bedurfte, um zu faszinieren... es war vollkommen, einfach vollkommen.

Und dabei sagte sie nur das Abendprogramm an. Nüchtern und schnell. Uhrzeit – Titel, Uhrzeit – Titel, Uhrzeit – Titel... eine mit Zahlen und Buchstaben gefütterte Maschine.

Eine herrliche Maschine.

Theo Pelz war es, als sei er verlassen und ausgesetzt, als der Mädchenkopf verschwand, der Schirm dunkel wurde und dann das Dia der Politischen Schau aufblendete. Er sprang auf, schaltete den Apparat ab und das volle Licht des Zimmers an. Dann nahm er einen tiefen Schluck Whisky und sagte laut, was er schon beim ersten Wort des zauberhaften Mädchens gedacht hatte:

»Die kommt zu mir! Die engagiere ich den anderen weg! Das ist genau der Typ, den ich gesucht habe. Mädchen, aus dir mache ich den ganz großen Star! Die Superbombe des deutschen Fernsehens!«

An diesem Abend ging Programmdirektor Theo Pelz doch noch aus. In dem exklusiven Speiselokal »Coque d'Argent« aß er Hummercocktail und Filet Stroganoff und trank eine Flasche Rauenthaler Auslese. Der Oberkellner, mit einem Teil von Pelz' Leben vertraut, beugte sich von hinten zu ihm herunter.

»Sie feiern etwas, Herr Direktor? Sie sehen so aus...«

»Kennen Sie Schliemann?« fragte Pelz zurück.

»Nein, Herr Direktor.«

»Sie sollten mehr Fernsehen gucken! Schliemann entdeckte das alte Troja und grub es aus. Ich bin heute ein zweiter Schliemann: Aus den Trümmern des Fernsehens werde ich etwas Strahlendes ausgraben! Prost, Anton.«

»Prost, Herr Direktor.«

Als Theo Pelz spät in der Nacht nach Hause fuhr, hatte er seinen Ärger und Karin Jarut vergessen...

*

Die meisten Menschen denken, ein Funkhaus sei etwas Großartiges, Geheimnisvolles, immer Fröhliches, nach Geld Riechendes, Stars Gebärendes, Genies Verspeisendes und ungeheuer Krach Schlagendes. Funkhaus, Fernsehen, Atelier, Kameras, Scheinwerfer, Dekorationen, Ballett, Orchester, Udo Jürgens, Blauer Bock, Frühschoppen – das Wort zum Sonntag, Schwarzwaldklinik, Sport und Orchester James Last – das alles sei eine Welt für sich, sei herrlich, prima, dufte, Klasse... sei ein Traumziel, eine Zehe Gottes, die man küßt, sei erfüllter Sinn des Lebens.

In Wirklichkeit ist ein Funkhaus genauso ein nüchterner Büropalast wie das Gebäude einer Versicherung, einer Krankenkasse, einer Bank oder eines Konzerns. In vielen, vielen Zimmern klappern Schreibmaschinen, müssen Lehrlinge aus der Kantine belegte Brötchen und Zigaretten holen, werden Wochenenderfahrungen ausgetauscht und stellt der Abteilungsleiter einigen Stenotypistinnen nach. Es gibt eine Hierarchie von Chefs und Programmleitern, Verwaltungsdirektoren und Mitbestimmern, Dramaturgen und Bearbeitern, eine grandiose Zusammenballung von Geist und Ideen, wo immer Neues ersonnen wird, damit der Mensch vor der Mattscheibe zufrieden ist, was nie gelingen kann.

Über allem aber thront, wie einst Zeus im Olymp die Götter dirigierend, der Intendant.

Die Laune eines Intendanten merkt man schon beim Eintritt in das Funkhaus, unten beim Portier. Wenn dieser sagt: »Dicke Luft im Stall«, dann weiß man, daß der Tag ekelhaft wird und man alles falsch macht, grundsätzlich, auch wenn es nachher richtig ist. Heißt es: »Der Alte hat sogar gegrüßt!«, dann weht Frühlingsrauschen durch die Büros, und man kann mit etwas revolutionären Vorschlägen kommen wie etwa mit der Sendung: »Der blinde Nackte – Die Geschichte eines Regenwurmes«.

Ein Intendant ist, wie der Chef einer Klinik, ein König in seinem Reich. Es gibt nur einen Unterschied: Wenn ein Klinikchef jemanden fehlerhaft operiert, könnte er abgelöst werden; ein Intendant, der gleiches mit seinen Zuschauern vollführt, bekommt das Bundesverdienstkreuz.

Dr. Aloys Rathberg war ein guter Intendant. Drei Dinge bewiesen es: Er hatte Philosophie mit drei Semestern Theologie zusätzlich studiert, er gehörte einer christlichen Partei an, war verheiratet und Vater von vier Kindern. Das alles bewies seine tiefe ethische Einstellung zum Leben und damit auch zur Kunst.

Und Fernsehen ist Kunst. Wer will das bezweifeln?

Im großen Funkhaus gab es einen Ausspruch Dr. Rathbergs, der unsichtbar in jedem Zimmer schwebte: »Die Moral ist die Basis der Kunst. Es gibt keine unmoralische Kunst, es gibt nur Kunst oder Schmutz!«

Ein schöner Satz, an den sich nur bei Gelegenheit zu wenige erinnerten...

An diesem Morgen, an dem Programmdirektor Theo Pelz frohgelaunt mit dem Lift aus der Tiefgarage des Funkhauses hinauf zur Eingangshalle schwebte, warnte der Portier jeden, der das Haus betrat, vor der Gewitterstimmung im 2. Stockwerk. Dort hatte Dr. Rathberg sein großes Büro mit einem zauberhaften Blick auf den Fluß. Zwei Sekretärinnen in einem Vorzimmer schirmten ihn vor allen Besuchern ab. Zur anderen Seite vom Vorzimmer war ein großer Sitzungssaal, wo die Programmbesprechungen stattfanden und alle Abteilungsleiter Blut schwitzten. Hier wurden auch die Infratest-Zahlen verlesen, das Barometer der Publikumsgunst, ermittelt durch tausendfache Umfragen. Hier wurden Sendungen hingerichtet, Schauspieler begraben, Regisseure erwürgt, Autoren zerrissen und Dramaturgen zu Zwergen hinuntergebrüllt.

Wer für Millionen Menschen arbeitet, muß hart sein.

Theo Pelz sah, als er in den Hauptlift umsteigen wollte, wie ihm der Portier zuwinkte. Er kehrte um und kam an die gläserne Loge.

»Na, Schmidke, was gibt's?«

»Der Herr Intendant hat vorhin in der Halle Dr. Bremser von der Politik I vor allen Leuten angebrüllt. Das wollte ich Ihnen nur schnell sagen.«

Pelz sah auf seine Armbanduhr. »Der Intendant ist schon im Haus? Wir haben doch erst neun Uhr.«

»Er war um acht Uhr schon hier. Ganz dicke Luft! Um elf Uhr außerplanmäßige Konferenz mit allen Abteilungsleitern und Direktoren. Wie mir Fräulein Kannegießer sagte, sind Herren des Rundfunkrates zugegen.«

Lore Kannegießer war Chefsekretärin Dr. Rathbergs. Was sie verriet, war gewissermaßen amtlich. Theo Pelz seufzte, nickte dem Portier Schmidke zu und fuhr in sein Büro. Der Rundfunkrat, dachte er. Ist in irgendeiner Sendung wieder über Gebühr gegen die Regierung gemeckert worden? Seit es in der Politik die Grünen gibt, haben alle in Bonn den Humor und den Nerv für Kritik verloren. War wohl wieder der Vogel mit seiner Mannschaft! Immer gegen Kohl...

Theo Pelz lächelte vor sich hin und riß die Tür zu seinem Vorzimmer auf. Fräulein Zischke, seine Sekretärin, erwiderte seinen forschen Morgengruß ziemlich bedrückt.

»Der Herr Intendant hat schon viermal nach Ihnen gefragt, Herr Pelz.«

Das habe ich gern, dachte Pelz und ging in sein Zimmer. Mit der Uhr in der Hand dastehen und kontrollieren, wann wir kommen. Und im übrigen haben wir Direktoren keine feste Arbeitszeit.

Er überflog kurz die bereits geöffnete Post, fand darunter nichts Außergewöhnliches außer einem Schreiben – anonym – mit dem Kurztext: »Das nennt Ihr ein Fernsehprogramm? Wenn Ihr ein Privatunternehmen wäret, wäret Ihr längst pleite!«, aber auch das war nicht neu und außerdem teilweise wahr.

»Ich gehe zu Dr. Rathberg«, sagte Pelz, als er durch das Vorzimmer kam. »Sie können Gespräche hinauflegen.«

Intendant Dr. Rathberg war allein in seinem riesigen Zimmer, stand an dem Panoramafenster und starrte auf den breiten, schmutzigen Fluß. Er sah sich halb um, als Theo Pelz eintrat, und blickte dann wieder hinaus.

»Haben Sie schon gelesen?« fragte er. Seine Stimme vibrierte. Mein Gott, er ist ja wirklich aufgeregt, dachte Pelz.

»Nein, Herr Intendant. Was?«

»Die Morgenausgabe von ›Morgens‹.«

»Die lese ich erst immer mittags«, versuchte Pelz einen Witz.

»Ein Skandal ohnegleichen! Sogar mit Bildern! So etwas dulde ich nicht! Ich will einen sauberen Sender haben!«

Theo Pelz sah seinen Chef irritiert an. Stand in »Morgens«, daß das Funkhaus nicht gut geputzt würde? Er ging zum Schreibtisch, nahm die aufgefaltete Zeitung hoch und erstarrte.

Karin Jarut im Handgemenge mit einer Frau auf der Straße.

Karin auf der Flucht zu ihrem Auto.

Ein eleganter Herr im Handgemenge mit der Frau. Drum herum viele Zuschauer.

Und dann die Schlagzeile: »Fernsehstar Karin Jarut auf offener Straße geohrfeigt. Eifersüchtige Ehefrau lauerte ihr auf.«

»Was sagen Sie nun?« fragte Intendant Dr. Rathberg vom Fenster her. Theo Pelz ließ die Zeitung auf den Tisch zurückflattern.

»Das ist wirklich ein starkes Stück.«

Darum also, dachte er und spürte ein Stechen in der Brust. Daher die Migräne von Karin, ihr Ausweichen, der Abschied per Telefon. Sie hat einen anderen gefunden, sichtlich einen Mann mit dicker Brieftasche. Industrieller vielleicht. Und Angst hatte sie, daß die Bilder schon früher erscheinen konnten. Da stehe ich nun, Programmdirektor und Nummer 2 des Fernsehsenders ... ein gerupfter Gockel, ein gehörnter Liebhaber.

Theo Pelz wurde rot im Gesicht und atmete tief durch. Dr. Rathberg kam vom Fenster ins Zimmer zurück.

»Dieser Vorfall ist unerhört. Ich habe nicht die Absicht, das Ansehen des Senders dadurch beschmutzen zu lassen. Wir ziehen die Konsequenzen! Benachrichtigen Sie Frau Jarut, daß wir ihre Verträge fristlos kündigen.«

Theo Pelz nagte an der Unterlippe und nahm sich eine Zigarette aus Rathbergs silberner Dose. »So schnell geht das nicht«, sagte er. »Karin ist seit heute morgen sechs Uhr unterwegs nach Zypern. Zwei Aufnahmeteams unter Carlos Heimann.«

»Zurück mit ihr!« befahl Dr. Rathberg.

»Und die Aufnahmen?«

»Sie werden Ersatz finden, lieber Pelz.«

»Das sagen Sie so einfach, Herr Intendant. Ich kann nicht von heute auf morgen eine Hauptrolle umbesetzen. Erstens fehlt mir der nötige Typ, zweitens haben andere Schauspieler auch Verträge und sind nicht frei, drittens muß die Rolle studiert werden, viertens kostet die Warterei auf Zypern, bis eine neue Darstellerin eintrifft, eine Riesensumme Geld, fünftens – was soll der Zuschauer denken, wenn er plötzlich in einer Sendereihe das gewohnte Gesicht nicht mehr sieht...«

»Das überlassen Sie mir, Pelz.« Dr. Rathberg griff auch nach einer Zigarette. »Um elf Uhr habe ich eine Konferenz angesetzt. Ich werde mit dem Pressechef die nötigen Dinge besprechen und mich öffentlich von diesem Skandal distanzieren. Mein Gott, es muß doch möglich sein, eine Hauptdarstellerin aufzutreiben! Ihre Besetzungskartei wimmelt doch von hübschen Frauen!«

»Es bleibt zu überlegen, ob wir Frau Jarut wirklich...«

»Auf jeden Fall!« Dr. Rathberg fuhr herum. Er war ein sportlich aussehender, gepflegter Mann, fünfundfünfzig Jahre alt und doch mit der Ausstrahlung eines viel Jüngeren. Böse Zungen behaupteten, das Lesen in moralischen Büchern erhalte eben jung. Es konserviere. »Sie kennen meine Einstellung, Pelz. Das Privatleben meiner Angestellten und Künstler geht mich nichts an, solange es im Schatten der eigenen vier Wände bleibt. Ich weiß, daß Künstler keine Primelzüchter sind, aber ich weiß auch, was ich meinem Hause schuldig bin. Ich erinnere Sie an den Fall der Ansagerin Thea Burlitz. Als bekannt wurde, daß sie für einen Maler Modell zu einem Aktgemälde stand, mußte sie gehen. Von mir aus hätte sie Galerien mit Bildern füllen können... nur nicht vor der Öffentlichkeit. Wir sind eine moralische Anstalt im Schillerschen Sinne. Wir beeinflussen die Bildung von Millionen, wir haben eine Schlüsselstellung im Staate, und es ist unsere verdammte Pflicht, diese Bildung, auch wenn sie vom professoralen Vortrag bis zur leichtgeschürzten Show reicht, immer im Sinne unserer christlichen abendländischen Kultur zu halten. Ein Ehebruch, ein Skandal auf offener Straße, das geht einfach nicht! Ich wünsche, daß Karin Jarut entlassen wird, und erwarte, daß Sie schnellstens Ersatz finden. Wann sollen die Dreharbeiten auf Zypern beginnen?«

»Nächste Woche, Herr Intendant.«

»Das ist ja soviel Zeit!«

»Ich würde vorschlagen, noch nichts nach Zypern zu melden, sondern die Aufnahmen lediglich abzustoppen.«

»Und warum?«

»Sie kennen Karin, Herr Intendant. Sie hat einen mächtigen Berg schmutziger Wäsche zu waschen.«

»Das schadet nur ihr.«

»Und uns auch. Karin ist seit neun Jahren beim Sender. Und sie ist kein Dummchen. Sie hat wache Augen.«

»Das heißt, daß hier ein Sündenpfuhl ist?«

Theo Pelz sah an ihm vorbei. O Gott, er weiß es doch selbst.

»Ich würde sagen, das Wasser ist trübe, Herr Intendant«, sagte er poetisch. »Und auf Grund gesunkenen Schlamm soll man nicht aufwühlen...«

»Warum nicht?« Dr. Rathberg ging um seinen Schreibtisch herum. »Es wird endlich Zeit, daß es gefiltert wird! Ich will einen sauberen Sender haben, ist das denn eine Utopie?«

Theo Pelz kam nach einer Stunde ziemlich nachdenklich in sein Büro zurück. Eine Utopie ist es nicht, dachte er. Aber Blödsinn. Wenn er alle entlassen will, die einmal aus dem Gleis gesprungen sind, Himmel noch mal, wo will er plötzlich ein paar hundert neue Mitarbeiter herbekommen? Außerdem: Wenn Karin so ohne Vorbereitung erfährt, daß sie fristlos entlassen ist, würden bei ihr alle Hemmungen fallen. Dann rollten Köpfe im Funkhaus... der Sportreporter Lutz Hennes, Abteilungsleiter Politik I Dr. Schumacher, der Nachrichtensprecher Ewald Holzmann, Regisseur Heino Rotter, Showmaster Pit Koller... und Programmdirektor Theo Pelz. Kinder, das war nicht auszudenken. Hier half nur Fingerspitzengefühl.

Theo Pelz drückte auf einen Klingelknopf neben seinem Tisch. Fräulein Zischke erschien mit einem Stenogrammblock.

»Lisbeth, rufen Sie mal die Konkurrenz an«, sagte Pelz und lehnte sich in seinem Sessel zurück. »Sagen Sie, Sie seien eine treue Zuschauerin und solchen Quatsch. Und da hätten Sie gestern abend die Ansagerin des Abendprogramms gesehen und meinen nun, das könnte eine Schulfreundin von Ihnen sein. Und dann bitten Sie um die Adresse Ihrer Freundin, um ihr ein paar liebe Zeilen zu schreiben. Klar?«

»Ja.« Lisbeth Zischke rümpfte die Nase. »Und wenn sie die Adresse nicht geben?«

»Unmöglich. Schulfreundin zieht immer. Wir haben doch ein Herz beim Fernsehen...«

Zehn Minuten später lag die Adresse auf Theo Pelz' Tisch.

Vera Marfeldt. Brüsseler Straße 11. Bei Mayer. Telefon 21567.

»Sehr schön«, sagte Theo Pelz, steckte den Zettel ein und verließ das Funkhaus.

*

Vera Marfeldt hatte gerade Kaffee getrunken und las in »Morgens« von dem Skandal des Fernsehstars Karin Jarut, als die Witwe Mayer ins Zimmer kam.

»Da ist ein Herr«, sagte sie leise. »Ein besserer Herr. Er will Sie sprechen. Soll ich ihn hereinlassen?«

Vera hob die Schultern. »Ich erwarte keinen Besuch. Wie heißt er denn?«

»Pelz – sagte er. Ob das stimmt?«

Über das Gesicht Veras zog eine leichte Röte. Sie wurde plötzlich unruhig und fuhr sich durch das aufgelöste glänzende schwarze Haar. Sie sah noch berückender als auf dem Bildschirm aus, gerade jetzt, wo ihre Augen groß vor Staunen wurden.

»Theo Pelz?« fragte sie leise.

»Genau.«

»O Himmel!«

»Wer ist das denn?«

»Der Programmdirektor vom anderen Sender. Wenn es dieser Pelz ist...« Vera sprang auf, kämmte sich schnell durch das Haar, steckte ihre Bluse in den kurzen Rock und nickte Frau Mayer zu. Ihr Herz klopfte fast in der Kehle. »Lassen Sie ihn kommen...«

Theo Pelz kam in das kleine möblierte Zimmer wie eine Meereswoge. Er blieb an der Tür stehen, schaute Vera bewundernd an und nickte mehrmals. »Ja, Sie sind es!« sagte er dann.

»Wer?« fragte Vera Marfeldt zurück. Ihre Knie wurden weich. Das ist Theo Pelz. Sie erkannte ihn von Bildern wieder. Der allmächtige Programmdirektor stand in ihrer schäbigen Bude.

»Sie haben gestern das Abendprogramm angesagt. Bei der Konkurrenz. Ich habe Sie dort zum erstenmal gesehen.«

»Es war auch meine erste Ansage.« Vera Marfeldt wies auf einen Stuhl, aber Pelz blieb stehen. »Ich hatte schreckliches Lampenfieber. Immer dachte ich daran: Jetzt sehen dich Millionen Augen.«

»An so was soll man nicht denken. Besser ist: Da sitzt Onkel Fritz und kaut ein Käsebrot.« Pelz lachte. »Ihre erste Ansage, tatsächlich?«

»Ja. Bei der Absage ging's schon besser, nicht wahr?«

»Blendend.« Pelz log elegant. Er hatte sie ja nicht mehr gesehen. »Sie haben einen Vertrag?«

»Nur zur Probe. Auf drei Monate. Sie wissen doch: Testen, ob mein Gesicht beim Zuschauer ankommt. Dann erst soll ich fest angestellt werden.«

»So lange warten wir gar nicht.« Pelz zog den Stuhl zu sich heran, sah zu Vera hinauf und stellte fest, daß neben dem Gesicht auch die Figur hervorragend war. Lange, schlanke Beine, ein betörender Hüftschwung, enge Taille, und dann der Busen... Aus diesem Mädchen war etwas zu machen, wenn Theo Pelz sich um sie kümmerte. »Ihre Ausbildung?«

»Mittlere Reife. Dann Schauspielschule. Erstes Engagement in Bielefeld, dann ein Jahr in Darmstadt. Zwischendurch Hörspiele im Hörfunk, wo mich Regisseur Konz entdeckte. Nun die Probesendungen.«

»Konz ist ein Kleinlichkeitskrämer, ein Dummkopf. Probesendungen! Bei Ihnen! Ich engagiere Sie auf der Stelle. Einverstanden?«

»Aber Herr Pelz...« Vera verschlug es den Atem. »Der Vertrag mit dem Sender. Ich kann doch nicht...«

»Ich spreche mit dem Kollegen. Überlassen Sie das nur mir. Selbst einen Krach überlebe ich. Notfalls ein Arbeitsgerichtsverfahren wegen Vertragsbruch. Ich mache alles, um Sie in mein Programm zu bekommen.«

»Und... und warum?« fragte Vera Marfeldt leise.

»Weil Sie mir gefallen«, sagte Pelz ehrlich. »Und weil ich sehe, daß Sie Talent haben – so etwas fühlt man als alter Fernsehhase – und weil ich jemanden brauche, den ich dem Intendanten präsentieren kann als Ersatz für... Aha, Sie haben schon gelesen?« Pelz zeigte auf die aufgeschlagene Zeitung.

»Ja.« Vera wagte nicht, sich von der Stelle zu rühren. Ich

wanke, dachte sie. Ich falle einfach um. Ich muß mich an die Wand lehnen. Ein Vertrag mit Theo Pelz... so etwas habe ich nicht einmal zu träumen gewagt.

»Tolle Sache, was?«

»Man kennt nicht die Hintergründe...«

»Ist doch klar.« Pelz klopfte auf die Fotos von Karin Jarut. »Sie fliegt. Dr. Rathberg hat schon entschieden. Morgen steht's in allen Zeitungen. Bei Rathberg können Sie hundert Liebhaber im Schrank haben, aber keinen auf der Straße. Wir verstehen uns?« Pelz sah Vera groß an. Es war ein Blick, der sich an ihr festsaugte. Sie spürte es körperlich. Eine heiße Welle überspülte sie. Wortlos nickte sie. Sie konnte die Worte nicht mehr herauswürgen.

»Also dann! Gehen wir zusammen Mittag essen? Es ist zwar erst halb elf Uhr, aber bis wir die ganzen Einzelheiten besprochen haben, knurrt uns der Magen. Zur Opernterrasse?«

»Wie Sie wollen, Herr Direktor.«

Theo Pelz sah sich um, als sich Vera ihren Mantel aus dem Schrank holte und hinauslief ins Badezimmer, um sich die Lippen zu schminken. Witwe Mayer lauerte in der Küchentür.

»Ist er's?« flüsterte sie.

»Ja!« Vera fuhr sich mit bebenden Fingern durch die Haare. »Der wichtigste Mann für mich in Deutschland! Ich glaube, vor Aufregung sage und tue ich lauter Dummes...«

Aus diesem Zimmer wird sie bald ausziehen, dachte Pelz, als er allein war. Sie wird sich ein kleines Appartement leisten können, und wenn wir uns gut verstehen, wird ein Auto dazukommen, schöne Kleider und all die Kleinigkeiten, mit denen man eine Frau verwöhnt. Karin Jarut hat es verstanden, ganz gut abzusahnen. Ihr Bankkonto in der Schweiz kennt keiner. Aber hier wird man aufpassen müssen; diese Vera Marfeldt, dieses Goldstück, soll bei Theo Pelz bleiben. Einmal wird auch ein Rennpferd müde und sehnt sich nach einem warmen Stall.

Vera kam zurück. Sie hatte das schwarze, glänzende Haar mit einem roten Chiffonschal durchzogen. Ihre Lippen leuchteten blutrot. Sie sah hinreißend aus.

»Ich weiß auch schon, wie Sie heißen werden«, sagte Theo Pelz und ergriff ihre Hand. »Marfeldt – das klingt nicht in Millionen Ohren. Sie werden Vera Hartung heißen. Jawohl... Vera Hartung in ›Ich suche Kain‹.«

»Aber da spielt doch Karin Jarut!«

»Davon später, Vera Hartung! Jetzt fahren wir erst einmal zur Opernterrasse, trinken einen Aperitif und besprechen den ganzen technischen Kram. Wissen Sie übrigens, daß Sie die erste Anfängerin sind, die ich persönlich aufsuchte und nicht zum Funkturm bestellte?«

»Wirklich? Dann ist das ja eine große Ehre.«

»Ja. Gewiß.« Er sah Vera tief in die großen, tiefbraunen Augen. Augen wie ein Reh. »Es soll Ihnen zeigen, wie groß mein Interesse für Ihr weiteres Leben ist... Gehen wir.«

*

Die Verhandlungen mit der Konkurrenz waren zäh.

Vera Marfeldt hörte nichts mehr von Theo Pelz seit ihrem gemeinsamen Mittagessen. Um so mehr hörte sie von dem Abteilungsleiter Aktuell I und einigen Kolleginnen. Es fielen Bemerkungen wie: »Pelz reagiert immer auf Oberweiten ab 90.« Oder: »Mit den Beinchen klappern, braucht nicht immer Step zu sein.«

Vera überhörte all diese Gehässigkeiten. Sie machte ihre Ansagen und Absagen, aber sie wurde degradiert. Sie sagte nicht mehr das abendliche Hauptprogramm an, sondern nur die Zwischensendungen zwischen den Reklamen. Man stellte sie bereits jetzt kalt – aber man dachte auch nicht daran, ihre Probezeit abzukürzen, wie es Theo Pelz angeregt hatte.

»Wenn Pelz etwas mit der Kleinen vorhat, können wir das auch«, sagte Programmdirektor Dr. Fehling von der Konkurrenz. »Sie ist süß, gescheit und begabt. Auf Pelz kann man sich verlassen; er hat einen Riecher für Talente.«

»Ab Oberweite 90!« frotzelte Ressortchef Unterhaltung.

»Wenn auch! Das gehört dazu. Wir sind eine Fernsehanstalt. Für seine zwanzig Mark soll der Seher was auf seinem Teller haben...«

Aber trotz aller Widerstände... es gelang doch. Theo Pelz siegte über Dr. Fehling durch einen ganz einfachen Trick. Er rief ihn an, als die Verhandlungen schon festgefahren waren, und sagte: »Mein lieber Fehling, gestern kommt mein Kameramann Alf Wacker zu mir, der auch ein begeisterter Amateurfotograf ist, und legt mir ein paar Bilder vor. Mich haut's vom

Stuhl. Kollege Dr. Fehling in Baden-Baden, auf der Terrasse seines Doppelzimmers, neben ihm im Morgenrock ... na, wer wohl? Unsere Margot Sanden. Ich war platt.«

»Haben Sie die Negative, Pelz?« fragte Dr. Fehling trocken zurück.

»Natürlich.«

»Ich lasse sie durch einen Boten abholen und gebe ihm die Freilassung von Vera Marfeldt aus unserem Vertrag mit.«

»Das ist nett«, sagte Theo Pelz gemütlich. »Man sieht, wieviel wert eine echte Freundschaft unter Kollegen ist...«

Wortlos legte Dr. Fehling auf.

*

Das Aufnahmeteam Carlos Heimann hatte sich in Limassol auf Zypern im feudalen Hotel »Akrotiri« eingemietet. Während Heimann mit seinen Kameramännern und den Aufnahmeleitern in der Gegend herumfuhr, in das Troodos-Gebirge, zu den Ruinen von Curium und zu den Gräbern der Könige, um Motive zu suchen und besonders schöne Drehplätze, lagen Karin Jarut und Tommy Brest am Rande des riesigen, mit Mosaiken ausgelegten Swimming-pools des »Akrotiri«, sonnten sich, flirteten mit reichen Amerikanern und ödeten sich an. Tommy Brest entdeckte ein blondes Mädchen in einem goldenen Bikini, spielte seine alte, immer wirkungsvolle Rolle als starker Mann und verschwand später mit seiner Eroberung im Hotel.

»Sie heißt Karèn und kommt aus Schweden«, sagte er ein paar Stunden später zu Karin Jarut.

»Gratuliere, Tommy.«

»Und du?«

»Ein Ölscheich aus Saudi-Arabien hat mich eingeladen.«

»Gehst du hin?«

»Vielleicht.« Sie hob die schönen Schultern. Was man auch über Karin Jarut munkelte oder gar wußte: Sie war wirklich eine schöne Frau, die einen Mann um den Verstand und um sein Bankkonto bringen konnte. Dazu war sie noch eine gute Schauspielerin, von der Pike an, kein hinaufgeschwemmtes hübsches Lärvchen. »Was macht Carlos?«

»Er hat einen tollen Küstenabschnitt entdeckt, südöstlich

von Palea Paphos. Dabei hat er einen Einfall bekommen. Ich soll von einem der Felsen der Aphrodite herunterstürzen. Blöder Hund! Bin gespannt, wo er dafür ein Double auftreibt.«

Am Nachmittag ritt Karin Jarut aus. Sie hatte sich ein Pferd gemietet und einen griechischen Jungen, der sie begleitete. Bis Yerasa fuhren sie mit einem Jeep, stiegen dort auf die Pferde und ritten durch die wildromantische Gegend in Richtung Kalokhorio und Zoopiyi. Bei einer Baumgruppe rasteten sie. Karin Jarut ging noch ein wenig am Ufer eines kleinen Flusses entlang und suchte Fische in dem gurgelnden Wasser, als der Pferdeboy plötzlich einen lauten Aufschrei hörte. Er sah, wie Karin um sich schlug, dann wegrannte, stolperte, hinfiel und auf allen vieren weiterkroch. Mit großen Sprüngen rannte er zu ihr und sah, daß sie die Hände auf eine Stelle an ihrer linken Wade preßte.

»Eine Schlange!« schrie Karin Jarut in höchster Angst. »Eine Schlange hat mich gebissen!«

Der Junge stand einen Augenblick starr. Dann nahm er einen großen Stein vom Boden auf und rannte zu der Stelle, wo die weiße Frau angefallen worden war. Aber er kam zu spät. Die Schlange hatte sich zwischen Geröll und Büschen davongemacht. Es war nicht mehr festzustellen, ob es eine giftige Flußviper oder eine harmlose Schlange gewesen war, die von Karin nur erschreckt wurde und in Notwehr zubiß.

Als der Junge zu Karin Jarut zurückkam, lag sie ohnmächtig zwischen den Steinen. Er trug sie zu ihrem Pferd, legte sie quer über den Sattel, setzte sich dahinter auf die Kruppe des Pferdes und ritt langsam, damit die weiße Frau nicht hinunterfiel, zurück nach Verasa. Der Bürgermeister des Ortes telefonierte sofort einen Krankenwagen aus Limassol heran. In der Zwischenzeit gab der zypriotische Dorfarzt eine Spritze in das Bein Karins.

»Wenn man nur die Schlange wüßte«, sagte er achselzukkend. »Falls es eine Viper war, wird die Frau in drei Stunden blau im Gesicht sein. Bleibt sie weiß, dann hat ein Höherer sie beschützt.«

Als der Krankenwagen mit heulenden Sirenen endlich aus Limassol kam, war Karin Jarut noch immer ohne Besinnung.

*

Die Morgenpost brachte Vera Marfeldt einen Brief.

Es war ein fast amtliches Schreiben:

»Sie werden gebeten, morgen um 10 Uhr zu Probeaufnahmen ins Funkhaus, Studio 6, zu kommen. Melden Sie sich bei Herrn Weismann.«

Probeaufnahmen!

Vera Marfeldt vertrödelte den ganzen Tag in der Stadt. Ansagen brauchte sie nicht mehr; der Sender hatte den Vorvertrag gelöst. Kurz und knapp. Telefonisch. Also hatte es Theo Pelz doch geschafft. In der Nacht schlief sie kaum vor Aufregung. Schon um neun Uhr war sie vor dem Funkhaus und ging ein paarmal um den großen Gebäudekomplex herum. Sie war mit dem Zug gekommen, Witwe Mayer hatte ihr belegte Brötchen eingepackt und sie mit Tränen in den Augen geküßt.

»Mut, Kindchen, Mut! Das kann deine große Chance sein ...«

Um zehn Uhr meldete sich Vera bei Herrn Weismann. Er war Aufnahmeleiter, rief hinauf zu Theo Pelz und behandelte Vera wie jemanden, der Schnürsenkel an der Tür verkaufen will. Im Aufnahmeplan für Studio 6 war Vera Hartung, wie sie von jetzt an hieß, mit einer halben Stunde – einschließlich Proben – eingesetzt. Um elf Uhr begann die Ampex-Aufzeichnung von »Musik zum Träumen«. Um zwölf Uhr eine Tiersendung »Affen sind auch Menschen«. Dann Pause bis fünfzehn Uhr. Um fünfzehn Uhr dreißig, nach Umbau, zweiter Akt der Fernsehkomödie »Eselsohren«. Nebenan, in Studio 4, hörte man Trompeten durch die Wände. Im Cutter-Raum schnitten sie gerade den Film für das Nachmittagsprogramm zurecht. Eine Studie über Studenten: »Halbgarer Protest.«

Hilflos, wie vergessen, stand Vera in dem Trubel, der sie umflutete, herum. Kameras wurden auf gummibereiften Wagen hin und her geschoben, Scheinwerfer blendeten auf und ab und wurden eingestellt, auf sechs Monitoren flimmerte das Bild von Studio 6, wie Aufnahmeleiter Weismann drei Sessel in der Dekoration eines Biedermeierzimmers verstellte, aus allen Ecken kamen Rufe und Wortfetzen ... Es war alles nichts Neues für sie, es gehörte fast schon zu ihrem Leben, und doch war es heute neu, geheimnisvoll, atemberaubend.

Die Stunde der großen Chance war gekommen.

Theo Pelz erschien im Studio. Er begrüßte Vera mit einem angedeuteten Wangenkuß und winkte Weismann zu.

»Können wir?«

»Jawoll, Herr Pelz.«

»Mit drei Kameras.« Pelz ging zum Telefonstand und rief hinüber zum Regieraum. Dort saß ein Regieassistent vor den Monitoren, um nach seinem Geschmack die Aufnahmen der drei Kameras zu mischen, zu überblenden, einzuordnen, damit sie zu einem lebendigen Film wurden. »Alles klar, Jupp?«

»Alles, Herr Pelz.«

»Abfahren.«

Vera stand plötzlich in gleißendem Scheinwerferlicht, völlig unvorbereitet, überrumpelt. Die Klappe knackte vor ihrem Gesicht.

Vera Hartung. 1. Aufnahme.

Die Kameras summten leise. Hilflos sah sich Vera um, hob die Arme und sagte kläglich: »Was soll ich denn sprechen? Mir hat doch keiner was gesagt. Was soll ich denn...?«

»Gut! Aus! Gestorben!« Theo Pelz winkte ihr von der Kamera II zu. »Das war sehr gut, Vera! Das war echtes Gefühl. Und nun Fremdtext.« Er kam zu ihr in das Scheinwerferlicht und gab ihr ein dickes gelbes Buch. Vera starrte ihn an.

»Das ist ja ein Telefonbuch...« stotterte sie.

»Ganz richtig. Setzen Sie sich dort in den Biedermeiersessel und lesen Sie aus dem Telefonbuch vor. Namen, Beruf, Adresse, Nummer. Aber in vier Variationen: einmal nüchtern und einmal, als suchten Sie einen bestimmten Namen, der Ihnen viel wert ist; dann gehetzt, als wolle man Ihnen an den Kragen, zum Schluß abschiednehmend, als brächten Sie sich gleich mit Gift um. Alles klar?«

Vera nickte und setzte sich auf den Sessel. Sie schlug das Telefonbuch auf. Schmitz. Ausgerechnet Schmitz.

»Einstellung. II. Kamera läuft...«

»Schmitz, Hubert, Handelsvertreter. Bonnstraße. 63 87 91. Schmitz, Hugo, Kunststeinwerk, Alter Graben 17. 21 89 49. Schmitz, Ingo, Architekt...«

Vera las die Namen aus dem Telefonbuch, wie Theo Pelz es ihr gesagt hatte. Das geht daneben, dachte sie dabei. Das geht hundertprozentig daneben. Ein Telefonbuch vorlesen! Das ist ja ein Witz. Das ist eine Gemeinheit. Sie erlauben sich mit mir einen billigen Scherz.

Ihre Stimme zitterte etwas. Und dann tat sie, was sie sollte ... sie las die Namen gehetzt, ängstlich, traurig, abschiednehmend. Beim letzten Namen, den sie lesen wollte, ließ sie das Buch fallen und lehnte sich weit zurück. Ihre Bluse spannte sich dadurch, ein Knopf sprang ab, die Bluse klaffte auf und gab einen Blick auf ihren Büstenhalter frei. Kamera III nahm das in Großaufnahme auf. Im Regieraum schloß man mit dieser Aufnahme den Probefilm.

»Danke. Gestorben! Licht aus!«

»Das war sehr gut, Vera«, sagte Pelz, als Vera mit zugehaltener Bluse zu ihm kam. »Dieser Blusentrick, gekonnt ...«

»Es war ein Unfall, Herr Direktor«, stotterte Vera.

»Aber ein süßer Unfall.« Pelz faßte sie unter und zog sie aus dem Studio. »Kommen Sie, wir gehen in die Kantine, etwas essen.«

Ein breites Grinsen der Kameramänner folgte ihnen, als sie die Tür des Studios zufallen ließen.

*

Dr. Rathberg saß mißmutig im Vorführraum. Die Presse-Erklärungen über Karin Jarut hatten wie eine Bombe eingeschlagen. Und wie ein Rohrkrepierer. Man nannte den Sender heuchlerisch. Die Volksseele kochte. Karin Jarut war beliebt, von Dr. Rathberg sprach kaum einer. Wie kann ein solcher Mann einen Star feuern? Hat er die Moral gepachtet? Ein Ehebruch ... ach Gott, so etwas liest man täglich. Wer soll nun »Ich suche Kain« weiterspielen? Und dann das große Projekt im Hintergrund, die lange Planung für die Riesen-Show »Der goldene Kuß«? Sie war ohne Karin Jarut undenkbar.

»Nun zeigen Sie mir mal Ihr Wunderkind«, sagte Dr. Rathberg sarkastisch, als sich Theo Pelz neben ihn setzte. »Wie alt?«

»Zwanzig Jahre.«

»Teenager-Modell, was?«

»Warten Sie ab, Herr Intendant. Es beginnt gleich mit einer Sensation.«

Der Film lief an. Studio 6. Klappe I. Ein verstörtes, hilfloses Mädchengesicht mit zerzausten schwarzen Haaren. Großaufnahme. Dann Rückfahrt zur Halbtotalen. Ein schöner Körper unter dem herrlichen Kopf.

Dr. Rathberg beugte sich interessiert vor. Pelz lächelte milde.

Jetzt die Stimme.

»Was soll ich denn sprechen? Mir hat doch keiner was gesagt?! Was soll ich denn ...?«

»Süß!« sagte Dr. Rathberg leise. »Einfach süß. Und ein gemeiner Trick von Ihnen, Pelz.«

»Sehen Sie weiter, Herr Intendant.«

Klappe II. Biedermeierzimmer. Im Sessel Vera Hartung mit einem Telefonbuch auf dem Schoß. Dr. Rathberg wandte sich zu Pelz um.

»Das ist fast schon Sadismus, Pelz! Biedermeier, Telefonbuch. Das ist Happening.«

»Schmitz, Hubert, Handelsvertreter ...«

»O Gott!« rief Dr. Rathberg. »Das darf nicht wahr sein! Sie sind ein Teufel, Pelz! Das arme Ding ...«

Aber dann war es ganz still, denn was da auf der Mattscheibe des Monitors zu ihm sprach, war ein Mädchen, das verliebt war, das gehetzt wurde, das Abschied nahm vom Leben ... was sie sprach, das hörte man gar nicht, das ewige Schmitz ... Schmitz ... verwischte sich auf dem Weg vom Ohr zur Seele ... Dort saß ein Mädchen, dem es das Herz zerriß.

Die Schlußszene. Das Platzen der Bluse. Der Büstenhalter in Großaufnahme.

Dr. Rathberg atmete tief auf.

»Plötzlich begreife ich das absurde Theater«, sagte er. »Pelz, Sie haben eine ganz große Entdeckung gemacht. Ich stimme Ihnen zu: Diese Vera Hartung ist ein kommender Stern! Sagen Sie ihr, daß ich sie beglückwünsche und daß ich heute abend mit ihr essen möchte.«

Theo Pelz durchzuckte es. »Heute abend?«

»Ja.« Dr. Rathberg sah seinen Programmdirektor gleichgültig an. »Fräulein Hartung ist doch noch in der Stadt oder ist sie schon abgereist?«

»Nein. Natürlich nicht. Sie wartet auf das Ergebnis der Probeaufnahme.«

»Genau das möchte ich ihr persönlich überbringen.« Intendant Dr. Rathberg erhob sich. Unnahbar, abweisend. »Ich erwarte Fräulein Hartung um zwanzig Uhr im ›Carlton‹.«

*

Theo Pelz gehorchte, aber er zitterte vor Wut. Er gab die Einladung Dr. Rathbergs kommentarlos an Vera weiter und bestellte auch für sich einen Tisch, hinter einer Säule auf der Empore, wo er sich verstecken konnte.

Mit mir nicht, dachte er zu Hause wütend und rannte hin und her. Sie ist meine Entdeckung, sie gehört mir! Mit mir machen Sie so etwas nicht, Herr Intendant. Ich weiß, was Sie mit der Fahne der Moral zudecken. Um Vera Hartung werde ich kämpfen, wenn's sein muß, mit den bloßen Fäusten! Und wenn das ganze Funkhaus wackelt...

Um zwanzig Uhr saß er hinter seiner Säule und sah zu dem Tisch hinüber, an dem Dr. Rathberg schon wartete. Dreierlei Gläser standen auf dem Tisch. Er war gedeckt wie zu einer Hochzeit.

Und dann kam Vera. Sie sah berauschend aus in ihrem silbernen Cocktailkleid mit den bloßen, schönen Schultern und den schwarzen Haaren, die lang herunterflossen. Sie trug eine Nerzstola und eine silberne Tasche in der Hand. Wer wußte schon, daß alles von einem Kostümverleih geliehen war? Sie sah so aus, daß man auf den Sekt verzichten konnte, um in Stimmung zu kommen.

Dr. Rathberg kam ihr drei Schritte entgegen, ergriff ihre Hand, beugte sich über sie und küßte sie. Dann legte er den Arm um Veras nackte Schulter und führte sie zum Tisch.

Theo Pelz lehnte sich zurück und nahm Deckung hinter seiner Säule. Er knirschte laut mit den Zähnen.

Jetzt beginnt die große Schau des Intendanten.

Muß man das hilflos ansehen?

Er ballte die Fäuste und legte sie auf den Tisch wie ein Boxer, dem die Bandagen gewickelt werden.

*

»Es ist eine meiner Ansichten«, sagte Intendant Dr. Rathberg, als sie am Tisch saßen, »zu meinen leitenden Angestellten einen guten persönlichen Kontakt zu haben. Nur gegenseitige menschliche Sympathie schafft ein gutes Arbeitsklima.«

Der Oberkellner des »Carlton« schien schon genaue Anweisungen zu haben; er servierte ohne Fragen eine Schildkrötensuppe Lady Curzon und goß einen dunkelroten Wein ein, der im Licht aufflammte, als sei er geronnenes Feuer. Dr. Rathberg sah Vera Hartung freundlich an. Sie nickte und wagte nicht, etwas zu entgegnen.

»Ich habe es immer so gehalten.« Dr. Rathberg lächelte. Er log elegant. Es war bekannt, daß gerade er zu seinen Angestellten kaum Kontakt hatte, daß er unnahbar in seinem großen Büro thronte und jeder Besucher erst zwei Sekretariate durchlaufen mußte. Auch Vera hatte davon gehört; das Benehmen Dr. Rathbergs verwirrte sie deshalb um so mehr.

»Ich sagte: Leitende Angestellte«, wiederholte der Intendant bedeutungsvoll. »Ich hoffe sehr, daß Sie in Kürze zu den Spitzenkräften meines Senders zählen. Ihre Probeaufnahmen...«

»Sie waren schlecht«, flüsterte Vera. O Gott, dachte sie. Der Unfall mit der Bluse. Sie wurde sogar rot, was Dr. Rathberg sehr erfreute.

»Ein Prost auf diesen Unfall!« rief Dr. Rathberg aufgeräumt. Er hob sein Glas. »Ich habe bereits die Besetzungen umgetauscht. Sie werden sofort in die Sendereihe ›Ich suche Kain‹ einspringen. Trauen Sie sich das zu?«

»Das ja, aber die Rolle spielt doch Karin Jarut.«

»Umbesetzungen sind technische Sachen, die erledigt Herr Pelz. Er ist bereits informiert. Die neue Folge spielt auf Zypern. Carlos Heimann ist mit dem Team schon unten in Limassol. Sie werden nachfliegen. Aber zuvor müßten wir die Rolle noch einstudieren. Mir liegt sehr daran, daß Ihr Start ein Ereignis wird. Das Publikum soll einen neuen Liebling haben!« Dr. Rathberg beugte sich vor und legte seine Hände auf die Veras. »Sie haben das Zeug, ein Liebling zu sein«, sagte er fast zärtlich.

Hinter seiner Säule knurrte Theo Pelz vor sich hin. Er konnte nicht verstehen, was gesprochen wurde. Er sah nur, daß sein sittenstrenger Intendant auftaute wie Eis in der Augustsonne.

Ich stehe jetzt auf, dachte er, komme von der anderen Seite, mache ein erstauntes Gesicht und sprenge diese Unterhaltung. Soll ich tatenlos zusehen, wie meine Entdeckung Vera in den Sog autoritärer Heuchelei gezogen wird?

Aber er blieb hinter seiner Säule sitzen. Er kannte Dr. Rathberg lange genug. In einer offenen Schlacht würde er unterliegen. Wirkungsvoller war die Intrige, war der Kampf aus dem Dunkeln, war der Partisanenkampf. In dieser Hinsicht glich ein Sender fast den Dschungelkämpfen in Kambodscha: So wie dort hinter jedem Busch ein Feind lauern konnte, so lag im Sender hinter jeder Tür ein Heckenschütze, der den unbequemen Nebenbuhler durch geschickt umhergestreute Bemerkungen aus dem Gefecht zog. Hier schoß jeder gegen jeden, auch wenn sie sich auf den Fluren und in den Studios umarmten oder in der Kantine zusammen ein Bier oder einen Kognak tranken.

Geduldig wartete Pelz, was der Abend noch bringen würde. Zwei Stunden später gab es zum Abschluß eine Flasche französischen Champagner.

Bezahlt alles der Sender, dachte Pelz gehässig. Dr. Rathberg würde sich nachher eine quittierte Rechnung ausstellen lassen für die Spesenabrechnung.

»Ich schlage vor«, sagte Dr. Rathberg fröhlich nach dem zweiten Glas Sekt, »daß wir uns über Ihre Rolle in ›Ich suche Kain‹ in aller Ruhe unterhalten. Haben Sie Sonntag etwas vor?«

»Nein«, sagte Vera stockend. Am Sonntag, dachte sie. So ist das also! Auch bei dem strengen Dr. Rathberg wird nur mit Seelenwasser gekocht, wenn es um eine schnelle Karriere geht... Sie sah ihn mit ihren großen, glänzenden Augen an und stellte fest, daß Dr. Rathberg diesen Blick als eine stumme Aufmunterung ansah.

»Wir fahren hinaus in die herrliche Natur«, sagte er unbefangen. »Der Herbstwald, diese Färbung, ein Dom aus goldenen Blättern, durch den die Sonne schimmert. Was ist schöner als die Herbstbuntheit der Natur? Ich liebe diese Farbenpracht«, schwärmte er fast jungenhaft. Er beugte sich vor, nahm Veras Hände und drückte sie. Dabei warf er einen langen Blick in ihren Ausschnitt und schien mit dem Ergebnis zufrieden zu sein. »Ich zeige Ihnen eines der schönsten Fleckchen dieser Erde. Sie bleiben doch noch bis Sonntag hier?«

»Ich wollte eigentlich morgen fahren, Herr Intendant.«

»Sie bleiben natürlich. Und wenn wir unter uns sind, verzichten wir auf den ›Intendant‹. Nennen Sie mich einfach Dr. Rathberg. Sie werden morgen früh das Drehbuch bekommen und sich in die Rolle einarbeiten. Ich weiß, daß Sie ein Star werden, Vera.«

Zähneknirschend sah Pelz später, wie Dr. Rathberg mit

seinem Wagen Vera Hartung zu ihrem kleinen Hotel brachte. Er konnte ihnen nicht folgen, das wäre aufgefallen.

So sah er auch nicht, wie Dr. Rathberg etwas entfernt von dem Hoteleingang an einer unbeleuchteten Stelle der stillen Straße hielt und den Arm um Veras Schulter legte.

»Schlafen Sie gut, Vera«, sagte er. »Und wenn Sie träumen, dann von der neuen Rolle ... und von mir.«

»Ich will mir Mühe geben«, sagte Vera stockend. Sie spürte, wie die Hand Dr. Rathbergs ihre nackte Schulter streichelte. Aber das konnte unbewußt sein, eine nervöse Reflexion.

»Was halten Sie eigentlich von mir?« fragte Rathberg plötzlich. Vera fuhr zusammen.

»Wieso, Herr Doktor?«

»Ich lebe einsam wie ein Dalai-Lama in meinem Büro. Keiner sagt mir die Wahrheit, ich weiß es. Seien Sie ehrlich: Wie bin ich? Wie sehen Sie mich?«

»Sie ... Sie sind anders, als man mir gesagt hat ...«, antwortete sie leise. Sein Streicheln wurde stärker ... es handelte sich um keine nervöse Reflexion, so viel war jetzt sicher. »Sie gelten als unnahbar.«

»Das bin ich gar nicht.« Dr. Rathberg atmete tief auf. Er schielte auf die Brust Veras. Eine ungeheure Lockung ging von diesen straffen weißen Kugeln aus. »Ich liebe alles Schöne, alles Natürliche. Ich bin ein Schöngeist.« Dr. Rathberg beugte sich über Vera und küßte sie in die Halsbeuge. Es war ihr, als durchzucke sie ein elektrischer Schlag. Sie machte sich steif und wußte nicht, was sie tun würde, wenn er weiterging.

Da ergriff er plötzlich ihren Kopf, zog ihn zu sich und küßte sie auf den Mund. Ebenso schnell ließ er sie wieder los.

»Herr Intendant ...«, sagte Vera tief atmend.

Dr. Rathberg öffnete die Wagentür und sprang auf die Straße. »Gute Nacht«, sagte er mit belegter Stimme. »Ich hole Sie am Sonntag gegen zehn Uhr vormittags vom Hotel ab.«

Wieder im Wagen, sah er Vera Hartung nach, wie sie zum Hotel ging. Leicht, graziös, hübsch, lockend, ein Bild der Jugend. Er blieb im dunklen Wagen sitzen, bis sie im Hotel verschwunden war. Sie wird nächste Woche das Hotel wechseln, dachte er. Sie muß in einem großen Hotel wohnen, wo der Portier nicht jeden Gast kennt und weiß, ob er ein Einzelzimmer oder ein Doppelzimmer bewohnt.

Er steckte sich eine Zigarette an und rauchte sie nervös bis zur Hälfte.

Dieses Mädchen, dachte er, bricht in mein Leben ein wie ein heißer Wind in einen bisher geschützen Garten. Sie verbrennt mich... und ich habe nicht die Absicht, mich dagegen zu wehren.

*

Das Telegramm von Programmdirektor Pelz nach Limassol kreuzte sich mit dem Telegramm, das Carlos Heimann aus dem »Akrotiri« nach Deutschland schickte.

Das eine hieß: »Abstoppen Dreharbeiten Karins stop weitere Weisungen abwarten stop.«

Das andere lautete: »Karin durch Schlangenbiß verletzt stop Drehverzögerung eine Woche stop Gleichen aus durch Dreharbeit an Killer stop Zustand Karins noch unklar stop Heimann.«

In Limassol war die Aufregung zunächst groß.

»Was reitet das dumme Luder auch allein in die Wildnis?« schrie Carlos Heimann, der Regisseur, als man Karin Jarut endlich im Krankenhaus hatte. »Sind im Hotel nicht Männer genug, mit denen sie sich beschäftigen kann? Aber nein, immer ›was Neues‹.«

Im Krankenhaus stellte man zunächst fest, daß der Schlangenbiß keine akute Blutvergiftung erzeugt hatte. Es stellte sich weder eine Verfärbung ein noch eine Lähmung des Atemzentrums oder der Muskulatur. Nur der Kreislauf war zusammengebrochen – aber das war die Folge des Schreckens und der Angst. Man injizierte ihr vorsichtshalber ein Schlangengegengift, das eine Kombination gegen verschiedene Giftarten war. Dann blieb nichts anderes übrig als abzuwarten. Der zypriotische Arzt zuckte mit den Schultern, als ihn Carlos Heimann um genaue Auskunft bat.

»Wir kennen eine Menge Schlangenarten und haben dafür die nötigen Medikamente. Aber immer wieder tauchen neue Arten auf.«

»Das ist ja eine schöne Schweinerei!« Heimann fuhr sich durch die dichten Haare.

»Jedes Land hat seine Probleme«, sagte der Arzt und ließ Heimann stehen.

Am nächsten Tag ging es Karin Jarut schon viel besser. Sie hatte kein Fieber bekommen, was das sicherste Zeichen einer Vergiftung gewesen wäre, saß im Bett und aß süße Trauben. Sie hatte sich sogar frisieren lassen und trug ein fehlerloses Make-up. Um ihr Bett herum standen Vasen mit riesigen Blumensträußen. Auf einem Tisch türmten sich Schachteln mit Pralinen, Süßigkeiten und kandierten Früchten. Eine lange, schmale Schachtel lag vor ihr aufgeklappt auf der Bettdecke: ein breites, kunstvoll ziseliertes goldenes Armband. Eine alte, wertvolle Damaszener Arbeit.

»Der Mann ist verrückt«, sagte Karin, als die ersten Boten mit den Blumen und Pralinen kamen. Dann wurde sie stiller, und als sie das Armband auspackte, wurde sie sogar nachdenklich.

Gegen Mittag, als Karins Zimmer einem Blumenladen glich, kam er selbst: Amar Sorbania. Er trug einen weißen, seidenen Haik, dessen Kanten mit Goldstickereien verziert waren. Sein braunes Gesicht war europäisiert, ohne orientalischen Bart. Nur seine Hakennase verriet, daß er ein Sohn der Wüste war, auch wenn seine Familie seit drei Generationen nicht mehr in Zelten im heißen Sand wohnte, sondern in einem weißen Palast.

»Was fällt Ihnen ein, Amar«, sagte Karin Jarut und machte eine alles umspannende Handbewegung. »Was soll das?«

»Ein kleines Zeichen meiner Verehrung, Madame.« Amar Sorbania, der früher anders geheißen haben mußte, denn dieser Name hatte bis auf den Vornamen nichts Arabisches mehr, griff in eine Tasche unter seinem seidenen Haik und holte ein kleines Etui hervor. Er legte es neben das Armband. »Das Armband fühlte sich so einsam«, sagte er. »Einsam wie ich, Madame.«

Karin Jarut öffnete das Etui nicht. Sie wußte auch so, daß ein märchenhaft schöner Ring darin war.

»Sie sind verrückt, Amar«, sagte sie. »Wir kennen uns seit ungefähr zehn Stunden...«

»Ein arabisches Sprichwort sagt: Du sollst so schnell entscheiden, wie ein Adler vom Himmel fällt. – Ich will Ihnen alles zu Füßen legen, was ich besitze, Madame. Es ist nicht wenig.«

»Sie sind noch schneller als ein Adler, Amar.«

»Denken Sie nicht: Da phantasiert ein Wüstensohn, der

noch Platz in seinem Harem hat.« Amar Sorbania setzte sich auf einen Stuhl neben Karins Bett. Unter dem seidenen Haik, den er jetzt zurückschlug, trug er einen hellgrauen, europäischen Anzug und ein Seidenhemd. »Ich bin europäisch erzogen worden«, sagte er. »Ich habe in Paris, London und Heidelberg studiert. Ich habe mein Examen als Diplomingenieur gemacht und arbeite für die Firma meines Vaters. Er ist Bankier und Schweröl-Händler. Wir verdienen Millionen. Sie sehen, Madame, es ist kein orientalisches Geheimnis um uns. Nur Reichtum, der Ihnen gehört...«

»Das ist der merkwürdigste Antrag, den ich je bekommen habe.« Karin Jarut lehnte sich zurück. Sie öffnete nun doch das kleine Etui und wurde stumm. Ein Brillant, sie schätzte ihn mindestens auf 5 Karat, blitzte in der Sonne. Ein Ring, wie sie ihn selbst in Paris bei den großen Juwelieren nicht gesehen hatte. »Das kann ich nicht annehmen«, sagte sie stockend. »Unmöglich.«

»Sie beleidigen mich, Madame, wenn Sie den Ring ablehnen.« Das scharfe Gesicht Amars war unbewegt. »Ich werfe den Stein aus dem Fenster, wenn Sie ihn verschmähen.« Er nahm das Etui und ging damit zu der halboffenen Balkontür.

»Amar! Seien Sie doch vernünftig!« Karin Jarut hob beide Hände. Da spielt man nun im Laufe der Jahre zig Fernsehrollen, eine unrealistischer als die andere; Rollen, von denen man sagt, so etwas könne es im wirklichen Leben gar nicht geben – und nun ist die Wirklichkeit phantastischer als jede Phantasie eines Schriftstellers.

Amar Sorbania blieb an der Tür stehen. »Sie appellieren an etwas, Madame, das nicht vorhanden ist, wenn man Sie ansieht.«

»Warum fragen Sie nicht erst danach, ob auch ich Sie liebe?«

»Das stimmt. Ich habe mich blenden lassen vom Glanz Ihrer Augen. Aber ich sehe nun... sie glänzen immer so. Karin...« er kam ins Zimmer zurück, »wenn Sie wieder gesund sind, zeige ich Ihnen unsere Besitztümer, unsere Ländereien. Ich bringe Sie zu meinen Eltern und zu meinen Brüdern. Und dann sollen Sie entscheiden, ob das Ihre neue, Ihre eigene Welt werden kann.«

Er legte ihr den Ring wieder auf das Bett, küßte ihre Hand

und verließ schnell das Zimmer. Wenig später trat Carlos Heimann ein. Ihm folgte Tommy Brest, der Fernsehstar, mit einem Blumenstrauß. Als er das Blütenmeer sah, das Karin umgab, warf er seinen Strauß in die Ecke.

»Was ist denn hier los?« fragte Heimann. »Willste 'ne Blumenfee spielen?«

»Das sind Aufmerksamkeiten eines Mannes, der noch weiß, wie man eine Frau umwirbt.«

»Alles von einem?« Heimann sah sich um. »Der braucht einen Psychiater.«

»Er will mich heiraten.«

»Dann ist er unrettbar verblödet!«

»Ein Millionär, Schätzchen.« Karin Jarut klappte die beiden Etuis auf. Tommy Brest beugte sich darüber und nickte sachverständig.

»Sogar echt«, sagte er. »Donnerwetter.«

Heimann schüttelte den Kopf. »Der Mann ist entweder blind oder blöd. Hast du ihm gesagt, Süße, daß du neunundzwanzig Jahre alt bist?«

»Nein.«

»Das solltest du aber tun! Dann könntest du sehen, wie dem Kerl die Sohlen dampfen, so rennt er weg! Mit neunundzwanzig bist du im Orient eine alte Frau!«

»Scheusal!« Karin Jarut klappte die Etuis wieder zu. »Er ist europäisch erzogen.«

»Aber er raucht Wasserpfeife, betet zu Allah und weiß aus dem Koran, daß er fünf Frauen haben darf. Süße, steck die Brillanten ein, gönn ihm eine Nacht in deinem Bett, und dann Schluß mit dem Quatsch! Übrigens: Da ist ein Telegramm von Pelz gekommen. Wir sollen den ›Kain‹ vorläufig einstellen. Weißt du, warum?«

»Einstellen?« Karin Jarut sah Heimann groß an. »Wenn einer etwas weiß, bist du es doch! Carlos, sei kein Affe ... was stand in dem Telegramm?«

»Bitte.« Heimann gab ihr das Formular mit dem kurzen, knappen Text. Verständnislos sah Karin zu Tommy Brest.

»Verstehst du das, Sunnyboy?«

»Ja.« Tommy holte aus der Jackentasche eine zusammengefaltete Zeitung und gab sie Karin, ehe es Heimann verhindern konnte.

»Du bist ein perverser Bursche!« rief Heimann. »Ich wollte es ihr schonend beibringen!«

»Was denn?«

»Lies.« Tommy tippte auf die Zeitung. »Im Funkhaus werden sie jetzt zu Einsiedlern. Wenn das so weitergeht, werde ich mich entmannen lassen müssen...«

»Deine saublöden Bemerkungen kannst du dir sparen!« Heimann sah mit düsterer Miene, wie Karin Jarut die Zeitung auffaltete und das Interview las, das Dr. Rathberg der Presse auf einer eigens einberufenen Pressekonferenz im Funkhaus gegeben hatte. Die Zeitung hatte Tommy Brest im Hotel gekauft, wo alle großen Blätter der Welt zu haben waren.

Das Gesicht Karins wurde steinern und bleich. Carlos Heimann tastete nach ihrer Hand, aber sie schlug seine Finger zurück.

»Reg dich nicht auf, Süße!« sagte er begütigend. »Keine Suppe wird so heiß gegessen, wie sie aus dem Kessel kommt.«

»Und das Telegramm?« sagte Karin leise.

Wenn Karin Jarut leise sprach in einer Situation, wo man hätte eigentlich schreien müssen, wurde es gefährlich. Heimann kannte das aus vielen Auseinandersetzungen in den Studios. Wenn Tommy Brest die Kulissen umschmiß vor Wut, dann saß die Jarut zunächst still auf ihrem Stühlchen, um dann... Ja, dann allerdings hielt sie niemand mehr auf. Dann wurde sie ein Naturereignis wie Wirbelsturm oder Springflut.

»Warum hast du uns auch nicht gesagt, daß du dich auf der Straße mit Ehefrauen kloppst?« Heimann wollte ihr die Zeitung wegnehmen, aber sie hielt sie mit beiden Händen fest. »Ich hätte das bei dem Alten hingekriegt. Aber wenn der das erst durch die Zeitungen erfährt... du kennst doch die Moral des heiligen Aloys.«

»Ich will telefonieren«, sagte Karin Jarut ruhig. Heimann und Tommy Brest starrten sie entgeistert an.

»Wohin?«

»Zu Theo Pelz. Verschafft mir eine Verbindung zu Pelz. Sofort.« Ihre Stimme stieg an, als sie Heimanns Zögern sah. »Ich will mit Pelz telefonieren, oder dieses Krankenhaus erlebt etwas, wovon man hundert Jahre sprechen wird!«

»Ich will's versuchen.« Heimann sprang auf, rannte zur Tür und zog Tommy Brest mit sich. Auf dem Flur wischte er sich den Schweiß vom Gesicht. »Als Gott uns 'ne Rippe klaute und daraus das Weib schuf, muß er schizophren gewesen sein!« stöhnte er. Tommy Brest zupfte seine Krawatte zurecht.

»Zumindest hätte er den Kopf sparen können. Was unterm Kinn beginnt, ist brauchbar.«

»Tommy, da kommt ein Rummel auf uns zu, von dem wir noch lange zehren werden...«

Zehn Minuten später trug eine kleine, immer freundliche Schwester ein weißes Telefon in Karins Zimmer, schloß es an und sagte:

»Deutschland ist schon am Apparat. Nehmen Sie ab, Madame.«

Karin Jarut lehnte sich in die Kissen zurück, riß den Hörer ans Ohr und sagte knapp: »Ja?«

»Hier Funkhaus.«

»Aha! Fräulein Dehmel. Nicht wahr?«

»Ja. Frau Jarut?«

»Ganz recht. Ist Direktor Pelz im Hause?« Sie sah auf ihre Uhr. In Deutschland war es jetzt vierzehn Uhr. Um diese Zeit saß Pelz meist allein in seinem Zimmer und trank nach dem Kantinenessen einen starken Kaffee.

»Ich will es versuchen, Frau Jarut.«

Ein paarmal knackte es im Apparat, es rauschte und wisperte, dann hörte Karin die Stimme Theo Pelz'. Ein hartes Lächeln zog über ihr Gesicht.

»Theo?«

»Karin. Meine Liebe! Soeben kam das Telegramm von deinem Unfall an. Schrecklich! Wie geht es dir? Wie ich höre, ist deine Sprache nicht gelähmt. Wäre ja auch ein Wunder gewesen, wenn eine Giftschlange die andere beißt. Lebt die arme Schlange noch?«

»Erwarte nicht, daß ich über deinen Aphorismus lache. Auch *dein* Telegramm ist angekommen.«

»Eine Anordnung vom Alten, Liebes. Ich war nur Briefträger.«

»Und die Pressekonferenz?«

»Auch Sache des Intendanten. Woher weißt du überhaupt?«

»Auch in Limassol gibt es deutsche Zeitungen. Und nun hör einmal zu, Theo...«

»Karin, Liebes, bevor du etwas Unbedachtes sagst, hör mich an!«

»Nein!« Die Stimme Karins war laut. »Jetzt rede ich, und danach ist Sendepause! Ich werde, sobald man mich hier losläßt, zurück nach Deutschland kommen! Und dann berufe *ich* eine Pressekonferenz ein und werde den Knaben erzählen, was hinter den Mahagonitüren des Funkhauses vor sich geht. Da ist ein Programmdirektor, der Begabungen auf der Couch testet...«

»Karin, das ist infam!« schrie Pelz.

»Da ist ein Regisseur, der so warm ist, daß man im Winter die Heizung im Studio sparen kann, wenn er dort dreht. Und da ist ein der Moral verpflichteter Intendant, der seit zwei Jahren vergeblich versucht, Karin Jarut zu einer Übernachtung in seinem Jagdhaus zu überreden!«

Man hörte deutlich, wie Pelz viel Luft durch die Nase einatmete. »Ist das wahr, Schatz?« fragte er dann heiser.

»Ich habe es nicht nötig, solche Dinge hinzuzulügen, ich lasse höchstens einiges weg! Was glaubst du, was in Deutschland passiert nach dieser Pressekonferenz? Vergeßt nicht: Ich bin nun bald neun Jahre bei eurem Verein! Darüber könnte ich neun nicht jugendfreie Bücher schreiben. Jahresringe eines Funkhauses. Denk mal an die Sache mit der Volontärin Ursula. Kommt in ein abgedunkeltes Studio, jemand greift zu, hält ihr den Mund zu, sie wird vor Schreck ohnmächtig, und als sie zu sich kommt, liegt sie im Dekorationsbett des Fernsehspieles ›Madame Pompadour‹ und ist keine Jungfrau mehr! Ist nie herausgekommen, wer's war. Ursula aber wurde in Rekordzeit Regie-Assistentin und durfte als erste vom Sender nach Amerika. Oder der Fall Hollmer. Solotänzer verliebt sich in Beleuchter und ist eifersüchtig auf Schlagerstar. Theo, hörst du noch zu...«

»Und wie ich zuhöre, Püppchen.« Theo Pelz schnaufte. »Das kannst du nicht machen.«

»Hat Rathberg gefragt, ob er das mit mir machen kann? Ohne mich anzuhören, macht er mich vor allen Fernsehzuschauern unmöglich. Ich bin in Deutschland zur Skandalfigur Nummer eins geworden. Ohne mich anzuhören, ohne daß ich mich wehren kann! Und da soll ich jetzt schön still sein, brav das Giftpülverchen schlucken und klaglos in einer Ecke verrecken? Seid ihr denn alle verrückt?! Jetzt drehe *ich* die Dreckschleuder auf, und es wird im Funkhaus verdammt nach Jauche stinken!«

Sie wartete die Antwort Theo Pelz' nicht ab, sondern legte den Hörer auf. Dann zögerte sie einen kurzen Augenblick, griff wieder zum Telefon und rief die Zentrale an.

»Stellen Sie eine Verbindung zu Monsieur Amar Sorbania her«, sagte sie. »Wenn er nicht zu Hause ist, hinterlassen Sie, er möchte mich anrufen.«

Eine halbe Stunde später klingelte das Telefon. Carlos Heimann und Tommy Brest saßen an Karins Bett und gaben sich alle Mühe, sie zu beruhigen. Es war vergeblich. Karin Jarut befand sich in einem Rausch von Rache. Mit Schwung nahm sie den Hörer ab und sah dabei die anderen triumphierend an.

»Amar?« rief sie mit heller Stimme. Es war tatsächlich der schwerreiche arabische Scheich. »Ich bin so glücklich, dich zu hören. Ich glaube, meine Entscheidung ist gefallen. Du bist wie ein Blitz in mein Herz gezuckt...«

»Billigster Kintopp!« sagte Heimann verächtlich. »Auf so was fallen nur Blödiane herein.«

Karin funkelte ihn kampfeslustig an.

»Aber eine Bedingung: Flieg mit mir übermorgen nach Deutschland... Nein, nicht ans Ende der Welt, nur nach Deutschland. Ich will mich in meinem Heimatland mit dir verloben...«

»Fest steht und treu die Wacht am Rhein!« sagte Heimann mit schiefem Mund. »Klappe I, Titel: Die Ölpest in Bumbenhausen.«

Karin warf den Hörer zurück und lehnte sich voll Triumph zurück. »Er kommt! Wir fliegen nach Deutschland!« Ihre Augen funkelten. »Das wird eine Schau, meine Lieben! Karin Jarut heiratet Ölmillionär. Aber vorher rechnet sie mit dem deutschen Fernsehen ab...«

»Amen.« Carlos Heimann stand auf und winkte Tommy Brest zu. »Komm, mein Junge, gehen wir ins Hotel und morgen in die Berge zum Drehen. Wenn Weiber zu Hyänen werden, brauche ich nicht das Aas dazu zu liefern.«

Das Lachen Karins klang hinter ihnen her über den langen weißen Flur des Krankenhauses.

*

Im Funkhaus gab es nach dem »Fall Jarut« keine Ruhe mehr. Die Telefone liefen heiß, die Sekretärinnen stöhnten. Die Belegschaft der Sendereihe »Hörer fragen – wir antworten« erstickte in Briefen und Karten.

Die Skala der Zuschriften und Anrufe war groß. Sie reichte vom: »Bravo! Das ist echtes Christentum!« der »Vereinigung christlicher Witwen« bis zum anonymen Anruf: »Ihr Heuchler! Was hinter euren Kulissen sich abspielt... Oho! Ich weiß es! Ihr Stinktiere!« Programmdirektor Pelz sammelte fleißig die saftigsten Aussprüche und trug sie in einer schönen roten Ledermappe zu Intendant Dr. Rathberg.

»Na und?« sagte Dr. Rathberg. Er sah Pelz scharf an. »Das beweist doch, welch großen Anteil die Bevölkerung nimmt. Das beweist doch geradezu meine Ansicht, daß das Fernsehen sauber bleiben muß, um erzieherisch zu wirken. Millionen Augen sehen auf uns! Millionen verlangen von uns, Vorbild zu sein! Sind wir das, Herr Pelz? Ein Fall wie dieser ist unerträglich für ein Kulturklima.«

»Die Jarut will morgen zurückkommen«, sagte Pelz wie beiläufig. »Sie hat in Limassol alles gelesen.«

»Na und?« Dr. Rathberg sah Pelz aus den Augenwinkeln an. »Sie können ihr dann gleich unsere Ansicht klarlegen und sie auszahlen. Ich will großzügig sein: Sie bekommt das Honorar voll für die letzte Folge ›Kain‹. Das sparen wir wieder ein, weil Fräulein Hartung als Anfängerin ja wesentlich billiger ist.«

Theo Pelz lächelte mokant. Ein Gauner bist du ja doch, dachte er. So schön kann kein Mädchen sein, daß du nicht irgendwie daran verdienen könntest. Jetzt betrügst du die kleine Vera schon um Tausende von Mark, noch bevor sie überhaupt ihren ersten Satz in die Kamera gesagt hat.

»Die Jarut will eine Pressekonferenz geben«, schoß er seinen Giftpfeil ab. Dr. Rathberg fuhr herum.

»Was will sie?«

»Reden.«

»Woher wissen Sie das?«

»Von Heimann. Er rief mich gestern nacht noch an.«

»Ist die Jarut verrückt?«

»Ihr Vater war Pfarrer. Daher kennt sie aus der Bibel: Auge um Auge, Zahn um Zahn.«

»Ihr Humor ist manchmal wirklich schwarz.« Dr. Rathberg lief unruhig in seinem riesigen Zimmer hin und her. »Sie werden diese idiotische Pressekonferenz verhindern, Herr Pelz.«

»Das wird unmöglich sein. Im Grundgesetz sind freie Meinungsäußerung ...«

»Pelz, werden Sie nicht auch noch dämlich!« Dr. Rathberg blieb stehen. Seine Erregung ließ seinen Kopf zucken. »Sie werden die Jarut am Flughafen abfangen und mit ihr verhandeln. Ich denke ... man munkelt es doch ... daß Sie und die Jarut ... Na ja, hinter verschlossener Tür hat niemand etwas zu suchen ... Auf jeden Fall: Sie werden diesen Blödsinn mit der Presse verhindern.«

»Das wird unmöglich sein, Herr Intendant. Karin kommt mit ihrem Verlobten ...«

»Mit wem?« schrie Dr. Rathberg.

»Ein Ölmillionär. Amar Sorbania. Der mietet für eine Pressekonferenz die Deutschlandhalle, wenn's sein muß. Verliebte Orientalen haben kein Maß. Und wenn Karin reden will ...«

»Morgen ist Sonntag.« Dr. Rathberg wandte sich ab und ging zu seinem Lieblingsplatz, zu dem großen Fenster, vor dem der breite Fluß träge dahinfloß. »Leider bin ich morgen beruflich verhindert, sonst würde ich selbst die Jarut am Flughafen abholen. Man kann sich mit ihr arrangieren, wenn man will. Man muß nur hart sein, Herr Pelz. Was wir der Presse als Entlassungsgrund bekanntgegeben haben, ist ja nur ein Bruchteil dessen, was die Jarut auf dem Liebeskonto hat. Das müssen Sie ihr einmal klar und doch charmant sagen. Dann weiß sie, was sie zu tun hat ... schon wegen ihres Ölknaben. Überhaupt, der Scheich. Das kann ein guter Hebel sein! Ihm darf die Illusion nicht zerstört werden, ein Täubchen zu heiraten. Wie bitter, wenn aus der Taube ein Gassenspatz wird ...«

Theo Pelz nickte. Das geht auf massive Erpressung hinaus, dachte er. Hier trägt die Moral einen Kittel, und das Christentum samt Nächstenliebe trägt einen schmuddeligen Overall.

»Ich will es versuchen«, sagte Pelz gedehnt. »Aber die Jarut ist materiell eingestellt. Was kann ich ihr bieten? Die Gage ist gleich Null bei so einem Ölmillionär.«

»Was anderes habe ich nicht.«

»Sie ist eine phantastische Künstlerin.«

»Seit wann war das, was sie machte, Kunst?« Dr. Rathberg lachte etwas höhnisch, aber dann war er sofort wieder ernst. Unausgesprochen lag in dem großen Raum, was Karin Jarut ihrem Regisseur Heimann ins Gesicht geschleudert hatte: der riesige Kessel schmutziger Wäsche, der gewaschen werden würde. »Sie kann ja zum anderen Programm gehen.«

»Da hat sie einen vom Fernsehrat geohrfeigt, als dieser ihr in die Bluse greifen wollte. Dort kommt sie bestimmt nie an.« Pelz seufzte laut. »Es ist schon ein harter Job, den wir haben, Herr Intendant.«

»Dann halten Sie sie hin. Versuchen Sie, Zeit zu gewinnen. Es wird uns schon etwas einfallen. Wenn ich nur selbst mit ihr reden könnte. Aber gerade morgen ist da eine wichtige Sache...« Dr. Rathberg sah seinen Programmdirektor ernst an. »Sie machen das schon, Herr Pelz! Ich kenne Ihr Geschick in solchen Dingen.«

Gedankenvoll ging Theo Pelz zurück zu seinem Büro. Er war sich in dieser Angelegenheit gar nicht so sicher.

Wenn Karin Jarut einen Skandal wollte, dann wollte sie ihn auf Biegen oder Brechen. Mit einigen Ölmillionen im Rücken war so etwas schon mehr ein Vergnügen als eine Anstrengung.

*

Die Abendnachrichten wurden gerade gesendet, und im Studio III stand alles für die Livesendung »Mr. Hops geht hops« bereit, als bei Theo Pelz das Telefon schrillte. Eine aufgeregte Stimme schrie ihn an....

»In der Sportredaktion bekommt eine ein Kind.«

Pelz starrte den Hörer an, warf ihn dann mit einem lauten Fluch weg und rannte aus dem Zimmer. Wenn die Made erst mal drin ist, dachte er, ist der ganze Apfel faul! Ein Kind! Und dann in der Sportredaktion! In der Abteilung »Lebendige Kultur« wäre das sinnvoller gewesen.

Als er in den Räumen der Sportredaktion ankam, war schon die Schwester vom Sanitätsraum da. Aus dem Studio V wurde ein Arzt geholt. Er machte dort gerade eine Ampexaufnahme zu dem Thema: »Das Wunder der Lungenbläschen«. Er war zwar Lungenfacharzt, aber die Geburt eines Kindes ist an keine Spezifizierung gebunden.

Im Vorraum des Sportredakteurs stauten sich die Gäste. Fußballer, Boxer, Gewichtheber, Ringer, Turner, Sprinter. Es war Samstag abend, die Athleten kamen vom Sieg und sollten interviewt werden. Statt dessen krümmte sich plötzlich die Sekretärin auf ihrem Stuhl, begann zu stöhnen, drückte die Hände auf den Leib und gegen das Rückgrat und ächzte: »Schnell einen Arzt... ich bekomme ein Kind...«

Man hatte sie sofort in das Zimmer des Redakteurs getragen, auf eine Couch gelegt und alles, was zuständig war, alarmiert. Zwei Putzfrauen, die die leeren Büros der Verwaltung putzten, kamen mit Eimern heißen Wassers herauf. Die Schwester von der Ersten-Hilfe-Station des Funkhauses breitete Tücher, Zellstoff und Tupfer aus.

»Warum bringt man sie nicht ins Krankenhaus?« rief Theo Pelz, der sich bis zu der Gebärenden durchgekämpft hatte.

»Zu spät.« Die Rote-Kreuz-Schwester richtete sich auf. »Es sind ja schon die Preßwehen... das Kind muß gleich kommen... So schnell habe ich das noch nie erlebt...«

»Das kommt davon, wenn man dauernd Rekorde tippen muß«, sagte jemand im Hintergrund. Theo Pelz fuhr wie gestochen herum.

»So eine dusselige Bemerkung kann auch nur ein Muskelprotz machen, dem das Gehirn in den Bizeps gerutscht ist! Wo bleibt denn der Arzt aus Studio V?«

»Schon da!« rief jemand von der Tür des Sekretariats. »Ein Glück, daß heute keine Tiersendung dran ist...«

Die Männer lachten. Selbst über das schweißnasse Gesicht der Gebärenden lief ein Hauch von Lächeln.

»Alles raus!« sagte der Arzt. Er warf einen Blick auf die Stöhnende, beugte sich vor und winkte dann mit beiden Händen. »Raus! Auch Sie, Herr Direktor! Für diese Sendung brauchen Sie kein Honorar zu bezahlen...«

Bis auf die Schwester, die beiden Putzfrauen und einem Fußballverein-Masseur, den der Arzt als Assistenten brauchte, wurden alle aus dem Zimmer gedrängt. Theo Pelz begab sich nebenan in den Regieraum und rief von dort Dr. Rathberg an.

»Herr Intendant, wir bekommen ein Kind«, sagte er und

sah das entgeisterte Gesicht des Intendanten vor sich. Die Antwort war auch danach.

»Haben Sie getrunken, Herr Pelz?«

»Nein. In der Sportredaktion bekommt jemand ein Kind. Ampex aus Studio V ist unterbrochen; der Arzt macht gerade Geburtshilfe.«

»Will man mich mit Gewalt ins Irrenhaus bringen?«

Pelz hörte, wie Dr. Rathberg auf den Schreibtisch schlug. Es tat ihm gut.

»Wir haben dieses Mal großes Glück, Herr Intendant. Die werdende Mutter ist Frau Hönisch. Seit vier Jahren verheiratet mit dem Kameramann Hans Hönisch. Die Geburt ist also legal und als rührendes Stück propagandistisch auszuwerten. Ich schlage vor, Herr Intendant, Sie übernehmen spontan die Patenschaft. Das kommt ja beim Fernsehvolk an! Das erreicht Bewertungsziffer 9! Ich lasse von der Nachtschau die Kamera runterkommen, und wir machen für die Spätausgabe einen Film: Sie mit dem neugeborenen Kind auf dem Arm in der Sportredaktion. Patenonkel Intendant...«

»Sind Sie verrückt, Pelz?«

»Diese Sondersendung schlägt alles, selbst die mögliche Pressekampagne der Jarut! Onkel mit Kind – das ist so tiefes deutsches Gemüt, daß nichts anderes mehr dagegen aufkommt.«

»Ich sehe mir das Kind mal an.« Die Stimme Dr. Rathbergs war zögernd. »Im Grunde genommen haben Sie recht... so etwas kommt nicht alle Tage vor. Holen Sie die Kameras ins Sportstudio...«

*

Während bei Larnaka auf Zypern eine Chartermaschine aufstieg – zum erstenmal bewies Amar seinen Reichtum, indem er ein eigenes Flugzeug mietete, da alle Linienmaschinen ausgebucht waren –, eine Abschiedsschleife zog und Heimann und Tommy Brest ihr nachwinkten, holte Intendant Dr. Rathberg, zünftig in einer grünen Jägerkluft, Vera Hartung vom Hotel ab.

Die wichtige geschäftliche Besprechung nahm ihren Anfang.

»Gespannt?« fragte Rathberg, als Vera neben ihm saß.

»Und wie! Wo geht es denn hin?«

»Nach Süden. Ich habe dort ein Jagdrevier. Und mitten im Wald, romantisch wie in alten Jägerfilmen, liegt mein Jagdhaus. Es heißt ›Brettenstein‹.«

»Ein schöner Name.« Vera sah ihren Intendanten von der Seite an. Er machte heute einen ausgesprochen jugendlichen Eindruck. Alle Gerüchte von seiner Unnahbarkeit mußten Lügen sein, wenn er so, wie jetzt, wirklich war. Aber der Fall Karin Jarut... eiskalt hatte Dr. Rathberg sie hinausgeworfen. Warum war er zu ihr so ganz anders?

»Gestern, im Nachtprogramm, das war herrlich. Das süße Kind. Und Sie als Pate... ich habe vor Begeisterung geklatscht.«

Dr. Rathberg nickte. »Ich habe es spontan getan! In dieser Nacht noch wurden zweitausend Mark gesammelt. Ein kräftiger Junge. Till soll er heißen. Frau Hönisch wird auf Kosten des Senders sechs Wochen Urlaub machen.«

»Ich finde das toll, Herr Intendant.«

»*Wie* heiße ich?«

»Verzeihung. Dr. Rathberg.«

»So, und nun sehen wir uns einmal die schöne Natur an.« Er sah kurz auf Veras Busen, ehe er den Wagen anließ und abfuhr.

Es war ein herrlicher, sonniger Herbsttag. Die Fahrt durch den bunten Wald dauerte lange. Immer wieder hielt Rathberg an, machte Vera auf Tierstimmen aufmerksam, zeigte ihr, wie man ein Fernglas hält, und kam dabei, etwas ungeschickt, in Berührung mit ihrem Busen und ihren Schultern.

»Gibt es hier Wildschweine?« fragte Vera plötzlich. Dr. Rathberg schüttelte den Kopf.

»Nein. Warum?«

»Ich möchte so gern ein Wildschwein in Freiheit sehen.«

»Das ist ein schnaufender, stinkender, haariger, dreckiger Klumpen, der durch das Gelände prescht. Viel schöner sind da die Schmaltiere.« Er legte den Arm um Veras Schulter und roch den Duft ihres Haares. So standen sie eine Weile und lauschten auf Geräusche, die Rathberg als Spechtklopfen bezeichnete.

Zu Mittag aßen sie in einem Waldgasthaus. Forelle blau, Rehsteak à la Förster, Salat, Fürst-Pückler-Eis. Dazu einen herben Wein, der es aber in sich hatte. Vera spürte es später, als sie schon wieder im Wagen saßen und weiterfuhren.

Es war Nachmittag, als sie endlich bei Rathbergs Jagdhaus

ankamen. Es war wirklich einsam gelegen, aber lang und zünftig; ein Bungalow mit Holzverkleidung, mit grünen Läden, Holzstapeln, Futterkrippen für den Winter und einem Stall, der aber leer war.

»Hier stellen meine Freunde ihre Pferde unter«, sagte Rathberg zur Erklärung. »Manchmal feiern wir hier Feste wie die alten Germanen.«

Er schloß auf und zog Vera ins Haus. Eine Eingangshalle, voll von Gehörnen und Jagdtrophäen, empfing sie. Sogar ein Wasserbüffelkopf und ein Tigerkopf glotzten ihr entgegen.

»Aus Südafrika und aus Bengalen!« erklärte Dr. Rathberg. »Ich bin ein leidenschaftlicher Jäger. Aber das sind noch nicht alle Leidenschaften.« Er ging zu einem riesigen Schrank, schloß ihn auf und klappte die Türen weg. Der Schrank entpuppte sich als eine bis zum Rand gefüllte Bar. Rathberg schüttete zwei Gläser voll und kam mit ihnen zu Vera zurück.

»Ich begrüße Sie in meinem kleinen Paradies!« sagte er fast feierlich. »Hier bin ich Mensch, hier darf ich's sein! Und seien Sie es auch! Sie sind eine der wenigen Auserwählten, die dieses Domizil betreten durften. Stoßen wir an!«

Sie taten es. Tapfer schluckte Vera das scharfe Getränk, das nach Kräutern und Ingwer schmeckte, herunter. Ihr Kopf summte schon von dem schweren Wein; nun kam etwas hinzu, das sie bisher nicht gekannt hatte ... eine schwebende Leichtigkeit. Wenn sie ging, war es ihr, als berühre sie kaum den Boden.

Dr. Rathberg schloß die Tür. Dabei sah er auf die Uhr. Jetzt holt Pelz die Jarut vom Flughafen ab, dachte er. Hoffentlich gelingt es ihm, sie zu beruhigen. Wenn nicht, muß man zu einem fatalen Mittel greifen. Professor Dr. Luckritz muß gegenüber der Presse erklären, daß Karin Jarut seit zwei Jahren an einer Nervenkrise leidet ... vornehm ausgedrückt. Man wird verstehen ... Aber peinlich ist es auf jeden Fall.

»Sie sehen zauberhaft aus, Vera«, sagte Rathberg, als er zurück in die Halle kam. »Es ist Sitte in diesem Haus, daß meine Gäste die Tracht des Landes anlegen. Ein Spleen von mir – aber ich glaube, es gibt schlimmere. Darf ich Ihnen das Umkleidezimmer zeigen?«

Er ging voraus, Vera folgte ihm lachend. In einem großen Zimmer stand ein riesiger Schrank, voll von Kleidern in allen Größen. Dr. Rathberg machte eine weite Handbewegung.

»Suchen Sie sich das schönste Kleid aus, Vera! Ich warte auf Sie in der Halle...«

Dann war Vera allein, schloß die Tür ab und sah sich sinnend im Spiegel an. Wohin wird das führen, dachte sie. Wird er der onkelhafte Gönner bleiben, oder wird er bald die Maske fallen lassen und so sein, wie sie alle sind...

Sie schüttelte den Kopf. Das ist unmöglich. Nicht Dr. Rathberg. Seine Einstellung zu diesen Dingen ist allgemein bekannt. Warum hätte er sonst Karin Jarut entlassen?

Vera begann sich auszuziehen. In dünnem Slip und schmalem BH stand sie dann wieder vor dem großen Spiegel und betrachtete sich. Sie war stolz auf ihren Körper, und sie war stolz darauf, daß noch niemand ihn berührt hatte.

Im Nebenzimmer, vor einer Nische, die genauso groß war wie der Spiegel, saß Dr. Rathberg auf einem Schemel. Er genoß das große Geheimnis seines Jagdhauses: den durchsichtigen Spiegel. Während im Nebenzimmer sich die Nackten unbefangen betrachteten, war dieser Spiegel von dieser Seite durchsichtig wie eine Fensterscheibe.

Wie oft hatte er hier gesessen, wenn sich seine Jagdgesellschaft umzog. Zuerst die Herren, das war uninteressant. Dann die Damen. Die Gräfin Tonnitz. Die Frau Generaldirektor Plümm. Die Konsulin Hardmann. Und dann die Töchter! Manchmal war es schamlos, wie sie sich unbeobachtet vor dem Spiegel benahmen... aber Dr. Rathberg hatte in der Nische gesessen, mit brennenden Augen und zuckenden Lippen. Ein Faun, der die Nymphen beobachtet.

Jetzt hockte er wieder da und starrte auf den entblößten Körper Vera Hartungs. Und während er sich vorbeugte, die Augen fast an das Glas legte, um jede Einzelheit dieses sich ihm frei bietenden Körpers in sich aufzunehmen, wußte er, daß dieser Tag nicht mit dem Sonnenuntergang enden würde, sondern mit dem Morgenrot.

Über sein Gesicht rann Schweiß, und seine Hände zuckten auf den Knien. In diesem Augenblick war er wie ein Wahnsinniger.

*

Der Abend wurde anders, als es sich Dr. Rathberg gedacht hatte. Was diese Jagdhütte schon an intimen Gesellschaften gesehen hatte, sollte sich heute nicht fortsetzen. Manchmal, wenn er eine sentimentale Stunde hatte, saß Rathberg allein in dem großen Raum und blickte stumm durch dieses Haus. Dann überfielen ihn die Erinnerungen, und dann hatte er plötzlich Angst vor dem Sterben und seinen fünfundfünfzig Jahren.

Er war nicht krank, er ließ sich ständig untersuchen, machte EKG-Kontrollen, ließ sich einmal im Jahr durchleuchten, unterwarf sich Zuckertests und erholte sich sechs Wochen lang in Ischia oder in Davos. Sein Arzt sagte einmal zu ihm: »Herr Intendant, Ihre Gesundheit ist nur erklärbar durch die Ruhe eines Beamtenlebens.« Trotzdem geriet Dr. Rathberg in eine innere Panik, wenn er sich vorrechnete, daß er zwei Drittel seines Lebens schon hinter sich hatte.

In diesem Raum hatte seine Liebe zu der Sängerin Lore Althein begonnen. Zwei Jahre blieb es verborgen. Zwei Jahre, in denen sie zu einem gefeierten Opernstar wurde und als Krönung ihrer kometenhaften Laufbahn einen Vertrg nach New York, an die berühmte Metropolitan Opera, erhielt. Vier Tage vor ihrem Abflug verunglückte sie; ihr Wagen kam auf der Autobahn ins Schleudern und prallte gegen die Leitplanke des Mittelstreifens. Aus dem Gewirr von Blech und verbogenem Stahl zog man Lore Althein heraus; ein blutiges Bündel, das kaum noch als Mensch zu erkennen war.

Luisa Rameau... Dort, am Kamin saß sie, ein kleines, superblondes Aas, mit langen Beinen und Augen wie eine Schlafpuppe. Sie hatte auf der Erde gesessen und später vor dem Kamin gelegen, auf dem Bärenfell, das Rathberg bei einem Jagdausflug in die Karpaten erbeutet hatte. Der Widerschein des Kaminfeuers zuckte über ihre Haare und den Körper, der weiß im ungewissen Licht glänzte, denn Luisa Rameau hatte sich ausgezogen, stumm, ungeniert, ohne Zögern, so wie man sich eben auszieht, wenn man allein ist. Und Dr. Rathberg hatte vor ihr gesessen, sie angestarrt und sich unendlich jung gefühlt.

Die vielen anderen in diesem Raum. Die stummen Zeugen seines zweiten Lebens. Diese hölzernen Wände mußten getränkt sein vom Duft des Parfüms, von den zwitschernden Stimmen verliebter Mädchen, von Lügen und gespielter Leidenschaft, von Versprechungen und dramatischen Abschieden.

Dr. Rathberg stand wieder an der riesigen Bar und mixte einen neuen Cocktail, als Vera Hartung aus dem Umkleidezimmer kam. Sie trug ein buntes, enges Dirndlkleid. Die Verschnürungen des Mieders hoben ihre Brüste hervor, die Bluse verbarg kaum deren Ansatz.

Dr. Rathberg stellte den Mixbecher hart auf die Ablage. Es klang wie ein Faustschlag.

Warum hat sie das genommen, dachte er. Lore Althein trug es zuletzt, an unserem letzten Abend hier im Wald. Es war der Abschied für die Reise nach New York... und dann geschah das Unfaßbare auf der Autobahn.

Er wischte sich über die Augen. Die Verzauberung, die der Anblick Veras in ihm auslöste, blieb, aber alle Sehnsucht, die er vor dem heimlichen Spiegel in sich aufgeladen hatte, löste sich auf. Es war Dr. Rathberg, als stände sie jetzt zwischen ihnen, die einzige Frau, die er geliebt hatte und die kein Abenteuer gewesen war. Die einzige Frau, an die er zurückdachte mit Ehrfurcht und schmerzendem Herzen.

»Es war das schönste Kleid im Schrank«, sagte Vera Hartung unbefangen.

Dr. Rathberg nickte und trug die Gläser mit dem Cocktail zum Kamin. »Ich weiß. Es steht Ihnen sehr gut. Darf ich es Ihnen schenken?«

»Aber Herr Intendant...«

»Es ist wie für Sie gemacht, Vera. Nachdem ich Sie darin gesehen habe, könnte ich mir keine andere Trägerin mehr denken. Behalten Sie es, bitte!«

Er sah Vera Hartung an, wie sie zum Kamin ging, sich bückte und mit zwei großen Kaminstreichhölzern das Holz in Brand setzte. Dann nahm sie den Blasebalg und blies die kleine Flamme höher, die vom trockenen, kleingehackten Unterholz aufloderte.

Was hat er vor, dachte sie dabei. Was wird aus dem harmlosen Sonntagsausflug in die Natur noch werden? Was soll ich tun, wenn er zärtlich wird? Ich kann ihm doch keine Ohrfeige geben, und weglaufen kann ich auch nicht. Wohin denn? Wo bin ich denn? Um mich ist dichter Wald, wir sind nach Süden gefahren, weiter weiß ich nichts... Sie blieb am Kamin hocken, blies mit dem Blasebalg in die kleinen Flammen und lauschte nach hinten, was Dr. Rathberg machen würde.

Der Intendant setzte sich in einen der tiefen, ledernen Kaminsessel und starrte in das anbrennende, qualmende Holz.

»Sie werden die Hauptrolle in unserer neuen großen Show ›Der goldene Kuß‹ übernehmen«, sagte er unvermittelt. Vera zuckte zusammen, der Blasebalg fiel neben das gestapelte Kaminholz.

»Aber ich bin doch ein Anfänger«, sagte sie stockend. »Ich bin doch ein Niemand. Keiner kennt mich...«

»Nach der ersten Sendung werden Millionen Sie kennen. Ein Gesicht wie Sie, eine Ausstrahlung wie die Ihre... so etwas habe ich immer gesucht. Bitte, das sind keine Komplimente, und daß Sie hier mit mir allein in meiner heimlichen Jagdhütte sind, hat keinerlei Bedeutung.« Er sah wieder auf das bunte, enge Dirndlkleid, und es tat ihm leid, gegen seine Absicht zu reden. Was hatte er sich von diesem Abend und der Nacht erwartet. Wie hatte er diesen Tag herbeigesehnt, alles vorbereitet, durch den Waldhüter den Eisschrank mit Wurst, Käse, Kaviar und geräucherten Forellenfilets auffüllen lassen... und dann zog sie dieses Kleid an, das wie ein Panzer war, das Kleid, das sie unangreifbar machte.

Dr. Rathberg hob sein Glas und prostete Vera zu.

»In einer Woche beginnen die Proben. Herr Pelz und der Regisseur werden sich um Sie kümmern. Enttäuschen Sie mich nicht, Vera.«

»Um ehrlich zu sein – ich habe Angst.« Sie setzte sich in den anderen Sessel und zog den Rock des Kleides über ihre Knie. Dr. Rathberg lächelte verstohlen. So hatte auch Lore dort gesessen, abweisend, aber höflich... und trotzdem war sie seine Geliebte, sein großes Erlebnis geworden.

Er wischte sich über die Augen und sah dann hinauf zu den Jagdtrophäen an den Wänden. Im Kamin prasselte das Feuer, die großen Kloben brannten nun auch. Der Flammenschein zuckte über den Körper Veras. Dr. Rathberg dachte an das Bild, das er im durchsichtigen Spiegel gesehen hatte. Er schloß die Augen.

»Erzählen Sie mir aus Ihrem Leben«, sagte er.

»Da ist nicht viel zu erzählen.« Vera legte die Hände in den

Nacken. Die Wärme des Feuers war herrlich. »Was kann man mit zwanzig Jahren von seinem Leben erzählen?«

»Oh, meine Beste... ich kenne Mädchen, die haben mit zwanzig schon mehr erlebt als andere mit hundert.«

»Zu dieser Sorte gehöre ich nicht.«

»Das klingt sehr stolz, Vera.«

»Ich bin auch stolz darauf, daß ich noch mir selbst gehöre. Ich könnte nie Karriere machen auf die... die andere Art...«

Aha, das ist eine Warnung, dachte Dr. Rathberg. Sie macht es charmant, ein wenig kindlich, aber ich verstehe, kleines Fräulein. Du hast das Glück gepachtet. Du kannst nicht wissen, daß es Cocktails gibt, die nach Zucker schmecken und die Hölle in sich haben. Nach vier Gläsern verändert sich die Welt... und wenn der Morgen kommt, die trübe Stunde der Reue, dann gibt es Tränen, ein gutes Frühstück, eine Tasse starken Kaffee... und dann gewöhnt man sich daran, daß das Leben nun einen Fleck mehr hat. Wer sieht ihn denn?

Sie saßen noch lange zusammen, tranken eine Flasche Sekt und unterhielten sich über belanglose Dinge.

Vor der Tür ihres Schlafzimmers blieb Dr. Rathberg stehen und gab Vera die Hand. Es war die Minute, die noch einmal eine Entscheidung bringen konnte.

»Schlafen Sie gut«, sagte Dr. Rathberg. Seine Stimme klang etwas tonlos. Er beugte sich vor und gab Vera zwei Küsse auf jede Wange. »Es war ein schöner Tag.«

»Wirklich, Herr Intendant?«

»Wirklich.«

Sie nickten sich zu und verstanden sich. Mit einem schiefen Lächeln hörte Dr. Rathberg, wie Vera zweimal den Schlüssel im Schloß drehte. Dann ging er zurück in die große Wohnhalle und holte aus der Bar eine halbe Flasche Kognak. Mit ihr setzte er sich an den Kamin.

So ist das nun, dachte er. Da verbringt man mit einem zauberhaften Mädchen eine Nacht unter einem Dach, und wo sitzt man? Allein mit einer Pulle Alkohol vor dem Kamin.

Bist du daran schuld, Lore Althein?

Bin ich ein müder, alter Mann geworden? Tauge ich nur noch dazu, vor durchsichtigen Spiegeln zu sitzen und mich an Anblicken zu berauschen, so wie der Irre, der im Museum das Gemälde von der nackten Maya im Liebeswahn zerschlitzte?

Spät in der Nacht stand Dr. Rathberg noch einmal vor der Schlafzimmertür Veras. In der Hand hielt er einen zweiten Schlüssel. Aber er schloß nicht auf, er drang nicht in das Zimmer ein … er tappte weiter, fiel drei Türen weiter auf sein Bett und schlief sofort ein.

Am nächsten Morgen war der Kaffeetisch gedeckt. Aus der großen, geblümten Bauernkanne zog der Kaffeeduft durchs ganze Haus. Sonne flutete durch die Fenster, der Herbstwald leuchtete in goldroten Farben.

»Das Frühstück ist fertig, Herr Intendant«, sagte Vera, als Dr. Rathberg aus seinem Zimmer kam, den Kopf noch schwer vom Alkohol. Er sah sie an, sie trug wieder ihr eigenes Kleid. Die Frische der Jugend wehte ihm entgegen – er spürte es wie einen kühlenden Wind.

»Sie sind ein seltener Fall«, sagte er, als er am Tisch saß und Vera ihm Kaffee eingoß. Er hielt ihre Hand fest und zog sie zu sich heran. »Warum haben Sie mich nicht gefragt, was das alles bedeuten soll, als Sie merkten, daß ich hier mit Ihnen zur Nacht bleiben wollte?«

»Ich hatte Vertrauen zu Ihnen, Herr Intendant.«

Dr. Rathberg sah in seine Kaffeetasse. Er war entwaffnet. Sie ist raffinierter, als ich dachte, sagte er sich. Oder ist sie tatsächlich noch ein kleines, scheues Mädchen? Na, man wird es sehen in den nächsten Wochen und Monaten. Auch der Schatten Lore Altheins wird einmal verschwinden …

*

Weniger ruhig ging es auf dem Flughafen zu, als Karin Jarut mit dem Charterflugzeug aus Larnaca landete.

Theo Pelz war gerüstet. Er stand an der Abfertigung, einen riesigen Blumenstrauß in der Hand. Er hatte alles genau überlegt, was er sagen wollte. Wer Karin Jarut kannte, der war mit Worten vorsichtig, denn schnell war man festgenagelt auf Nebensätze, die bei Karin zu Hauptsätzen wurden, wenn es um ihren Vorteil ging. Überhaupt war es eine verflucht undankbare Aufgabe, einen Vulkan wie Karin zu bremsen und ihr beizubringen, daß man ruhig alles durchsprechen könnte, statt gleich mit Vasen oder Aschenbechern zu werfen.

Zweimal hatte Theo Pelz so etwas schon erlebt. Da war

zunächst die Sache mit der kleinen Monika Borick. Himmel noch mal, hatte sie da eine Schau von Eifersucht abgezogen. Sie hatte die Gardinen von den Fenstern gerissen und gedroht, sich damit zu erhängen. Erst, als Theo Pelz in die Küche ging, einen schönen, festen Strick holte und ihn hinhielt mit den Worten »Bitte, der ist besser, der reißt unter Garantie nicht!« ließ ihr Toben nach. Das Ende waren immer Tränen. Oh, weinen konnte die Jarut. Sie floß weg. Sie löste sich auf. Ihr zarter Körper verwässerte sich. Nach dem Fernsehspiel »Lunjas Ende« kamen die Briefe säckeweise ins Funkhaus.

»Endlich konnten wir wieder richtig von ganzer Seele weinen«, schrieben Tausende von Frauen. »Karin Jarut hat unser Herz getroffen!«

Wenn Karin Jarut weinte, tropften selbst Tränen aus den Kameras und von den Studioscheinwerfern.

Den zweiten Vulkanausbruch hatte es gegeben bei der Vergabe der Rolle der heiligen Johanna. Intendant Dr. Rathberg war schon weich geworden: »Na, dann versuchen wir es mal, Herr Pelz!« Aber Theo Pelz war hart geblieben. Die heilige Johanna ist keine chemische Lösung zu Versuchszwecken. Er sagte laut: »Nein!«

Zunächst tobte Karin Jarut in alter Manier, dann weinte sie, trat sie in einen Hungerstreik und rief nach zwei Tagen mit brüchiger Stimme an: »Ich sterbe. Lebt wohl, alle ...«

Theo Pelz hatte daraufhin einen Mann des Beerdigungsinstitutes »Heimkehr« zu Karin Jarut geschickt mit dem Auftrag, die Leiche zu messen, wegen der Sarggröße.

»Du Schuft!« tobte eine Stunde später Karin am Telefon. »Du Ekel! Das vergesse ich dir nie! Nie! Nie!«

Nun stand der dritte Ausbruch bevor. Pelz ahnte es, als er Karin mit einem großen, dunkelhäutigen Herrn in einem hellgrauen Anzug und einem Kamelhaarmantel durch den Zoll kommen sah. Sie trug ihren auffälligen Leopardenmantel, das Andenken an einen Ruhrmillionär, der ihr diesen wertvollen Pelz als Vorschuß gezahlt hatte, aber nie in den Genuß gekommen war, den Gegenwert in Liebe zu kassieren.

»Willkommen, mein Kleines!« schrie Pelz durch die Abfertigungshalle und schwenkte seinen großen Blumenstrauß. Dabei sah er auf Amar Sorbania, der seine Koffer öffnete und mit dem Zollbeamten sprach.

Karin Jarut zog die Augenbrauen hoch und warf den Kopf in den Nacken. Aha! Auf in den Kampf! Salve, Imperator, die Todgeweihten grüßen dich!

Karin Jarut drängte sich durch die Menge anderer Reisender und kam auf Theo Pelz zu. Ihre Augen blitzten, ihre Lippen waren etwas geöffnet. O ja, sie ist das Raubtier, dessen Fell sie trägt, dachte Pelz. Sie ist ein Leopard, und gleich kommen die Krallen heraus.

»Mein Schätzchen, dir ist die Sonne von Limassol blendend bekommen!« sagte er und hielt den Blumenstrauß zwischen sich und Karin. »Wenn du die Blumen gleich an die Wand feuern willst – bitte, bediene dich! Ich muß nur bemerken: Der Strauß wurde nicht vom Funkhaus bezahlt, sondern von mir. Meine Verehrung ging über mein Portemonnaie...«

»Halt den Mund, Theo!« Karin Jarut stand nahe vor ihm. Sie zischte ihn an wie eine Schlange. »Wenn du nicht still bist, tue ich wirklich etwas Skandalöses!«

»Willst du den Wüstenscheich da wirklich heiraten?« Pelz sah hinüber zur Zollabfertigung. Dort konnte man sich nicht einig werden über eine große Flasche Parfüm, die im Koffer Amars lag und Karin gehörte. »Karin Sorbania, die Herrin von hundert Kamelen und zehntausend Ölfässern! Salam aleikum...«

»Ich werde ihn heiraten, um euch fertigzumachen!« Karin riß die Blumen an sich. »Eure Presseerklärung... Glaubst du, das nehme ich so ohne weiteres hin? Wenn ihr schon die Grube aufmacht, dann soll es richtig nach Jauche stinken!«

»Du bist ordinär geworden, Karin«, sagte Theo Pelz. »Mit wem verkehrst du? Schon am Telefon warst du ausfällig. Zunächst eins: Die Pressemeldungen gingen vom Alten aus. Zweitens: Ich kann dir was bieten.«

»Ach nein. Und was?«

»Eine gute Abfindung, wenn du still gehst, dein Mäulchen hältst und wartest, bis du so nach einer kleinen Weile wieder vor der Kamera stehen kannst. Das Volk vergibt seinen Lieblingen schnell... wer spricht heute noch darüber, daß die Frau von Jan Tolleberg zwanzig Schlaftabletten nahm? Jan Tollebergs Show geht weiter über die Mattscheibe. Auch Karin Jarut wird wiederkommen... Allerdings, wenn du Kamele züchten willst...«

»Wenn du bloß nicht so blöd wärst.« Karin Jarut blickte schnell zurück zu Amar Sorbania. Er war an der Kasse und mußte Zoll für die Riesenflasche Parfüm zahlen. »Sag eine Zahl – und ich mache dem Ölknaben klar, daß wir nicht zusammenpassen.«

»Fünfzigtausend!«

»Bist du gehirnkrank, Theo? Willst du eine Putzfrau auszahlen?«

»Sollen wir hier in der Halle verhandeln?« Theo Pelz blinkerte Karin Jarut zu. »Wir können das doch bei dir besprechen.«

»Und Amar?«

»Du willst doch wohl nicht die Geschmacklosigkeit begehen, in der Wohnung, die ich für dich bezahle, einen Wüstenhengst ins Bett zu legen?« sagte Pelz beleidigt.

»Du hast Manieren.« Karin Jarut drückte die Blumen an sich. »Da kommt Amar! Er braucht dich gar nicht kennenzulernen. Auf Wiedersehen.«

»Morgen mittag bei dir...«

Theo Pelz entfernte sich schnell zum Ausgang. Als er an den großen Glastüren zurückblickte, sah er, wie Amar aufgeregt auf Karin einsprach.

»Wer war das?« fragte Amar gerade. »Wer war der Mann?«

»Ein Verehrer, Liebling.« Karin sah ihn süß an. »Ich habe viele Verehrer.«

»Und sie schenken so viele Blumen?«

»Ja. Sie wissen, ich liebe Blumen...«

»Ich werde von jetzt ab jede fremde Blume zerstampfen!« sagte Amar dunkel. Er ballte die Fäuste, ließ Karin stehen und lief zu dem großen Blumengeschäft in der Halle.

Als sie später hinaustraten, warteten zwei Wagen auf sie... ein Taxi und ein kleiner Lastwagen voller Blumen. Das Geschäft in der Abfertigungshalle war geschlossen. Ausverkauft. Die beiden Verkäuferinnen saßen hinter den leeren Glastheken wie vergessene Dekorationsstücke.

»Man soll es nicht für möglich halten!« rief Karin, als sie vor dem in allen Farben leuchtenden Lastwagen stand. »Seid ihr Araber immer so?«

»Ich bin eifersüchtig auf alles!« sagte Amar dumpf. »Ich werde jeden umbringen, der dir Blumen bringt...«

Etwas entfernt stand Theo Pelz in einer Ecke des großen Flughafengebäudes und beobachtete die Abfahrt des Taxis und des Blumenwagens.

Er kam von dem Gedanken nicht los, daß dies wie die Fahrt zu einer Beerdigung aussah und nicht wie die Fahrt in ein millionenschweres Glück.

*

Fünf Tage lang hörte Vera nichts mehr vom Sender. Sie war zurück in ihr möbliertes Zimmer und zu Frau Mayer gefahren, saß herum, ging spazieren und wartete auf eine Absage.

»Vielleicht habe ich mich dumm benommen«, sagte sie, als die Witwe sie aushorchte und blanke Augen bekam, wenn Vera von der einsamen Jagdhütte erzählte. »Aber ich kann das einfach nicht...«

»Es war gut so, Vera.« Frau Mayer sah verträumt vor sich hin. »Die Liebe soll etwas Heiliges bleiben, kein Handelsobjekt. Du hast schon richtig gehandelt, Kindchen.«

»Und wenn man mir abschreibt?«

»Ich denke, Sie haben einen Vertrag?«

»Nur eine Zusage von Programmdirektor Pelz. Die Probeaufnahme sollte alles entscheiden... und vielleicht die Nacht im Wald. Beides ist danebengegangen...«

»Wenn Sie Herrn Pelz einmal anrufen...?«

»Das tue ich nie!«

»Soll ich...?« Die Augen der Witwe Mayer funkelten. Mit dem Fernsehsender sprechen, dachte sie. Vielleicht sogar mit dem Intendanten selbst. Wer kann das schon? Wenn man das den Freundinnen erzählt, so ganz beiläufig... »Ich habe gestern mit dem Intendanten vom Fernsehen eine lange Unterredung gehabt...« Es konnte eine Sternstunde innerhalb des Kaffeekränzchens werden...

Fünf Tage sind eine kurze Zeit, wenn der Alltag über einen hinwegrollt. Aber sie werden zu einer Ewigkeit, wenn man auf etwas Wichtiges wartet. Viele Stunden hat man zur Verfügung, über sich und die anderen nachzudenken. Und viele Stunden gehen herum mit der Frage: Was werden sie schreiben? Wie werden sie schreiben? Werden sie rücksichtslos sagen: Kein Talent? Werden sie es mit vielen Worten umschreiben und das gleiche meinen? Oder bot man ihr etwas anderes an, nachdem man sie vom Konkurrenzsender weggeholt hatte mit vielen Versprechungen? Vielleicht wieder die Programm-Ansage? Uhrzeit – Titel... Uhrzeit – Titel... Oder nur ihre Stimme, als Erklärer von Werbespots... Oder ab und zu eine kleine Rolle: ein Zimmermädchen, das ein Tablett hineinträgt... eine Dirne, die verrucht rauchend unter einer Laterne steht... eine russische Schlampe in einem Stück von Gorkij... ein ins Wasser springendes Mädchen in einem knappen Bikini als Untermalung einer Musikshow? War das ihr Weg zum Ruhm? Endete so der Traum, eine große Schauspielerin zu werden? Wie hatte der Lehrer auf der Schauspielschule gesagt? »Vera, du bist ein liebes Mädchen und du bist begabt. Aber der Weg nach oben ist voller Dornen und Steine; die meisten stolpern darüber und kommen lädiert ans Ziel. Andere bleiben auf der Strecke. Nur Sonntagskinder der Kunst erreichen den Gipfel unbeschädigt. Paß auf dich auf, Vera!«

Ein paarmal war sie nahe daran, doch Theo Pelz anzurufen. Dann ging sie zu ihrem alten Funkhaus und sah sehnsüchtig die langen Fensterreihen entlang. Dort, in der zweiten Etage, war das Besetzungsbüro. Dort saß Hugo Pranner, der Unterhaltungschef, und stellte die Programme zusammen. Wenn man jetzt zu ihm ging, ganz klein und häßlich, und zu ihm sagte: »Herr Pranner... vielleicht ist noch Platz in einer Show... in einer Revue... ich kann auch tanzen... und ein bißchen singen... Ich war ja so dumm, an die große Chance zu glauben... Ich dachte, Märchen könnten wahr werden, gerade beim Fernsehen. Aber es gibt keine wahren Märchen...«

Am fünften Tag kam endlich ein Brief. Absender: Programm-Direktion. Witwe Mayer, die immer alle Post an der Tür abnahm, kam zu Vera ins Zimmer und trug den Brief vor sich her wie eine Standarte.

»Ein Brief vom Sender!« schrie Vera und sprang auf. »Mama Mayer... von wem?«

»Von dem großen Theo Pelz.«

»Geben Sie her! Geben Sie her!« Vera riß ihr den Brief aus der Hand und rannte damit zum Fenster. Es war ein trüber Herbsttag, im Zimmer lag das Grau des Himmels.

»Was schreibt er?« fragte Witwe Mayer und kam zu Vera ans Fenster. »Wie reden sich die feinen Herren heraus?«

»Ich bin engagiert!« Vera drückte den Brief an ihre Brust. Ihr Gesicht leuchtete, als habe es die Sonne des Sommers aufgespeichert. »Ich bekomme die Hauptrolle in ›Der goldene Kuß‹. Morgen ist die erste Besprechung im Studio I.« Dann umarmte sie die Witwe Mayer, küßte sie und wirbelte sie im Zimmer herum. »Die Hauptrolle! Im ›Goldenen Kuß!‹ Ich werde verrückt vor Freude, Mama Mayer.«

Erschöpft ließ sich Witwe Mayer auf einen ihrer alten, ächzenden Sessel fallen. Sie hob den zu Boden geflatterten Brief auf, drückte ihn fast an ihre Augen – sie war kurzsichtig und hatte ihre Brille nicht zur Hand – und las die wenigen Zeilen.

»Was ist das: ›Der goldene Kuß‹?«

»Ich weiß es nicht.« Vera breitete die Arme aus. »Es ist auch völlig gleichgültig! Die Hauptrolle! Ich kann zeigen, was ich kann!«

»Und was du hast, Kindchen«, sagte die Witwe Mayer ernst.

»Das ist ein Vorurteil, Mama Mayer.« Sie umarmte ihre alte Wirtin von hinten und gab ihr einen Kuß auf die faltigen Wangen. »Ich weiß jetzt, daß sie mich wirklich nur wegen meines Talentes genommen haben.«

Man sieht – Vera Hartung war noch sehr jung und unerfahren.

Am nächsten Morgen wurde es ernst.

Um elf Uhr versammelten sich alle bisher engagierten Mitwirkenden der neuen Show »Der goldene Kuß« im Studio I.

Studio I war der größte Aufnahmeraum des Senders. Bei Sendungen wie dem »Goldenen Kuß« ging man in die großen Hallen der Städte, in die Festsäle, die mehrere tausend Menschen faßten. Geprobt aber wurde zunächst im Studio. In den Musik-Studios wurden bereits einzelne Musikstücke aufgenommen, im Playback-Verfahren... zuerst das Orchester, dann – wenn notwendig – der Chor, zuletzt der Solist. Er stand dann mit Kopfhörern vor dem Mikrophon, hörte die auf Band konservierte Musik ab, wartete auf seinen Einsatz und sang seinen Part frisch-fröhlich auf alles Aufgenommene oben drauf. Das Ganze wurde dann ein toller Schlager, ein Hit, eine rauschende Musik, ein Ohrwurm, wie man in der Branche sagt. Alles hing dann ab von der Kunst des Sängers, seine

Lippen bei der Sendung so zu bewegen, daß es aussah, als sänge er in diesem Moment wirklich selbst. Auch die Zuschauer in den Riesenhallen sollten es glauben. Nur wenige wußten, daß über die Lautsprecher ein Tonband abrollte, das Wochen vorher mehrmals eingespielt war. Der Star bewegte die Lippen, also sang er. Die Illusion der Mattscheibe.

Die Leere des großen Studios I war bedrückend. Ein paar Scheinwerfer standen in den Ecken, sonst war nichts aufgebaut. Häßlich und feindlich starrten die Wände Vera an, als sie durch die dicke, gepolsterte Tür eintrat. Auf Stühlen saßen im Halbkreis die anderen Kollegen um ein Podest, auf dem in Art eines Guckkastens das Modell eines Szenenbildes aufgebaut war. Der Fernseharchitekt saß neben seinem Werk und wartete auf die Meckereien des Programmdirektors. Der Regisseur der Show, Detlev Cranz, hatte schon seine Meinung gesagt. Sie war, wie erwartet, schlecht.

Theo Pelz sprang auf, als er Vera ins Studio kommen sah. Alle Köpfe wandten sich zur Tür, und fünfzig Augen musterten sie. Vera nickte den abtastenden Augen zu und holte tief Atem.

»Das ist Vera Hartung!« sagte Theo Pelz laut. »Unser neuer Star. Wir begrüßen dich, Vera.«

Die Anwesenden klatschten kurz. Das Herz schlug Vera bis zum Hals. Sie wußte: Damit bin ich aufgenommen in den Kreis. Sie haben geklatscht. Ich gefalle ihnen.

Theo Pelz begrüßte sie mit einem Wangenkuß, dann kam aus dem Halbkreis der Stühle ein Männchen hervorgeschossen, mager, mit einem Spitzbart, einer dicken Brille und viel zu langen Armen. Er ergriff Veras rechte Hand und küßte sie.

»So habe ich mir mein Wesen vorgestellt!« rief er enthusiastisch. »Wenigstens ein Lichtblick in diesem Saustall!«

»Der Autor!« Theo Pelz sagte es, als stelle er ein Stinktier vor. »Kümmern Sie sich nicht um ihn, Vera... Autoren haben immer zu meckern. Sie denken sich einen schrecklichen Mist aus, und wir müssen daraus eine Sendung machen.«

»Der Blitz sollte euch alle erschlagen!« Der kleine Mann rannte zurück zum Halbkreis und setzte sich auf seinen Stuhl. »Wenn ihr den Autoren nicht hättet, müßtet ihr Stummfilme bringen.«

»Die waren noch immer ein Erfolg, risikolos.« Theo Pelz

führte Vera zu einem Stuhl neben sich. Mit einem Zucken im Herzen las Vera ihren Namen auf der Lehne.

V. Hartung.

Sie hatte ihren eigenen Stuhl, wie es einem Star gebührt. Als sie sich setzte, hatte sie das Gefühl, sich auf einem Thron niederzulassen.

Programmdirektor Pelz gab ihr ein dickes, mit dem Vervielfältiger abgezogenes Heft und nickte dem Regisseur zu. Detlev Cranz schlug sein Regieheft auf und blätterte darin herum.

»Ich darf die Handlung erklären«, sagte er und blickte zu dem kleinen bärtigen Mann, »soweit überhaupt Handlung drin ist.«

»Er beleidigt mich schon wieder!« schrie der Autor. »Die Handlung liegt im Gesamtarrangement!«

»Also: Zunächst das übliche Quiz mit allem Pipapo. Den übernimmt Holger Roggenkamp. Er hat übrigens telegrafiert. Kommt erst morgen. Ist heute noch in Zürich und spielt Theater. Für die erste Sendung haben wir vier Quizausscheidungen bis zur Ermittlung des Siegers. Es ist übrigens die erste Quizsendung nur für Männer. Das bedeutet, daß die Aufgaben gesalzen sind. Männlicher Sex gewissermaßen. Das wird eine Sendung für die Frauen, sage ich Ihnen. Erste Aufgabe: Striptease für Männer! Sie kommen in einer Ritterrüstung auf die Bühne, die aus zehn Teilen besteht. Jedes Teil ist mit einem Vorhängeschloß an einem anderen Teil befestigt. Die Männer bekommen von Roggenkamp ein großes Schlüsselbund mit vierzig Schlüsseln in die Hand. Aber nur zehn passen für die zehn Schlösser. Nun geht's los... sie müssen mit dem richtigen Schlüssel das richtige Schloß aufschließen und sich stückweise von der Rüstung befreien. Der Sieger steht dann da in langen weißen Unterhosen.«

»Das finde ich gut«, sagte Pelz laut. Da er es gut fand, gab es keine weiteren Einwände. Nur der kleine Mann hob die Schultern. Gerade diese Szene war nicht von ihm, sondern von Cranz selbst.

»Nach der Siegerehrung erster Auftritt von Vera Hartung.« Alle Köpfe wandten sich wieder Vera zu. Sie wurde rot und biß sich auf die Lippen. »Die Quizsache klappt, wird in Studio II geprobt. Die Rüstungen sind in der Werkstatt. Vera, Sie kommen als Ritterfräulein auf die Bühne und singen: ›Rittersmann, du kleiner Rittersmann, du meiner, meine Kemenate ist so öd und leer...‹ Gut, was?«

Pelz nickte, aber Vera krampfte die Hände ineinander.

»Ich habe doch noch nie gesungen«, sagte sie laut.

»Macht nichts. Geht playback!« Cranz winkte ab.

»Aber ich weiß doch gar nicht, ob ich singen kann.«

»Jeder kann singen; das beweisen wir schon durch die Technik im Musikstudio. Wenn der Gewichtheber Mauermann singen kann und der Eisschnelläufer Pirvo Haikaijainen sogar eine goldene Schallplatte herunterwimmert, können Sie das auch! Wir machen nachher eine Aufnahme im Studio V. – Also weiter: Zweites Quiz.«

Vera sah Theo Pelz neben sich hilfesuchend an. Er nickte ihr ermutigend zu. Sein Blick sagte: Es wird schon gehen. Vertrauen, Mädchen. Vertrauen! Wer so begabt ist wie du...

»Die nächste Aufgabe ist, eine Kletterstange hinaufzuklettern und dort von einem Podest zehn Bälle herunterzuholen. Das klingt so leicht... Turner, die im Sportstudio waren, haben mit Ach und Krach sieben Bälle gekriegt. Man muß bedenken: Die Stangen sind sechs Meter hoch! Nach der Siegerehrung wieder Vera Hartung mit 'nem neuen Lied. Dieses Mal im Kostüm der zwanziger Jahre. Charleston! Text: ›Max, du kannst die Stange halten, Max, das ist ja wunderbar! Stabhochspringen ist 'ne Wonne...‹ und so weiter! Dazu das Trimborn-Ballett. Wird eine schöne Nummer...«

So ging es weiter, bis die ganze Sendung durchgesprochen war. Der Höhepunkt der Show war der »goldene Kuß« des Siegers aus dem Quiz: Hinter einer goldenen Wand standen fünf Ballettmädchen und der Gaststar des Abends. In diesem Falle war es die Filmschauspielerin Trude Ahning. Der Quizsieger sah von diesen Mädchen nichts als die durch die goldene Wand gedrückten roten Lippen. Er mußte nun von Mund zu Mund gehen, ihn küssen und hinterher sagen: Mund Nummer drei gehörte Trude Ahning. War das richtig, bekam er eine Reise nach Capri. Vierzehn Tage Gast bei Trude Ahning. Riet er falsch, bekam er einen Orden in Form eines zum Kuß geöffneten großen Mundes. Einen Orden aus vierzehnkarätigem Gold. Am Ende der Sendereihe – man hatte zwölf Shows geplant – sollte der Siegerkuß Vera Hartung heißen.

»Bis dahin haben Sie eine Villa im Tessin«, sagte Theo Pelz

zu Vera und beugte vor. »Wenn nicht... wir werden noch darüber sprechen, wohin Sie den Sieger einladen...«

Und dann war Vera plötzlich allein. Die meisten der Anwesenden umringten das Szenenbild auf dem Podest. Der Architekt verteidigte es mit lauten Worten. Sie stand auf und ging in das leere Studio hinein, ein wenig verwirrt und ängstlich vor dem, was sie im »Goldenen Kuß« alles machen sollte. Soviel war jedenfalls schon jetzt klar: Mit schauspielerischer Kunst hatte das nichts zu tun. Man mußte attraktiv sein, man mußte die Millionen Fernsehzuschauer mit einem Lächeln, einer Handbewegung, einer Kopfneigung, einem Blick verzaubern. Man mußte den Glanz ausstrahlen, der alle Kulissen um sie herum verblassen ließ. Sie mußte eine Zauberin sein, die sich in die Herzen von Millionen hineinlachte.

Konnte sie das? War das aus der Vera Marfeldt, die man jetzt Hartung nannte, überhaupt zu machen?

Sie stand vor einem der erloschenen, zur Seite gefahrenen Scheinwerfer, als jemand sie von hinten ansprach.

»Helmke«, sagte die Stimme. »Horst Helmke. Ich bin der Chef-Kameramann für diese Sendung.«

Vera Hartung drehte sich um. Ein großer, braunlockiger Mann stand da. Sein Lächeln war jungenhaft und flößte sofort Vertrauen ein. Seine braunen Augen schienen zu fragen: Gefall ich dir? Und ohne zu zögern, war Vera bereit zu antworten: Ja, Sie gefallen mir. Das kam so plötzlich über sie, daß sie zurücklächelte. Und wenn zwei Menschen sich anlächeln, gibt es keine verschämten Hemmungen mehr.

»Ich muß nachher ein paar Großaufnahmen von Ihnen machen«, sagte Horst Helmke. »Von den anderen kenne ich die schwachen Stellen... Sie muß ich erst testen. Jeder Mensch hat nämlich mit seinem Gesicht Krach. Es gibt eine fotogene und eine schaurige Seite. Die einen sind im Profil römisch-klassisch, die anderen sehen aus wie weinende Enten. Bei dem einen liegen bei normaler Ausleuchtung die Augen wie Höhlen im Kopf, andere lassen sie quellen wie Frösche.« Er sah Vera mit etwas zusammengekniffenen Augen an und ging mit ein paar Schritten um sie herum. »Ihre linke Seite ist besser«, sage er. »Außerdem haben Sie einen Höcker auf der Nase.«

»Nein!« Veras Hand fuhr über ihre Nase. »Das ist nicht wahr! Ich habe eine gerade Nase!«

»Denken Sie! Bei normalem Licht, sicherlich. Aber wenn Ihnen zwanzig Scheinwerfer auf das Gesicht knallen, dann gehen die unter die Haut. Und da sieht man jeden kleinsten Knubbel! Aber keine Sorge, das wird überschminkt. Da legen wir Fett drauf und dann Puder, und weg ist der Schattenriß!« Er lehnte sich gegen den Scheinwerfer und nickte zu den aufgeregt redenden Gruppen um das Szenenbild hinüber. »Das dauert noch lange. Können wir gleich nebenan ein paar Aufnahmen machen? Ich habe die Kamera fertig.«

»Wenn Sie wünschen, Herr Helmke.«

»Wenn *Sie* wünschen! Sie sind jetzt der Star!«

»Das ist mir alles so fremd.«

»Oh, daran gewöhnt man sich leicht. Ich habe hier schon Stargeburten gesehen, die schneller als ein Zeitraffer waren. Gestern noch ein kleines Singmäuschen... morgen schon die Diva, die Migräne hat. Das gibt es alles. Mein Gott, bin ich froh, daß Sie anders sind! Wir waren schon alle gespannt, was Direktor Pelz da als neues Protektionskind anschleppt. Wir waren alle angenehm überrascht. Nanu, sagten wir uns. Wie kommt der Pelz an solch eine Perle?«

Vera senkte den Blick. Das glänzende Lächeln Helmkes irritierte sie. »Ich bin kein Protektionskind«, sagte sie fest.

»Nicht? Wieso?« Helmke schüttelte den Kopf.

»Was denkt man eigentlich über mich hier im Studio?«

»Och – was soll man schon denken...«, wich Helmke aus.

Vera stampfte mit dem Fuß auf. Ihr Kopf glühte plötzlich. »Ich bin *nicht,* was ihr alle denkt!« rief sie. »Ich habe mich nicht zu dieser Rolle gedrängt, ich habe nichts, gar nichts dafür gemacht... Herr Pelz hat mich als Abendansagerin gesehen und vom anderen Sender weggeholt. Weiter nichts.«

»Und dann gleich die Hauptrolle?«

»Kann *ich* dafür?« Plötzlich hatte Vera das Bedürfnis, sich zu rechtfertigen. Warum, das konnte sie sich nicht erklären; aber es kam ihr darauf an, in den Augen dieses Mannes richtig gesehen zu werden. Es war ihr, als müßte sie ihr ganzes bisheriges Leben vor ihm ausbreiten, damit er ihr auch glaubte. »Ich habe Herrn Pelz bisher dreimal gesehen...«

»Das glaube ich Ihnen ja!« Da kann einmal schon genug sein, dachte er, aber er war merkwürdig zufrieden, daß er ihr glauben konnte. Er blickte ihr tief in die Augen, und sie hielt seinem

Blick stand. Eine Wärme floß von dem einen zum anderen, körperlich fühlbar und angenehm. »Können wir die Aufnahmen jetzt machen?« fragte er.

»Ja, wir können.«

Unbemerkt von den anderen verließen sie Studio I und gingen nebenan ins Studio V, wo in einer Ecke die Kulissen zu einem Fernsehspiel aufgebaut wurden. Ein griechischer Tempel.

»Ich will Ihnen helfen«, sagte Helmke, bevor er hinter seine Kamera kletterte, die auf einem niedrigen, lautlosen Kamerawagen stand. »Kommen Sie mit allen Fragen zu mir.«

»Danke. Ich werde es mir merken.«

Sie nickte ihm zu. Von allen Seiten flammten die Scheinwerfer auf. Geblendet stand sie in dem gleißenden Licht.

»Kopf zur Seite!« hörte sie die Stimme Helmkes. Aus den Augenwinkeln sah sie, wie sich die Objektscheibe drehte. Großaufnahme. Ich soll einen Höcker auf der Nase haben? Na warte...

Sie lächelte still, während sie den Kopf hin und her schwenkte, so wie Helmke kommandierte.

Am Abend brachte er sie zum Hotel. Er hatte sie vor dem Funkhaus abgepaßt. Theo Pelz, der sie zuerst begleiten wollte, war zu Intendant Dr. Rathberg gerufen worden. Die Forderungen Karin Jaruts wurden durchgesprochen.

Vor dem Hotel blieben sie plötzlich stehen, als habe eine Stimme »Halt!« gesagt. Sie sahen sich an, und der Glanz ihrer Augen verriet, was sie dachten.

»Es schlug in mich ein wie ein Blitz«, sagte Helmke leise.

Vera nickte, ihre Stimme war ganz klein. »Ich stand wie in einer fremden, warmen Sonne. Ich fror so, als du mich ansprachst...«

Sie küßten sich.

Es war ein Kuß, wertvoller und glücklicher als alle goldenen Küsse dieser Welt.

*

Jeder denkt, im Fernsehen zu spielen, das sei eine tolle Sache. Da stehen ein paar Kameras, man macht Holdrio, ein paar Grimassen, die Kameras surren, im Tonstudio mixt der Tontechniker schon alles richtig zusammen, und was dann herauskommt, ist eine Mattscheibenschnulze, die ins Herz geht. Etwas anderes ist es bei den aktuellen Berichten, bei den Nachrichten, bei den wissenschaftlichen Sendungen, beim Sport. Da wird hart geackert, da nutzt weder Schminke noch Tontechnik, da ist man immer live... so denkt der Laie.

Carlos Heimann hätte ihn schnell eines Besseren belehrt. Wer mit Heimann arbeitete, betrachtete sich als Schwerarbeiter. Die Serie »Fremde Länder – fremde Killer« bewies es; hier wurde nichts verschenkt, hier war Härte Trumpf. Und Schauspieler Tommy Brest war der härteste aller Harten – später, auf der Mattscheibe.

Das Aufnahmeteam war schon früh am Morgen losgefahren zu den versteckten Buchten und romantischen Strandabschnitten zwischen Kap Greco und Paralimni – jener Gegend östlich von Larnaka, deren Schönheit man erst richtig entdeckte, nachdem die Türken das einst so beliebte Famagusta besetzt hatten und die Insel Zypern geteilt war.

Nun standen vier Kameras nahe Kap Greco mit herrlicher Aussicht auf das Meer. Die Luft war vom Sprühregen der Gischt durchsetzt, die Sonne hatte ihre volle Kraft noch nicht entfaltet. Durch Sprechfunk waren alle Kameraleute mit Carlos Heimann verbunden, der bei Kamera I stand.

»Du glaubst doch wohl nicht, daß ich von hier runter ins Meer springe!« sagte Tommy Brest und kratzte sich die männlich behaarte Brust. Ein Goldkreuzchen, an einem Goldkettchen befestigt, blitzte in der Sonne. »Und wenn es im Drehbuch auch hundertmal steht... ihr habt wohl 'ne Meise?!«

»Die Szene ist klar.« Carlos Heimann wiederholte ungerührt die kommende Aufnahme. »Dies hier ist der Anschluß an einen Szenenkomplex, den wir an den Kaledonia-Wasserfällen drehen mit den schäumend von Felsen herunterstürzenden Wassermassen. Du wirst von einem Killer verfolgt und siehst keinen anderen Ausweg mehr, als hinabzuspringen in den Abgrund, während dein Verfolger bereits auf dich schießt. Im Meer gerätst du in einen gefährlichen Strudel, der dich in die Tiefe zieht. Der Killer oben denkt, du bist hin und kehrt um – aber in Wirklichkeit hast du dich unter Wasser freigestrampelt und kommst jenseits der Klippe – dort, wo die Kamera II steht – an die Oberfläche, um an das Land zu schwimmen. Na, ist das was, Tommy?«

»Das ist Quatsch!« rief Tommy Brest erregt. »Das ist mieseste Klamotte. Wer hier runterspringt und auch noch in einen richtigen Strudel kommt, der schwimmt nicht mehr an Land.«

»Einem Tommy Brest glaubt man alles. Denk an James Bond! Der hatte den Hintern schon in der Hölle und kam ungebraten doch wieder zur Erde. Also los, drehen wir! Ich bleibe bei Kamera I und gebe das Signal.«

Tommy schaute zweifelnd in das schäumende, dampfende Wasser. »Mach keinen Ärger, Carlos ... wo ist mein Double?«

»Wartet da hinten.«

»Es hat sich wirklich einer gefunden?«

»Für fünfhundert Dollar. Ein junger Zypriote.« Heimann lachte und gab Tommy Brest einen Schubs in den Rücken. »Nun geh los und fang die Szene an. Alles andere läuft ohne dich. Nur an Land klettern, das mußt du wieder.«

Es war gegen zehn Uhr vormittags, als die große Szene gedreht wurde. Tommy Brest rannte wie der Teufel zur Klippe. Der Killer, dargestellt von dem Fernsehbösewicht Norman Heydeck, folgte mit gezogenem Colt. Brest kam an das Wasser und setzte zu einem Sprung an.

»Aus! Gestorben!« schrie Heimann. »Keine Aufnahme mehr. Saß auf Anhieb. Nun der Sprung!«

Er winkte einem Einheimischen zu, der abseits stand und mit großen Augen das Durcheinander einer Filmaufnahme beobachtete. Er trug die gleiche Kleidung wie Tommy Brest und sah ihm sogar etwas ähnlich. Nicht weit von hier hatte er einen kleinen Hof mit zehn Ziegen und einem Rind, ein paar steinigen Äckern und drei Kindern, die nie satt wurden. Fünfhundert Dollar, das war ein Vermögen für ihn. Er kannte das schäumende Meer und seine Gefahren, aber er wußte auch, daß man sie lebend überstehen konnte und dann ein Jahr lang satte Kinder hatte.

»Aufgepaßt!« rief der Regieassistent auf griechisch. »Jetzt kommen Sie! Haben Sie alles verstanden?«

Der Zypriote nickte stumm.

Szene Nr. 452. Georgios.

»Kamera ab!« kommandierte der Regieassistent.

Carlos Heimann wurde flink. Kamera I wurde in Stellung gefahren, Kamera II, auf der gegenüberliegenden Seite, probte die Einstellung dort, wo Georgios an Land schwimmen sollte.

Kamera III, auf einer Felsnase postiert, drehte bereits. Es war ein herrlicher Sprung in die Strömung. Georgios versuchte auf Kurs zu bleiben. Bösewicht Norman Heydeck ballerte aus zwei Colts in seine Richtung. Ihn filmte Kamera V, eine Handkamera, die ein Mann in einem eisernen Bügel auf der Schulter trug.

»Der Mann im Wasser kommt zu nahe an die kleineren Felsen!« rief Tommy Brest. Auch Heimann starrte auf Georgios, der von oben nichts als ein dunkler Punkt war und jetzt offenbar hilflos in der Strömung trieb, die ihn kurz darauf gegen die Felsen schleuderte. Dann versank Georgios im strudelnden Wasser, wurde im stäubenden Toben geschluckt von der Gischt...

»Mein Gott«, sagte Tommy Brest und faßte nach seinem Kreuz auf der Brust. »Das können Sie nie wiedergutmachen, Heimann.«

»Halt's Maul!« Heimann trat noch näher an den Abgrund heran und beobachtete, wie unten drei Techniker ins Wasser sprangen, um dem Verunglückten zu Hilfe zu kommen. Nur Sekunden später tauchte zwischen ihnen ein vierter Kopf auf, und alle vier Männer schwammen zurück zum Ufer.

»Er lebt!« schrie Tommy Brest. »Er lebt!«

»Jetzt jubelt er!« Carlos Heimann sah Brest verächtlich an. »Aber vorher stinkt's in der Hose! Junge, das waren die besten Aufnahmen, die in den letzten zehn Jahren gemacht wurden. Das ist Leben! Und das ist Fernsehen! Die Wirklichkeit einfangen!«

Er kletterte hinunter, wo man den erschöpften Georgios aus dem Wasser zog. Er blutete aus vielen Schürfwunden, seine Augen rollten ohne Kontrolle hin und her.

»Sofort ins Krankenhaus!« sagte Carlos Heimann besorgt. »Wir drehen jetzt mit Tommy weiter...«

Zwei Stunden später kam der Jeep, der Georgios ins Hospital gebracht hatte, zurück. Der Regieassistent wischte sich den Staub aus dem Gesicht.

»Er hat Prellungen, und zwei Rippen sind angebrochen.« Dann schüttelte der Assistent den Kopf und mußte lachen. »Die haben von vornherein damit gerechnet. Seine Frau und die drei Kinder warteten schon im Krankenhaus auf ihn. Und so zerschunden er am Ende auch war... als ich ihm die Dollars auf die Bettdecke legte, begannen alle, die Frau, die

Kinder, Georgios und der Stationsarzt, laut zu singen und dem Schicksal zu danken. Und Georgios sagte: Kann ich weiterspielen im Film?«

»Solche Darsteller bauche ich!« schrie Heimann ins Meer hinunter. Dort probte Tommy Brest frierend zum neuntenmal das Anschwimmen ans Ufer. »Noch einmal! Ich will keine magenkranke Robbe im Bild haben, sondern einen Helden, der Killer frißt! Kamera – abfahren!«

Man soll nicht glauben, Fernsehproduktion sei einfach. Auf keinen Fall bei Carlos Heimann.

*

Der Abend bei Karin Jarut war herrlich. Er war genauso, wie ihn Theo Pelz erwartet hatte, nachdem sie ihn im Funkhaus angerufen hatte.

»Komme nicht mittags«, hatte sie gesagt. »Ich muß Amar erst loswerden. Er hat zwar eine Suite im Hotel gemietet, aber er will unbedingt bei mir wohnen.«

»Untersteh dich!« Theo Pelz hatte auf den Tisch geklopft. Karin hörte es deutlich. »Meine Wohnung...«

»Für heute abend ist etwas arrangiert. Hier tagt eine Handelsdelegation aus dem Libanon. Die habe ich angerufen, und sie haben ihn zu einem Essen eingeladen. Da muß er hin und kann mich nicht mitnehmen. Komm gegen acht Uhr, da ist er bestimmt weg.«

Pünktlich um acht Uhr abends schloß Theo Pelz die Wohnung auf und betrat die kleine Diele. Sooft man sich schon gestritten hatte – den Schlüssel hatte Pelz nie hergegeben. Es war ein Privileg, das Karin keinem anderen Mann zugestand. Er konnte zu ihr kommen und von ihr gehen, wann er wollte.

Karin lag auf der Couch, wie es Pelz erwartet hatte, bekleidet mit einem hauchdünnen Negligé. Ihre Füße spielten in Pelzpantoffeln, das goldblonde Haar hatte sie aufgelöst und über die Schultern geschüttelt. Im Schein der Tischlampe war ihr Körper durch den dünnen Stoff sichtbar, als glitten Nebel über die nackte Haut.

»Oha!« sagte Pelz an der Tür. »Noch nicht umgezogen? Noch in der Arbeitstracht?«

»Sei nicht gemein und geschmacklos, Liebling«, sagte Karin

und dehnte sich wie eine sich häutende Schlange. »Ich habe mich erinnert, daß du so etwas immer gern mochtest.«

»Was soll's jetzt noch?« Pelz stellte die Flasche Sekt, die er mitgebracht hatte, auf den Couchtisch und setzte sich neben Karin auf die Couch. Sie schlang den Arm um seinen Nacken und drückte seinen Kopf auf ihre schwellenden Brüste. Ihr Atem ging plötzlich schneller und lauter. Pelz löste sich höflich aus ihrem Griff.

»Die Cleopatra war wirklich eine gute Rolle für dich«, sagte er sarkastisch. »Aber in der Wiederholung wirkt sie fad. Sag mal, kannst du inmitten dieses Blumenladens überhaupt noch atmen?«

»Amar hat sie mir geschenkt.«

»Der Sender wird mit einer Abfindung auch nicht kleinlich sein, darüber müssen wir noch sprechen.«

Karin räkelte sich. Das Negligé war wirklich unnütz. Es verriet mehr, als es verhüllte. »Was gibt es Neues bei euch?«

»Nichts.« Theo Pelz dachte blitzschnell nach, was Karin in der kurzen Zeit hatte erfahren können. Er beruhigte sich bei dem Gedanken, daß nichts zu verbergen war.

»Du lügst.«

»Mein Püppchen. Ich stelle schnell den Sekt kalt.« Pelz wollte sich erheben, aber Karins Finger krallten sich in seinen Anzug. Er überlegte, ob er sich losreißen sollte. Was hat's für einen Sinn, dachte er dann. Man kann einer Jarut nicht weglaufen; sie rast hinterher wie ein Panther.

»Was ist mit dieser Vera Hartung?«

O Gott. Theo Pelz setzte sich wieder. Es war besser, Karin liegenzulassen. Im Liegen war Toben weniger gefährlich.

»Fräulein Hartung übernimmt deine Rolle in ›Kain‹.«

»Das habe ich gehört. Und weiter?«

»Was weiter, mein Sternchen?« Pelz wollte ihre Schultern streicheln, aber sie schlug ihm auf die Finger.

»Du Heuchler«, sagte sie ganz ruhig. »Ich habe noch Freunde im Funkhaus. Nicht alle verraten mich wie du und Dr. Rathberg. Ich weiß alles! Vera Hartung bekommt die Hauptrolle im ›Goldenen Kuß‹. Die Rolle, die seit einem Jahr mir versprochen wurde! Mir! Mir!« Sie zog Pelz an den Haaren. Er fiel über sie und kam mit dem Gesicht zwischen ihren Brüsten zu liegen.

»Das hat Rathberg entschieden, Karin!« rief er.

»Aber du hast sie mitgebracht, wie ein Zuhälter, und sie Rathberg ins Bett gelegt! Oh, ich kenne dich! Ich kenne diese Karrieren...«

»Natürlich«, sagte Pelz anzüglich und grinste. Karin Jarut ballte die Fäuste.

»Du sorgst dafür, daß ich die Rolle im ›Goldenen Kuß‹ bekomme«, sagte sie heiser vor Erregung. »Dann will ich alle Kränkungen vergessen, auf die Moneten verzichten, den Mund halten und für euch eine unvergeßliche Sendereihe hinlegen.«

»Zu nobel!« Pelz zog ihr die Fellpantoffeln von den Füßen und schlug die Sohlen gegeneinander. Sie *ist* eine faszinierende Frau, dachte er. In ihrer Gegenwart atmet man betäubendes Liebesgas ein. Zehn Minuten mit ihr allein, und man ist ein stammelnder Wichtelmann. Das alles fehlt Vera Hartung... und doch spürt man bei ihr mehr das Herz als hier. Bei Karin ist es nicht das Herz, da ist es nur der Körper. Zwei Welten sind das... und man kann nun einmal nicht auf zwei Sternen zugleich leben. »Die Rolle ist weg! Unwiderruflich!«

»Das gibt es nicht«, sagte Karin Jarut leise. »Theo... sag, daß es das nicht gibt...«

»Es ist von Rathberg beschlossen: Vera Hartung spielt. Süßes, sei doch vernünftig. Skandale waren früher Starmacher, jetzt sind es Startöter! Laß ein Jahr Pause sein... sieh dir die Welt an... aber schweig! Und dann hole ich dich wieder und mache mit dir einen ganz großen Rummel!«

»Ich will den ›Goldenen Kuß‹ haben.« Die Augen Karins waren klein und verschwanden fast völlig unter den langen, angeklebten Wimpern. »Ich habe mich ein Jahr lang darauf vorbereitet. Weißt du, was ich tue, Theo?«

»Keine Drohungen, Püppchen.«

»Ich komme während der Sendung auf die Bühne... jawohl, in der Halle, vor dreitausend Menschen klettere ich auf die Bühne, gehe auf diese Vera Hartung zu und öffne oder schließe ihr die Augen, je nachdem, wie sie reagiert.« Sie hob die Fäuste und schüttelte sie vor Pelz' Nase. »Es wird ein Auftritt der Jarut werden, von dem noch Generationen sprechen...«

In den gleichen Minuten, in denen dieses Gespräch oben in der Wohnung stattfand, hielt ein Taxi vor dem Haus und Amar Sorbania stieg aus. Mißtrauisch musterte er den Wagen, der vor der Haustür stand, blickte hinauf zu den hell erleuchteten Fenstern und ging dann ins Haus.

Mit dem Fahrstuhl fuhr er hinauf, schloß leise dessen Tür und ging auf Zehenspitzen zur Wohnung Karins. Dort legte er das Ohr an die Tür und lauschte. Das feine Gehör des in der Wüste Aufgewachsenen nahm auch die schwachen Geräusche auf, die gedämpft durch zwei Türen nur schwer zu entwirren waren.

Frauenlachen... hell, etwas schrill... eine Männerstimme...

Amar Sorbania zuckte hoch. Sein scharfes Gesicht wurde steinern. Er drückte auf den Klingelknopf und steckte gleichzeitig seine rechte Hand in die Manteltasche. Etwas Längliches, Rundes drückte sich durch den Stoff.

In der Wohnung hörte er aufgeregte Stimmen. Ein hartes Lächeln glitt über sein braunes Gesicht, die fast schwarzen Augen bekamen einen starren Blick.

Aufmachen, mein Täubchen, dachte er. Mach auf, du Wüstenrabe! Soll ich die Tür eintreten?! Du hast mir Liebe versprochen... weißt du nicht, wie man einen Lügner in der Wüste bestraft? Früher riß man ihm die Zunge aus dem Mund. Heute ist man zivilisierter.

Mach auf, du Krähe!

Er legte den Finger auf den Klingelknopf.

Von innen hörte er klappernde Schritte. Er trat etwas zurück und ließ die Klingel los. Die plötzliche Stille um ihn war bedrückend.

Wie in einem Grab, dachte er. Ja, wir sitzen jetzt in einem Grab, tief unter der Erde wie in den Grabkammern von Baalbek. Und über uns sind dicke Steinplatten. Wir können nicht mehr hinaus ins Leben.

Mach auf, Täubchen. Mach auf...

*

Die trippelnden Schritte hielten vor der Tür. Ein Schlüssel drehte sich im Schloß, ein Riegel knirschte leise. Dann öffnete sich die Tür um einen Spalt und das erstaunte Gesichtchen Karin Jaruts blickte Amar Sorbania an. Die großen Augen waren rund und puppenähnlich vor Entgeisterung.

»Du?« sagte sie gedehnt. Amar forschte in ihrem Gesicht. Keine Angst, keine Verzweiflung, nicht einmal Unruhe. Ein glattes, liebes, süßes Gesicht. »Komm rein! Ich denke, du bist zum Galaessen?«

Sie trat zurück, stieß die Tür auf und zupfte an ihrem Kleid. Sie trug jetzt ein einfaches, geblümtes Hemdblusenkleid, ein Sommerkleid, was aber Amar nicht auffiel. Es war das erstbeste Kleid, das Karin aus dem Schrank reißen konnte, als es an der Tür Sturm klingelte. Die blonden Haare hatte sie nach hinten gekämmt und hielt sie mit einem rotseidenen Stirnband zusammen. Sie sah verführerisch und irgendwie kindlich aus; eine Puppe, die plötzlich lebendig geworden ist und mit großen, verwunderten Augen ins Leben guckt.

Amar wurde unsicher. Schönheit machte ihn von jeher schwach. Aber dann dachte er daran, daß sie nicht allein in der Wohnung war und daß er eine Männerstimme gehört hatte. Er holte tief Atem und nahm die Hand aus der Manteltasche.

»Wer ist bei dir?« sagte er hart. Er faßte Karin an der Schulter, schob sie aus dem Weg und stürmte ins Wohnzimmer. Dort bot sich ihm ein seltsamer Anblick.

Ein Mann lag hinter dem Fernsehgerät, hatte Drähte, Transistoren und Röhren um sich liegen und schraubte in aller Ruhe im Inneren des Apparates herum. Er nickte Amar freundlich zu, steckte den Stecker in die Leitung, ließ ein paar Funken aus dem Gerät sprühen, riß den Stecker wieder heraus und kratzte sich den Kopf. »Da ist irgendwo ein Kurzschluß drin, gnädige Frau!« sagte der Mann. »Aber keine Sorge, den finden wir schon. Soll ich den Apparat morgen abholen? Wenn ich störe...« Er grinste dumm.

Amar Sorbania war bereit, Karin um Verzeihung zu bitten. Aber so schnell gab er nicht zu, sich geirrt zu haben und ein dummer, eifersüchtiger Esel zu sein.

»Wer ist das?« fragte er in seinem harten Deutsch.

Theo Pelz sprang vom Boden auf und machte eine kleine Verbeugung. An seinen Händen klebte Fett und Schmutz. »Fritz Hermann«, stellte er sich vor. »Von der Firma ›Schnelldienst‹. Ich wurde gerufen, weil der Fernseher plötzlich dunkel wurde und keinen Piep mehr sagte.«

»Was?« sagte Amar hilflos.

»Keinen Piep! Ich meine, keinen Ton mehr. Da ist was

durchgebrannt. Ich kann das auswechseln, aber das dauert bestimmt eine Stunde. Wenn ich störe...«

»Nein, bleiben Sie.« Karin Jarut sah ihn von oben herab an. »Sie stören nicht. Mir kommt es darauf an, daß ich nachher die Mitternachtssendung sehe. Machen Sie nur weiter, Meister!«

»Danke.« Theo Pelz ließ sich wieder auf den Boden gleiten und ging hinter dem Fernsehapparat in Deckung. Amar Sorbania zögerte noch, er wollte noch etwas sagen, fragen, erklärt haben, aber dann gab er sich zufrieden mit dem Anblick der Drähte und Röhren und des Mannes, der eifrig herumschraubte und immer neue Teile ausbaute.

»Verzeih mir, Taube«, sagte er leise zu Karin und verließ das Zimmer. In der Diele umarmte er sie und gab ihr einen Kuß. »Ich war rasend vor Eifersucht. Du weißt – ich bringe jeden um, jeden!« Er wandte den Kopf wieder zum Zimmer. Dort ertönte leises Hämmern. Karin Jarut schüttelte den Kopf. Sie tat etwas beleidigt.

»Mich so zu verdächtigen...« sagte sie schmollend. »Ich sitze brav vor meinem Fernsehgerät und du... du...« Sie begann plötzlich zu weinen und warf beide Hände vor das Puppengesicht. Die große Schau begann. Tränen der Jarut ließen selbst Tiger zu zahmen Katzen werden.

Amar Sorbania machte sich wieder die größten Vorwürfe. Er streichelte Karin, er zog sie an sich, er versprach, ihr morgen früh einen wertvollen Ring zu kaufen, ein Armband mit Brillanten, ein Collier aus Rubinen, er bat um Verzeihung, er bettelte um einen lieben Blick... Karin Jarut schluchzte und stammelte, wand sich in seelischen Krämpfen und war nicht zu trösten. Erst, als Amar feierlich gelobte, nie mehr Mißtrauen zu haben und zurück zu seinem Galaessen zu fahren und ihr morgen das Rubincollier zu kaufen, beruhigte sich Karin etwas, hauchte ihm mit wehmütiger Miene und verschleierten Augen einen Kuß auf den Mund und schob ihn aus der Wohnung. Dann schloß und riegelte sie die Tür zu und lauschte, ob der Fahrstuhl wieder nach unten fuhr. Erst als sie das helle Brummen hörte, lief sie zurück ins Wohnzimmer.

Theo Pelz saß vor dem ausgeschlachteten Fernseher und rauchte mit öligen Fingern eine Zigarette.

»Das war eine Meisterleistung«, sagte er anerkennend.

»Das kann man große Klasse nennen! So nahe habe ich noch nie einer Kugel im Leib gegenübergestanden.«

Karin rutschte neben ihm auf den Teppich, küßte ihn und sah auf die Trümmer ihres Fernsehapparates. »Auch du warst fabelhaft als Fritz Hermann vom ›Schnelldienst‹. Mein Gott, mir schlottern noch die Knie, wenn ich daran denke, was hätte passieren können, wenn uns diese Idee nicht gekommen wäre! Hast du nun gesehen, wie er ist?! Dagegen ist Othello ein Limonadenverkäufer. Was glaubst du, was passiert, wenn ich ihm sage, wie ihr mit mir umgesprungen seid? Er sprengt das ganze Funkhaus in die Luft!«

»Fang nicht schon wieder davon an, Süße.« Theo Pelz stocherte mit dem Schraubenzieher in dem Gewühl von Drähten und Transistoren herum. »Einst ist mir klar: Diesen Wüstenreiter wirst du nie heiraten!«

»Um euch zu ärgern ... morgen noch.« Sie stieß Pelz in die Seite und nickte zu dem ausgeschlachteten Fernsehapparat hin. »Kriegst du den denn wieder hin?«

»Nie und nimmer! Ich habe alles herausgerissen, was ich fassen konnte. Für mich ist das ein technisches Chinesisch.« Theo Pelz stand auf und zerdrückte seine Zigarette in einem Aschenbecher. »Bekommst morgen einen neuen, Süße. Den hier solltest du dir auf eine Säule stellen wie ein Denkmal: Er hat uns das Leben gerettet.«

»Was bietet mir Dr. Rathberg?« fragte Karin. Sie blieb auf dem Teppich zwischen dem Gewirr von Drähten sitzen. »Ich will die Rolle im ›Goldenen Kuß‹.«

»Liebling, du solltest doch deinen Öl-Othello heiraten.«

»Und wenn ich den Alten bloßstelle?«

»Der läßt sich nicht bloßstellen. Aber von dir wird man sagen: Die billige Rache einer abservierten Schauspielerin.« Pelz ging ins Badezimmer, wusch sich das Öl von den Händen und kam mit dem Handtuch zurück. Karin saß noch immer auf dem Teppich und war sehr nachdenklich. »Laß uns doch vernünftig die Lage sehen, Püppchen: Der Alte hat seinen moralischen Rausch gehabt. Er muß das tun: Bonn erwartet so etwas, seine Partei, der Rundfunkrat, die Kirchen, die religiösen Verbände, die Flüchtlinge, die Tierfreunde, die Frauenvereine, mein Gott, wer weiß, wer noch? Alle schreien nach Sauberkeit! Ein Sender muß omoweiß sein, persilgepflegt, arielsauber und glänzerblinkend! Öffentliche Skandale sind unmöglich. Überhaupt... wer war der Mann, dessen Frau dich ohrfeigte? Ich möchte ihre Hand küssen.«

»Ekel!« Karin Jarut erhob sich und warf sich in einen der tiefen, geblümten Sessel. Sie knöpfte ihr Kleid auf. Die vergangenen Minuten hatten Hitze in ihr aufgespeichert. Theo Pelz schob die Unterlippe vor. Unter dem Kleid war Karin nackt. Sie konnte es sich leisten, keinen BH zu tragen. Man merkte es nicht. Völlig ungeniert warf sie die langen Beine über die Sessellehne. Dieser Anblick hätte genügt, den heißblütigen Amar in die Knie zu zwingen. Pelz zog nur die Augenbrauen hoch. Ein Mann, der dauernd Erbsensuppe ißt, kennt auch den Speck in der Suppe. »Er ist ein Großindustrieller.«

»Schon wieder? Schäme dich.«

»Ein harmloser Flirt, Theo.«

»Was hat er dir versprochen?«

»Ein Haus im Tessin.«

»Und?«

»Schluß! Ich habe ihn seit dieser Nacht nicht wiedergesehen. Ist das nicht solide?«

»Ungeheuer!« Theo Pelz setzte sich neben Karin Jarut auf die Sessellehne. Er beugte sich über sie und küßte sie auf den Brustansatz. Sie wollte seinen Kopf umfassen und an sich drücken, aber Pelz machte sich von ihr los. »Stopp. Keine Überredungsversuche in Jarut-Art! Offene Kleider bin ich genug von dir gewöhnt. Fünfundsiebzigtausend Mark Abfindung. Einverstanden?«

»Vielleicht...«

»Was heißt vielleicht?«

Karins Augen waren glänzend und weit. Das Blau ihrer Iris war schillernd, wie mit Pailletten belegt. Ihr katzenhafter Körper dehnte sich unter den Blicken von Theo Pelz.

»Wenn du ganz lieb bist«, sagte sie leise. Ihre Stimme hatte den dunklen Unterton, der auch von der Mattscheibe herab die Männer zu heimlichen Speichelschluckern werden ließ. »Siehst du nicht, wie einsam ich bin?«

»Ich sehe es.« Theo Pelz streifte ihr das Kleid von den Schultern. »Frierend und entblößt liegst du da wie ein verirrtes Waisenkind...«

Man einigte sich auf eine Abfindung von hunderttausend Mark.

*

Um elf Uhr hatte Vera Hartung, wie sie jetzt nur noch hieß, Probe und erste Aufnahmen im Tonstudio. Regisseur Detlev Cranz wollte sie durchtesten, ob sie singen konnte oder nicht, ob man mit ihr live arbeiten konnte oder nur im Playbackverfahren. Nicht jeder, der gut aussieht, kann auch singen. Aber die Technik macht es schon möglich ... sie ist der Zaubermeister in den modernen Märchen.

Außerdem sollten von Vera Hartung noch Bewegungsaufnahmen gemacht werden. Ein Choreograph vom Fernsehballett war auch gekommen, um mit ihr einen Tanz einzustudieren, den sie mit dem berühmten Sänger Sergio Amado tanzen sollte. Ein großes Pensum.

»Keine Angst, Vera«, sagte Kameramann Helmke, der sie vom Hotel abholte und mit seinem alten, klapprigen Wagen zum Funkhaus fuhr. »Vor meiner Kamera wirst du die Garbo des Fernsehens werden! Du mußt nur locker sein, nie gehemmt, das wirkt sofort im Bild hölzern. Du mußt kaltschnäuzig sein und dir immer sagen: Das kann ich! Das kann ich! Und wenn Cranz verlangt, du sollst die Butterfly singen ... ich kann es! Am Ende ist es so, daß du es wirklich kannst. Vertrauen zu sich selbst, das ist alles! Kopf hoch.«

Sie küßten sich auf dem Parkplatz innerhalb des Funkhaushofes, wo Helmke seinen Wagen parkte. Dann gab er Vera einen Klaps auf den Popo und lachte sie jungenhaft an.

»Wo mußt du zuerst hin?«

»Tonstudio III.«

»Ich will sehen, ob ich mich freimachen kann. Vielleicht kann ich das ›Aktuelle Interview‹ einem Kollegen andrehen.« Er lachte wieder sein gewinnendes Lachen. »Es kann einem ja mal übel werden, nicht wahr? Toi, toi, toi, Vera!«

»Danke, Horst ...«

Im Tonstudio III wurde noch eine Aufnahme gemacht, als Vera durch die dicke, schalldichte Tür kam. Im Technikraum saßen vier Männer vor einem riesigen Mischpult. Im Studio stand allein, Kopfhörer an die Ohren geklemmt, drei Mikrophone vor sich, die junge Sängerin Monika Süden. Aus dem Kopfhörer flatterte geisterhaft die Musik von einem Tonband, das schon früher bespielt worden war. Nun galt es, ihre Singstimme darüberzulegen und sie so auszubauen, daß Wohlklang, Timbre und Umfang entstanden. Man schleuste die Stimme dazu durch Schalleffekte und ließ Echos nachklingen, da füllte sie einen Riesenraum. Die elektronische Klangaufbereitung tat ein übriges, und wenn es gar zu arg war, mußte ein Chor zur Untermalung heran, oder man überspielte die Stimme in verschiedenen Höhen. Dann konnte man mit sich selbst drei- oder vierstimmig singen.

Monika Süden war gleich mit der Aufnahme fertig. Sie hatte zwei Stunden geprobt, bis das Liedchen saß. Man sah ihr die Anstrengung an; ab und zu wischte sie sich über das Gesicht und fuhr sich durch die lange, rotgefärbte Mähne.

»Noch einmal, Moni!« rief der Regisseur aus dem Technikraum. »War schon recht gut. Nur bei ›Ich liebe Männer, die gut küssen‹ bist du aus dem Rhythmus gekommen! Du mußt genau auf das Summen des Chores achten. Also noch einmal. Achtung... Band läuft...«

Vera Hartung setzte sich auf einen Stuhl in das halbdunkle Studio und hörte zu. Mit unterlegtem Echoeffekt klang die Stimme Monika Südens genauso, wie man sie immer im Fernsehen oder im Radio hörte. Aus den Kontroll-Lautsprechern hörte man es... aber Vera, die nahe bei Monika Süden saß, hörte auch, wie die kleine Stimme wirklich klang und was im Technikraum aus ihr gemacht wurde. Wenn man ihr das Mikrophon wegnimmt, dachte sie, wenn sie ohne alle technische Hilfen auf der Bühne singen müßte, so wie ein Opernsänger... Man würde sie nicht hören, sie ginge kläglich unter.

Das gab ihr Mut. Sie hatte bei dem anderen Sender heimlich Tonbandaufnahmen von sich machen lassen; damals, als sie glaubte, es könne ihr der Sprung von der Werbesendung-Ansagerin zum Star einer Show gelingen. Aufnahmen ohne technische Finessen, so aufgenommen, wie sie sang. Es klang nicht übel, aber auch nicht überwältigend. Jetzt aber sah sie, daß man mit ganz anderen Stimmen etwas werden konnte.

Monika Süden war mit ihrem Lied fertig. Vom Regieraum kam das obligatorische »Gestorben!« Erlöst räumte Monika Süden die Mikrophone und nickte Vera kameradschaftlich zu.

»Sie sind der neue Renner für die große Show?« fragte sie und gab Vera die Hand. »Ich werde auch in der Sendung singen. Auf gute Zusammenarbeit.«

»Das wünsche ich mir auch.«

Aus dem Regieraum kam jetzt Detlev Cranz. Er sah müde aus. Bis in die Nacht hinein hatte er geprobt mit der Bühnentechnik, die die komplizierten Quizaufgaben ausarbeitete. Es blieb nicht mehr viel Zeit bis zur ersten Sendung. Die riesige Rheinland-Halle war gemietet, der Kartenverkauf lief an, in den Rundfunkzeitschriften begann die Publicity. Die Premiere sollte vor fünftausend Zuschauern und dreißig Millionen Fernsehern stattfinden. Durch den Ausfall der routinierten Karin Jarut kam Cranz jetzt in Zeitnot. Mit einem Neuling zu proben, hält auf. Vorschußlorbeeren sind keine Realitäten. Die Kamera ist unbestechlich, sie allein!

»Alles klar, Vera?« fragte Cranz und gab Vera die Hand. »Wo haben Sie Ihre Noten?«

»Ich brauche keine Noten. Ich habe das Lied genau studiert.« Vera sah den verblüfften Cranz strahlend an. Sie erwartete ein Lob. Statt dessen schlug Cranz die Hände über dem Kopf zusammen.

»Das fängt ja gut an!« schrie er. »Sind Sie die Callas?! Haben Sie überhaupt schon Gesangsaufnahmen gemacht?«

»Privat...«

»Die Hölle ist ein Sanatorium gegen ein Funkhaus!« sagte Cranz theatralisch und ging zurück in den Regieraum. Dort setzte er sich an das Schaltpult und winkte durch die große Glasscheibe ins Studio. Unbefangen stellte sich Vera hinter die Mikrophone, nahm den Kopfhörer, stülpte ihn über und drehte die Mikrophone etwas niedriger. Sie war bereit und nickte zu Cranz zurück.

»Wir können...«

»Ich spiele Ihnen das Orchesterband vor«, sagte Cranz durch sein Mikrophon. »Hören Sie es sich genau an – dann proben wir das Einspielen...«

Es knackte im Kopfhörer, dann tönte voll die Einleitungsmusik in Veras Ohren. In diesem Augenblick sah sie Horst Helmke hereinkommen. Er schlich sich zu einem Stuhl, hob beide Hände und drückte ihr die Daumen.

Vera lachte ihn an. Alle Sorge, alle Angst, alle Hemmungen

fielen von ihr ab. Ich kann es, dachte sie. Ich kann es, ihr werdet staunen.

Ihr Einsatz... Ohne Scheu sang sie, und dann wurde sie von der Melodie gepackt, ihr Körper bewegte sich im Takt, ein Prickeln zog von der Kopfhaut bis zu den Zehenspitzen.

Sie sang, als hätte es in ihrem Leben nie etwas anderes gegeben als diese Melodie.

Detlev Cranz saß ganz still hinter dem Mischpult und starrte Vera an. Er und die drei Ingenieure taten nichts – kein Schalleffekt, kein Echo, keine Verbesserung, nichts. Sie saßen da und hörten zu.

Und dann war die Musik zu Ende und Vera nahm ihren Kopfhörer ab. Aus seiner dunklen Ecke klatschte Horst Helmke.

»Sie werden live singen, Vera!« tönte die Stimme von Cranz aus dem Lautsprecher. »Das war wunderbar! Wieso sagten Sie, Sie könnten nicht singen?«

»Ich... ich habe es nie so richtig geglaubt.«

»Ich kann Ihnen sagen, daß Sie fabelhaft sind, Vera! Playbackaufnahmen sind für Sie endgültig gestorben! Wir sehen uns um 15 Uhr im Studio I zur Probe.«

Dann waren sie allein, Vera Hartung und Horst Helmke. Im Regieraum war das Licht ausgeknipst worden, im Studio brannte nur eine trübe Deckenlampe. Der Raum sah trostlos aus, leer und bedrückend. Ein Zimmer im November.

»Ich bin so glücklich, Horst«, sagte Vera und fiel Helmke um den Hals. »Wenn alles so glatt weitergeht...«

»Wenn...« Helmke gab Vera einen schnellen Kuß. »Aus Zürich kommt die Meldung, daß Quizmaster Holger Roggenkamp mit einer Grippe im Bett liegt. Er frißt pfundweise Pillen, um wieder auf die Beine zu kommen. Hoffentlich gelingt es. Wenn nicht, ist die Premiere auf drei Monate verschoben. Keine Halle ist mehr frei. In der Programmdirektion laufen sie herum wie geschlagene Boxer; lauter dicke Köppe! Und einen Ersatz für Roggenkamp gibt es nicht. Der Intendant hat schon Boten ausgeschickt, als ginge es zum Kreuzzug. Aber keiner will.«

»Und was wird dann aus mir?« fragte Vera, plötzlich aus allen Himmeln gerissen.

»Auch das habe ich aus der Sekretärin von Pelz hervorgelockt... dann fliegen wir nach Zypern und drehen ›Ich suche Kain‹ weiter...«

»Wir?« sagte Vera leise. Sie umklammerte den Kopf des lachenden Helmke. »*Wir,* sagst du?« Sie zitterte vor Freude.

»Ja, mein Liebling. Du bekommst die Rolle der Jarut... und ich fahre als Chefkameramann auch mit...«

Es war gut, daß niemand mehr im Tonstudio III war, denn der Kuß, der nun folgte, hätte bei jedem Neidgefühle erweckt.

*

Der Zustand von Holger Roggenkamp in Zürich besserte sich vorerst nicht. Die Telefongespräche zwischen ihm und Pelz oder Dr. Rathberg waren trist. Immer dasselbe: Fieber, Heiserkeit, Blei in den Gliedern, Mattscheibe vor den Augen.

»Ich schwitze mich dumm und dusselig!« sagte Roggenkamp am Telefon. »Ich tue, was ich kann.«

»Dumm und dusselig war er schon immer«, sagte Pelz gehässig nach diesem Anruf zu Dr. Rathberg. »Das ist keine Hoffnung, daß er pünktlich gesund wird.«

»Wir haben noch vier Wochen Zeit.« Dr. Rathberg überblickte den Drehplan. »Herr Cranz will jetzt die Außenaufnahmen machen? Gut. Dann haben wir wenigstens die im Kasten.« Er sah schnell hoch zu Theo Pelz. »Was macht Frau Jarut?«

Frau Jarut, dachte Pelz. Wie offiziell. Der Alte ist doch der beste Komödiant von uns allen. »Sie nimmt an«, sagte er leichthin.

»Gut. Wieviel?«

»Hunderttausend.«

»Sind Sie verrückt?« Dr. Rathberg sank hinter seinen Schreibtisch in den Sessel und ergriff ein Lineal. Pelz kannte das. Wenn es ganz haarig wurde, schlug Rathberg damit auf die Tischplatte, als sei er Siegfried und probiere sein Schwert. »War es nicht billiger zu machen?«

»Ich hatte bis hunderttausend Ihre Erlaubnis.«

»Als Höchstgrenze.«

»Wir alle kennen doch Karin! Sie nimmt immer die Höchstgrenze.«

Intendant Dr. Rathberg sah mißmutig auf sein Lineal. Er

schwenkte es durch die Luft wie eine Fliegenklatsche. »Was wird sie jetzt machen?«

»Ich nehme an, sie geht auf Tournee mit einem modernen Stück.«

»Tournee ist gut.« Dr. Rathberg legte das Lineal weg. »Da lernt sie wenigstens etwas! Unsere kleine Vera macht sich gut, nicht wahr? Ich habe gestern das Musikband abgehört... phänomenal! Eine Naturbegabung! Wohnt sie noch im Hotel?«

Als wenn du das nicht wüßtest, dachte Pelz und machte ein verschlossenes Gesicht. »Ja«, sagte er laut. »Aber es wird nicht lange dauern, und sie wird eine Wohnung haben. Oder einen Bungalow im Grünen...«

»Meinen Sie?« Dr. Rathberg sah Pelz forschend an. Dieser hielt dem Blick stand. Ich bin kein Kaninchen, das von der Schlange hypnotisiert wird, dachte er.

»Bestimmt.«

»Hat sie in dieser Richtung schon Wünsche geäußert?«

»Noch nicht.«

»Es ist gut.« Dr. Rathberg erhob sich und gab seinem Programmdirektor die Hand. »Wir sehen uns morgen um elf Uhr bei der Abteilungsleiterbesprechung.«

Als Dr. Rathberg allein war, ließ er das Sekretariat wissen, daß er für zwei Stunden für niemanden zu sprechen sei. Dann holte er sich alle Zeitungen vom Rauchtisch, schlug die Anzeigenseiten auf und studierte die Angebote der Immobilienhändler. Ein paar Anzeigen strich er an, setzte sich dann ans Telefon und rief den ersten Makler an.

»Ich lese gerade Ihre Anzeige über den Verkauf eines Landhauses«, sagte er und umrandete beim Sprechen die Zeitungsannonce. »Ich hätte Interesse dafür. Wo liegt das Haus, was kostet es, wann kann es bezogen werden?«

Über zwei Stunden telefonierte Dr. Rathberg herum, unterhielt sich mit Maklern, ließ sich Häuser beschreiben und machte eifrig Notizen. Dabei entdeckte er, daß jeder Makler das schönste Haus Deutschlands anbot, ein unschlagbares preisgünstiges und luxuriöses Objekt.

Am Ende blieben zwei Häuser übrig. Waldlage, Fernsicht, paradiesisch ruhig.

Intendant Dr. Rathberg beschloß, sich diese beiden Häuser morgen anzusehen.

*

Im Drehbuch, das Vera studierte, als müsse sie chemische Formeln auswendig lernen, stand: »Außenaufnahme. Auftritt Sergio Amado mit Vera Hartung. Stille Waldgegend, im Hintergrund ein Fluß. Regen.«

Das gesamte Aufnahmeteam war schon am frühen Morgen unterwegs. Mit vier Privatwagen, dem Aufnahmewagen und einem Tonwagen fuhr man zu der Landschaft, die Regieassistent Blümel und Produktionsassistent Hannemann entdeckt hatten. Viele Streifzüge durch die Umgebung waren dazu notwendig gewesen. Aber nun hatte man alles: den Fluß, die verträumte Landschaft, die Romantik. Regisseur Cranz hatte die Gegend auch besichtigt und okay gesagt. Nun hielt man am Ufer eines trägen Flüßchens, wo der Wald bis ans Wasser reichte. Es war ein diesiger Tag, und alles hoffte, daß die Wettervorhersage der Fernsehmeteorologen stimmte und es Regen gab. Der Aufnahmeleiter sah kritisch in den Himmel und schüttelte den Kopf.

»Kann diesig bleiben! Stimmt ja nie, was die sagen.«

Aus dem Aufnahmewagen wurden die Requisiten herausgetragen. Eine Bank, ein Regenschirm, der Kamerawagen, die Tongalgen. Unter einem Zeltvordach, das man über der Wagentür befestigte, baute der Maskenbildner seine Werkstatt auf. Ein Klapptisch, einige Stühle, Spiegel, Schminkkoffer. Regisseur Cranz rannte herum und begutachtete die Gegend von allen Winkeln. Auch Horst Helmke suchte gute Fotoeinstellungen. Der bunte Herbstwald war herrlich, der Fluß im Regenschleier konnte tief romantisch wirken, traurig-süß, genau wie es gebraucht wurde. Wenn es nur regnete ...

Sergio Amado, der große Sänger, war bereits geschminkt, als Vera Hartung mit dem letzten Wagen eintraf. Auf halbem Wege hatte man eine Reifenpanne gehabt. Vera trug schon das Kleid für diese Aufnahme; ein zartrosa Spitzenminikleid. Biedermeier mit Beatlook.

»Schminken! Los, los!« schrie der Regieassistent und fuchtelte mit beiden Armen herum. Der Stuhl Veras mit ihrem Namen stand schon vor dem Spiegel, der Friseur wartete. Helmke und seine Assistenten maßen an den Kameras Lichteinfall und Schatten. Das Skriptgirl hockte auf seinem Schemel und fror. Detlev Cranz machte sich Notizen in sein Regiebuch.

»Es kommt kein Regen!« sagte der Aufnahmeleiter. »Im Gegenteil, die Sonne kommt durch.«

»Immer dasselbe!« Cranz schlug sein Regiebuch zu. »Ich möchte einmal erleben, daß die Wettervorhersagen stimmen! Ich stifte ein Faß Bier! Kinder, wir könnten alle verdursten! Schläuche raus!«

Aus dem Aufnahmewagen schleppte man jetzt dicke Wasserschläuche, verband sie mit einem Verteiler, der seinerseits mit einer Pumpe verbunden war. Diese Pumpe warf man außerhalb des Szenenbereiches in den Fluß und stellte sie an. Es klappte vorzüglich. Die Pumpe saugte, aus den Schläuchen schoß das Wasser.

»Na also!« rief Cranz und winkte mit beiden Armen zu seinen Darstellern. »Das Fernsehen hat seinen eigenen Petrus! Kommt mal her. Die Szene ist schnell erklärt.«

Sergio Amado und Vera Hartung kamen an das Flußufer zu Cranz. Die drei Kameras fuhren in Stellung. Helmke dirigierte sie durch ein Kehlkopfmikrophon. Im Aufnahmewagen brummten leise die Stromerzeuger.

»Die Sache ist ganz einfach«, sagte Cranz und schlug sein Regiebuch auf. »Amado geht sinnend und singend durch den Herbstwald und denkt an seine Geliebte. Es regnet. Natürlich geht er ohne Schirm. In Wirklichkeit wäre er ein blöder Hund, wenn er das täte, aber der Zuschauer will es so. Ein Sänger mit Schirm, unmöglich. Also wird Amado klatschnaß, das wirkt grandios, das spiegelt genau die Stimmung seiner Verlassenheit und Sehnsucht. Plötzlich sieht er auf einer Bank ein Mädchen. Sie – Vera! Das Mädchen sitzt unter einem Schirm und starrt über den Fluß. Warum – keine Frage! Liebeskummer. Dieses Mädchen sieht in den Augen Amados wie die ferne Geliebte aus. Sie sehen sich an, der Funke springt über, Amado zieht sie von der Bank hoch, und sie tanzen selig durch den Regen. Als er sie küssen will, verschwindet sie in seinen Armen wie Nebel. Zurück bleibt der traurig rinnende Regen. Die Trickszene gestalten wir später im Atelier. Alles klar?«

Sergio Amado nickte. Er war groß, schlank und sah aus wie ein Korsar. Er bekam wöchentlich zweihundert Liebesbriefe, die alle seine Frau in seinem Namen beantwortete. Laut Taufregister hieß er Ernst Schmitt, aber unter diesem Namen war keine Karriere zu machen.

Das traurige Lied, das Sergio singen sollte, war längst auf Band aufgenommen. Ein Lautsprecher plärrte es in die stille Herbstlandschaft, damit Sergio die Lippen danach bewegen konnte. Diese Außenszene sollte später im »Goldenen Kuß« auf einer Riesenleinwand erscheinen, als Vorspann für das leibliche Auftreten von Sergio Amado und Vera Hartung auf der Hallenbühne.

»Probe ohne Regen!« schrie Cranz. Drei Arbeiter standen mit den dicken Wasserschläuchen bereit. Sie hatten Zersprüher draufgeschraubt, was einen herrlichen Schnürlregen garantierte.

Man probte viermal, und es klappte vorzüglich. Der Tanz Veras mit Sergio war ein Genuß für das Auge. Das war ein Gleiten und Schweben, ein verliebtes Zueinanderfinden, daß selbst der abgebrühte Cranz sagte: »Sehr gut!«

»Alle Kameras bereit!« brüllte der Aufnahmeassistent vom Wagen. Der Regieassistent rückte die Bank noch näher ans Flußufer.

»Und der Herr sprach: Es werde Regen!« schrie Cranz und ließ die Hand fallen, die er hoch erhoben hatte. Vor Sergio fiel die erste Klappe, aus den Schläuchen rauschte der herrlichste Regen, der Lautsprecher brüllte die Melodie ... im strömenden Regen begann Sergio Amado, die Lippen zu bewegen, und machte ein sehnsuchtsvolles Gesicht, was unter dem Wasserstrom nicht schwer war. Er ging singend durch den tropfenden Wald, ein Märtyrer seiner hoffnungslosen Liebe.

Kamera I fuhr mit, Kamera II fing die Romantik der Landschaft ein, Kamera III wartete auf das Zusammentreffen Sergios mit Vera auf der Bank.

»Jetzt siehst du sie!« schrie Cranz, der neben der Kamera I herging. »Vera, Sie sehen ihn auch! Ja, so ... alle Liebe in die Augen. Helmke, Großaufnahme von Veras Augen. Sergio ... du spürst den Regen nicht mehr ... Gut so, gut so ... Vorzüglich ... und jetzt tanzen ... am Fluß entlang ... es ist, als ob aus den Regentropfen Goldtropfen werden ... Schlauch eins näher ran! Und jetzt ... küsssssen ...« Cranz winkte mit beiden Armen. Der Regen hörte ruckartig auf. »Alles im Kasten? Ja! Phantastisch. Szene gestorben! Zieht euch um, Kinder ... Mit euch zu drehen, ist ein Vergnügen.«

»Und ich krieje 'nen Schnupfen!« sagte der schwarzlockige

Korsar Sergio Amado in bestem Berlinisch. »Warum muß det ausjerechnet im Rej'n sein?!«

Glücklich zog sich Vera im Gerätewagen um. Die Routiniers um sie herum hatten es nicht bemerkt... sie hatte mit ihrer ganzen Seele gespielt, und sie hatte das herrliche Gefühl in sich gespürt, etwas Gutes geleistet zu haben.

Ein Traum war wahr geworden. Ein Star wurde geboren.

*

Vier Tage später stand es endgültig fest: Quizmaster Holger Roggenkamp war nicht einsatzbereit. Seine Heiserkeit war vollkommen, er hauchte nur noch ins Telefon. Vier Wochen Erholung hatte man angeraten.

»Sag ich es nicht?« bemerkte Pelz, als Roggenkamps letzter Anruf überstanden war. »Im ›Goldenen Kuß‹ ist der Wurm!« Er sah seine Sekretärin an und nickte mehrmals, als glaube man ihm nicht. »Lassen Sie an alle Zeitungen und Presseagenturen herausgehen: Verschiebung der Premiere um drei Monate. Begründung ehrlich: Erkrankungen von Hauptdarstellern. Alles andere soll von den Verkaufsbüros geregelt werden.«

Im Funkhaus wurde umdisponiert. Die Vorbereitungen zum »Goldenen Kuß« wurden unterbrochen. Die Aufnahmen zu »Ich suche Kain« sollten fortgesetzt werden. Auf Zypern, wo Carlos Heimann noch zwei Fortsetzungen von »Fremde Länder – fremde Killer« drehte, weil die Landschaft zu schön war und billige Hilfskräfte zu bekommen waren, wurden wieder Zimmer im Hotel bestellt. Ein neues Aufnahmeteam kam herüber, an der Spitze Chefkameramann Helmke. Die Regie blieb bei Heimann.

»Vera Hartung?« sagte Heimann, als er über den Hotelfernschreiber eingehende Informationen aus Deutschland bekam. »Das neue Wunderkind? Das Protektionspüppchen von Pelz? Kann die überhaupt meff und pipi sagen? Mein Gott, genügte es nicht, daß ich Tommy Brest am Halse habe?«

»Vera Hartung?« schrie auch Karin Jarut, als Theo Pelz die Abwesenheit Amar Sorbanias, der einen Besuch bei seinem Botschafter in Bonn machte, wahrnahm und eine angenehme Stunde verleben wollte. »Du hast es wirklich gewagt, meine Rolle, *meine* Rolle an diese... diese... zu vergeben? Oh, du

Heuchler...« Sie warf mit Vasen um sich und trat gegen die Badezimmertür, hinter der Theo Pelz Schutz gesucht hatte und das Abflauen ihrer Wut abwartete. Das mußte bald sein, denn Karins Ausbrüche hörten dann auf, wenn sie keine Zuschauer hatte.

»Weißt du,was ich tue?« schrie sie durch die Tür.

»Nein! Aber nimm nicht die China-Vase. Die ist echt. Zweite Ming-Dynastie.«

»Ich werde auch filmen! Bei der RTA. Jawohl!«

»Bei wem?« Theo Pelz öffnete die Tür. Der Name RTA machte ihn so mutig, daß er selbst eine neue Vase in Kauf nahm. Aber Karin Jarut warf nicht mehr. Sie stand mitten im Zimmer, zwischen Scherben und umgeworfenen Sesseln, ganz Triumph, ganz Rachegöttin.

»Sag das noch einmal, Süße!« bat Pelz.

»Da staunst du, was?«

»Allerdings.«

»Die RTA dreht gerade in Hamburg ein paar Hafenaufnahmen. Mr. Withcock hat mich vorgestern angerufen. Die Amis sind bereit, mit mir einen Fernsehfilm zu drehen. Einen Zweistundenstreifen. Es gibt zur Auswahl drei Themen. Eine der Geschichten könnte man gut auf Zypern drehen.«

»Karin... ich ahne Fürchterliches.«

»Nicht wahr?«

Pelz hob einen Sessel auf und setzte sich hinein. Karin hockte sich auf die Lehne. Vor Triumph zerwühlte sie Pelz' Haare.

»Man ist bei der RTA durch euren blöden Hinausschmiß auf mich aufmerksam geworden. Sie haben mir einen Vertrag geboten, von dem deutsche Funkhäuser nur träumen können. Mr. Withcock will aus mir einen Superstar machen. Nun bist du platt, was?«

»Withcock ist ein alter Lustlümmel von siebenundsechzig Jahren. Das ist alles.«

»O Himmel, Moral in diesen seufzenden Wänden?« Karin lehnte sich zurück. »Ich werde dem Alterchen ein bißchen über die Wangen streicheln...«

Pelz sah auf Karins lange Beine und nickte. »Das kenne ich.« Plötzlich sprang er auf, stampfte im Zimmer herum und trat gegen die Vasenreste. »Was bist du nur für eine Type!« schrie er. »Da rackern sich Tag für Tag Tausende fleißige, anständige Menschen in den Funkhäusern ab, geben ihr Bestes, bemühen sich um Leistung, ringen jeden Tag mit den Zuschauern um die Gunst, müssen ihr großes Können beweisen, lassen Nerven und Kraft, müssen mit immer neuen Ideen kommen – und du schaffst das alles mit ein paar Drehungen, mit hundertzehn Pfund wohlgeformten Fleisches!«

»Wem Gott gibt einen schönen Körper, dem gibt er mit ein Stück vom Paradies! Das ist ein arabisches Sprichwort!« Karin Jarut sprang von der Sessellehne. »Ich werde das Drehbuch mit dem Wüstenstoff akzeptieren.«

»Und dann?« fragte Pelz ahnungsvoll.

»Dann drehen Vera Hartung und ich Rücken an Rücken. Ist das nicht ein Knüller?«

»Und die Biestereien nehmen überhand.«

»Mein süßer Knabe!« Karin Jarut tänzelte zwischen den Scherben herum. Sie kostete ihre Überlegenheit aus wie Rauschgift. »Ihr habt alle einen großen Fehler gemacht: Eine Frau wie mich setzt man nicht vor die Tür. Kannst du dir einen Tiger als Schäferhund vorstellen?«

»Schlecht.«

»Na also. Ihr solltet mehr die Natur der Frau studieren.«

Es wurde kein gemütlicher Abend zu zweit. Theo Pelz verließ recht bald und sehr in Sorge die entzückende kleine Wohnung, die einmal sein ganz privater Garten der Liebe gewesen war.

*

Der Abflug nach Larnaka auf Zypern gestaltete sich zu einer Demonstration. Bis heute weiß niemand, wer die Presse benachrichtigt hatte und die Kollegen von der Fernsehkonkurrenz. Auf jeden Fall war die Flughalle mit Fotografen und Kameras gefüllt, als nacheinander Vera Hartung mit Theo Pelz und dem Aufnahmeteam aus einigen Wagen stiegen und zur Abfertigung gingen, und dann kam Karin Jarut mit Amar Sorbania und einem Schwall amerikanischer Fernsehleute, die aussahen wie aus einem Westernfilm.

Amar war etwas irritiert, als er Theo Pelz wiedersah. Diese Ähnlichkeit. Er ließ Karin stehen und kam auf Pelz zu.

»Verzeihen Sie, haben Sie einen Bruder?« fragte Amar. »Einen Bruder Fritz?«

»Nein, nur einen Bruder Hugo«, sagte Pelz ablehnend. »Warum bitte?«

»Sie heißen nicht Hermann?«

»Nein, Pelz. Sie wünschen bitte?«

»Ich bitte um Entschuldigung.« Amar verbeugte sich korrekt; er bekam eine dunklere Hautfarbe, woran man sah, daß auch Araber rot werden können. Dann ging er zurück zu Karin und hörte mit knirschenden Zähnen, wie Pelz laut sagte:

»Ich glaube, das war ein kleines Dummerchen.«

Seine Begleitung lachte. Mit verbissenem Gesicht drängte sich Amar durch die Absperrung zum Rollfeld.

Karin Jarut gab unterdessen ein Interview. Man knipste sie in allen Posen, sie machte unmögliche Verrenkungen, klapperte mit den Lidern und lächelte breit. Dann hängt sie sich bei Mr. Withcock ein, dessen Gesicht wie eine Tomate glänzte. »Ich werde meine Freunde nicht enttäuschen«, hörte Pelz gerade, als er mit Vera an ihr vorbeiging. »Ich werde in dem neuen Fernsehfilm das Beste geben! Ich glaube, er wird eine Sensation...«

»Los! Jetzt Sie auch!« zischte Pelz. Er winkte den Fotografen zu. Zwei Kameras des eigenen Senders fuhren heran. Im Nu waren sie von Reportern umringt. Man spürte, daß es hier einen Kampf gab, daß eine Auseinandersetzung begann, bei der es keine Gnade geben durfte.

Die alte, hinausgeworfene Diva und der neue, junge Star traten gegeneinander in die Arena um die Publikumsgunst. Es war wie bei den balinesischen Hahnenkämpfen: Es konnte nur einen Besiegten geben.

»Mir liegt das nicht«, flüsterte Vera an der Seite Pelz'. »Dieser Rummel...«

»Himmel noch mal – Sie müssen! Sie sind auf dem Wege zum Ruhm! Lächeln Sie, sehen Sie Karin ab, wie man sich ins Bild setzt...« Pelz gab ihr einen Rippenstoß. »Sprechen Sie. Sagen Sie, daß Ihre Serie ›Kain‹ im Gegensatz zu früher noch schöner wird; das haut die Jarut um.«

»Muß ich wirklich?« Vera sah Pelz flehend an. Er nickte ihr zu.

»Sie müssen, Vera! Die Zeit der Samthandschuhe ist vorbei...«

Mit einem strahlenden Lächeln stellte sich Vera Hartung den

Kameras und den Reportern. Von Karin Jarut kamen die anderen herüber... sie stand plötzlich allein in der Halle, als stänke sie und alles laufe von ihr weg.

»Ich bin glücklich!« sagte Vera deutlich. »Ich sehe es als einen Schicksalswink an, daß ich gerade mit der Serie ›Ich suche Kain‹ meine Zuschauer erfreuen kann. Und ich verspreche, daß diese Serie noch schöner, noch besser wird...«

»Bravo!« flüsterte ihr Pelz zu. »Das war ein Volltreffer, Vera! Das riß sie von den Beinen. Jetzt geht sie weg, zu den Amis. An der Art, wie sie geht, erkenne ich, daß sie platzen möchte. Das war gut gemacht, Vera!«

Zehn Minuten später war der Rummel vorbei. Die beiden Fernsehteams saßen zusammen im Flugzeug, durch den Gang getrennt wie durch einen Ozean. Die Türen wurden geschlossen, die Strahltriebwerke der Maschine heulten auf. Durch das Flugzeug lief ein Zittern. Über der Tür zur Bordküche flammte rot eine Leuchtschrift auf: »Bitte anschnallen.«

Karin Jarut schielte hinüber zu Vera Hartung. Sie bemerkte, daß auch Vera sie musterte, und warf den Kopf herum. Das Flugzeug rollte an, die Düsen kreischten.

»Wenn es Ihnen übel wird«, sagte Karin Jarut laut, »die Tüten liegen oberhalb von Ihnen in einer Klappe.«

»Danke.« Vera Hartung lächelte charmant. »Ich fliege nicht zum erstenmal. Aber es ist nett, daß Sie mich für alle Notfälle informiert haben.«

Dann sah man weg aus dem Fenster. Das Flughafengebäude glitt weg, ein paar Menschen standen an der Abzäunung und winkten mit Taschentüchern.

Der Kampfhandschuh war hingeworfen, und jede hatte ihn aufgenommen.

In der großen Glastür zur Abfertigungshalle stand Theo Pelz neben Detlev Cranz und steckte sein Taschentuch ein, mit dem er gewinkt hatte. Das Flugzeug rollte zur Betonpiste, die Düsen lärmten ohrenbetäubend, dann schwenkte es ein, wurde schneller, aus den Düsen quoll Rauch, langsam hob sich der silbern glitzernde Leib vom Boden und schwebte sanft in den Himmel. Die Räder wurden eingezogen.

Leb wohl, Germany! Sei gegrüßt, Zypern.

Wie ein gleißender Vogel zog die Maschine hinein in das Blau des Morgens.

»Da ziehen sie hin«, sagte Pelz ahnungsvoll. »Ich gäbe wer weiß was dafür, wenn ich wüßte, was in den nächsten Tagen auf der Insel der Träume passiert.«

Es war eine Frage, die auch im Flugzeug mitflog wie eine eingeschmuggelte Bombe.

*

Limassol – das ist ein zu Stein gewordenes weißes Märchen am blauen Meer. Das ist eine Uferpromenade mit Hotelpalästen, in der Sonne rotschimmernde Felsen im leicht wogenden Meer, das sind zahlreiche Geschäfte und Restaurants, das sind traumhaft schöne Jachten, ein internationales Publikum, eine Fülle schöner Frauen. Ein wahr gewordener Traum, die moderne Version von Tausendundeiner Nacht.

So sieht es wenigstens der Reisende, der zum erstenmal hier ankommt, hineinfährt in den Zauber dieser Stadt.

Im Hotel »Akrotiri« erwarteten Carlos Heimann und Tommy Brest die Ankunft des neuen Stars aus Deutschland. Man tat es stilgerecht: Heimann und Brest lagen unter Sonnenschirmen am Rand des Schwimmbeckens, tranken Fruchtsaft mit Gin und winkten mit beiden Armen, als sie Horst Helmke im Schatten der Säulenhalle kommen sahen. In seiner Begleitung war ein schwarzhaariges Mädchen. Im Haar glänzte ein rotes Samtband.

»Das muß sie sein«, sagte Heimann faul und räkelte sich. »Seit wann steht Pelz auf schwarz? Seine Liebe gilt doch blond? Ist der Gute krank?«

In der großen Säulenhalle zwischen Hotel und Swimmingpool blieb Helmke stehen und zeigte ungeniert auf die beiden bunten Sonnenschirme am Beckenrand. »Da sind sie«, sagte er. »Links, das ist Heimann ... und Tommy Brest, na, den kennst du ja von der Mattscheibe. Gehen wir hin.«

Sie ließen ihre Taschen unter den Säulen stehen, und ein Boy rannte sofort herbei, baute sich daneben auf und bewachte sie. Helmke und Vera Hartung gingen um das Schwimmbecken herum und blieben vor den beiden Liegestühlen stehen. Die Begrüßung war etwas ungewöhnlich, fanden sie. Heimann wälzte sich aus seinem Stuhl und reichte Vera seine Hand entgegen. Auch Brest stand auf, er musterte Vera wie eine Kuh, die er kaufen will.

»Na ja, da sind Sie ja«, sagte Heimann. Sein Blick glitt an Vera herunter. Gute Figur, lange Beine, ein hübsches Gesicht... man kann über Pelz denken, was man will – von Frauen versteht er was. Er verbindet das Fotogene mit dem Greifbaren; eine vernünftige Methode. »Schöner Ort, was? Ein Garten Eden, wenn man die nötigen Dollars hat. Als armes Schwein kommen Ihnen diese Luxushotels wie riesige Grabdenkmäler vor. Haben Sie einen Meeresblick vom Zimmer?«

»Ich weiß nicht. Wir sind gerade erst angekommen.« Vera wandte sich an Tommy Brest. »Ich freue mich, Sie endlich persönlich kennenzulernen.«

»Hm!« sagte Tommy Brest. »Guten Tag!« Er steckte sich eine Zigarette an und sah an Vera vorbei. »Das kann doch nicht wahr sein, Carlos! Dreh dich mal um.«

Heimann wandte den Kopf nach hinten und zog dann ruckartig die Schultern hoch. Unter den Säulen stand in einem wehenden weißen Kleid Karin Jarut und schüttelte ihre blonden Locken.

»Sind die im Funkhaus verrückt geworden?« Er ließ Vera Hartung stehen, stülpte einen Strohhut auf seinen Kopf und rannte um das Becken herum zu Karin. Auch Tommy Brest setzte sich in Bewegung... allein standen Vera und Helmke herum und kamen sich wie nicht abgeholt vor. Muster ohne Wert, Annahme verweigert.

»Höflich sind die gerade nicht«, sagte Vera mit kleiner Stimme.

»Sie werden es aber werden.« Helmke legte den Arm wie schützend um Veras Schulter. »Ich glaube, sie haben eine falsche Vorstellung von dir...«

Er schwieg abrupt, aber Vera verstand ihn. Und sie wurde rot vor Scham.

Unter den Säulen schob Heimann seinen Hut in den Nacken und streckte Karin seine Hand entgegen. Sie übersah sie mit einer hoheitsvollen Miene. »Was machst denn du hier?« sagte Heimann nervös. »Die Neue ist da. Ich denke, man hat dir... Nun sag bloß, ich soll mit euch beiden und Tommy drehen. Das hält kein Yogi aus, selbst in größter Trance nicht.«

»Ich drehe bei der amerikanischen RTA«, sagte sie.

»Bei Withcock?«

»James ist verrückt nach mir.«

»Du grüne Neune! Man kann sich auch anders umbringen!« Heimann schug die Hände über dem Kopf zusammen. Ein Boy raste heran. Heimann winkte ab. Nein, keinen Boy... das war Erstaunen, mein Junge. Karin Jarut sah Heimann aus sprühenden Augen an.

»Du Ekel!« zischte sie. »Ich werde im amerikanischen Fernsehen zeigen, was ihr weggelassen habt.«

»Das glaube ich: Hintern, Hüften und Brust, im Kilo billiger.« Er trat zurück, als Karins Hand durch die Luft zischte, und lachte unterdrückt. »Und dein Ölmagnat?«

»Wir sind verlobt.«

»Auch das noch. Was sagt der alte James Withcock?«

»Er weiß es nicht.«

»Salem aleikum! Karin, du bist total verrückt! Du hättest ein Jahr lang in der Ecke sitzen sollen. Moral schimmelt mit der Zeit, und jeder Monat vergoldet die Sünde, wenn Tränen der Reue rinnen. Was du machst, ist falsch. Millionen Frauen verlangen von dir nur ein anständiges Leben mit häuslichem Herd, Kochschürze und einem lieben Haustier, vielleicht einem jungen Boxerhund... das hätten wir schon gemacht mit Presse und so. Karin Jarut lebt zurückgezogen in ihrem Heim zwischen ihren Tieren und dem blühenden Garten, den sie täglich pflegt. Sie hofft, bald wieder unter uns auf dem Bildschirm zu sein. Und so weiter... Das geht ins Auge, das pfeift durch die Seele, das rüttelt am Korsett... Aber jetzt? Karin Jarut hat einen Ölscheich! Karin Jarut filmt in Amerika mit bloßem Busen! Karin Jarut auf der nackten Welle! Aus, Liebling. Das nimmt dir die deutsche Hausfrau nicht ab.«

»Ihr habt alle gut reden.« Karin sah Tommy Brest an, der stumm seine Zigarette rauchte. »Und du schweigst mal wieder vor lauter Dämlichkeit, was?«

»Ich sage nur eins: Die Neue hat Talent.«

»Ach nee? In der Bluse?« Heimann fuhr herum. »Sag mal, hast du einen Sonnenstich, Tommy?«

»Ich sehe so etwas.«

»Dann hast du noch nie in 'nen Spiegel geguckt.«

»Man kann bald nicht mehr mit ihm reden.« Tommy Brest warf seine Zigarette weg und zertrat sie. »Warum hast du solchen Quatsch gemacht, Karin? Ohrfeigen auf der Straße? War der Liebling so viel wert?«

»Ich sollte einen neuen Sportwagen bekommen.«

»Und jetzt fährste Roller.« Tommy Brest winkte ab, als Karin ihn unterbrechen wollte. »Ich sage nur eins: Halt dich ran, Süße! Die Neue kann etwas. Sie ist keine Modepuppe, die klimklim mit den Äugelchen mach. Sie hat Ehrgeiz, das sieht man. Und sie weiß, was sie kann.«

»Tommy, der Psychologe.« Heimann schob seinen Hut ganz weit in den Nacken. »Junge, daß du überhaupt einen eigenen Gedanken entwickelst, ist eine Sensation. Man sollte eine Sonderseite herausgeben: Tommy denkt!«

»Du kannst mich...«, sagte Brest grob und wandte sich ab. Heimann und Karin sahen ihm lachend nach, aber dann, ganz plötzlich, wurden sie ernst, wie auf ein Kommando.

»Er hat recht«, sagte Heimann. »Vera Hartung ist kein Glimmertyp. Sie muß etwas können.«

»Ich weiß es.« Karin nickte mehrmals. »Und – das glaube mir, Carlos – ich richte mich darauf ein...«

*

Ein paar Minuten später war der erste Krach da.

Er begann schon gleich am Swimming-pool. Heimann war zurückgekommen, um Scheich Amar Sorbania auszuweichen, den er in der Hotelhalle gesehen hatte. Es war besser, aus dem Dunstkreis des Ölmannes zu bleiben.

Tommy Brest kühlte sich ab und schwamm im Pool. Ein paar Mädchen am Beckenrand starrten ihn bewundernd an. In der Badehose war er wie ein griechischer Jüngling aus Olympia, ein Apoll an Schönheit. Er wußte es und schwamm genüßlich seine Runden, ganz langsam, damit man das Spiel seiner Muskeln auch deutlich sah. Wer ihn so schwimmen sah, glaubte ihm alle Abenteuer in »Fremde Länder – fremde Killer«. Nur die hinter der Kamera wußten, daß ein schnaubendes Pferd Tommy fürchterlich erschrecken konnte. Vera und Helmke standen noch immer unter den bunten Sonnenschirmen, wie Zurückgebliebene, die die Straßenbahn vergessen hatte.

»Das haben Sie ganz phantastisch gemacht«, sagte Heimann zu Vera Hartung.

»Was?« fragte Vera naiv, ehe Helmke dazwischenfahren konnte.

»Wie Sie die Jarut ausgeboxt haben. Eiskalt, was, Mädchen? Nur passen Sie bei Rathberg auf! Wenn Sie eine Großmutter haben, die ein uneheliches Kind Ihres Urgroßvaters war, dann ist's aus mit der Karriere. Und wenn Ihr Onkel in Bad Pyrmont sich mal in der Hotelzimmertür geirrt hat, können Sie einpacken.« Heimann senkte den Kopf und sah Vera ernst an. »Haben Sie als Kind mal Murmeln mit einem Jungen gespielt?«

»Natürlich«, sagte Vera verwirrt.

»Mit zwei oder gar drei Jungen gleichzeitig?«

»Auch...«

»Um Himmels willen, verschweigen Sie das Rathberg. Er wird es als kindliche Bigamie auslegen. Als Vorpubertäts-Nymphomanie. Wie konnten Sie nur mit drei Jungen gleichzeitig Murmeln...«

»Jetzt ist's genug, Herr Heimann!« Helmke trat dazwischen. Er sah, daß Vera nahe daran war zu weinen. Der dicke Spott Heimanns traf sie bis ins Innerste. Hinter diesen Worten lauerte der Angriff: Na, wie fühlst du dich, du Geschöpf Theo Pelz'? Du sollst von Beginn an wissen: Ein Star bist du zwar, aber als Nutte sehen wir dich... »Vera kennt Sie noch zu wenig, um Sie einfach stehenzulassen. Aber es wird nicht lange dauern, bis sie heraus hat, wie man Sie behandeln muß.«

»O Gott! Der Herr Chefknipser entrüstet sich! Steht es so, daß das Kamera-Auge näher blickt als Programmdirektors-Augen?« Heimann lachte über seinen Witz, der keiner war. Doch dann wurde er ernst; es war seine Art, plötzlich in Extreme zu fallen, es hageln zu lassen, wo eine Sekunde vorher noch die Sonne schien. Man kannte das genau: Er machte bei den Aufnahmen einen Witz, man lachte und wurde plötzlich angebrüllt: »Was lachst du, du Hornvieh? Du bist doch jetzt die Agnes Bernauer, die ins Wasser gestoßen wird! Und da lacht sie?!«

»Man hat Sie mir zugeteilt«, sagte Heimann rauh zu Horst Helmke. »Ihre Aufgabe ist es, gute Aufnahmen zu machen und die Linsen sauberzuhalten. Für die Sauberkeit meiner Stars sorge ich, verstehen wir uns? Und Frechheiten lasse ich mir nicht bieten, sondern knipse sie ab wie Flöhe. Noch etwas?«

»Ja!« Horst Helmke zeigte keine Angst vor dem großen

Heimann. Auch er macht beim Kacken die Knie krumm, dachte er. Und da sind wir Brüder. »Vera Hartung steht unter meinem Schutz.«

»Halli, hallo! Arbeiten Sie nebenberuflich bei der Wach- und Schließgesellschaft? Oder ist's die Heilsarmee? Den Blick nach oben, Brüder...«

»Ich möchte Ihnen eine schmieren«, sagte Helmke leise. »Aber welchen Sinn hätte das? Auf Esel kann man Knüppel zerschlagen, und sie schreien immer noch Ia...«

»Das haben Sie nett gesagt.« Heimann zog den Strohhut ins Gesicht. Seine Wangen zuckten. »Wenn ich auch nur einen Meter Film mit Ihnen drehen werde, können Sie mich kastrieren. Von mir aus können Sie hinter Ihrer Kamera verdorren!«

Er ließ Vera und Helmke stehen und ging davon. Seine hohe Gestalt verlor sich schnell unter den Säulen und den Gästen des Hotels, die nach dem Mittagsschlaf zum Schwimmbecken gingen.

»Das hättest du nicht tun dürfen«, sagte Vera leise. Sie schob ihre Hand unter Helmkes Arm. »Was wird nun?«

»Wir drehen! Du kennst Heimann nicht. An ihm ist ein großer Tragöde verlorengegangen. Und außerdem: Ich mache es wahr. Ich ohrfeige ihn, wenn er sich dir noch einmal in dieser Art nähert. Verdammt, ich liebe dich.«

Tommy Brest stieg aus dem Wasser. Er ließ seinen Körper noch einmal in der Sonne glänzen, das Wasser lief an ihm ab, die Muskeln spielten unter der Haut... dann lief er leichtfüßig zu seinem Liegestuhl und warf ein großes Badetuch über sich.

»Carlos rannte weg wie ein von seiner Lieblingskuh betrogener Stier. Was war?«

»Er hat Vera beleidigt, und ich habe ihm meine Meinung gesagt.« Helmke sah Brest an, der sich die Haare rubbelte und wie ein Boxer auf der Stelle tanzte. Zwanzig Frauenaugen starrten zu ihm hinüber und zauberten ihnen Träume ins Gehirn. »Fang du nicht auch an!«

»Ihr seid beide liebe Kinder.« Brest warf sich in seinen Liegestuhl. »Ich mag euch. Und deshalb meinen Rat: Paßt auf Karin auf. Die braut Gift in allen Hohlgefäßen.«

»Sie kann nicht mehr gefährlich werden.« Helmke drückte den Arm Veras an sich. Nur Ruhe, Liebling, völlige Ruhe! Wir kennen keinen Nervenkrieg... und dabei sind Nerven alles beim Fernsehen. »Sie ist bei der RTA.«

»Gott segne eure Ruhe!« Tommy Brest versteckte sich hinter seiner riesigen Sonnenbrille und schlug die Beine übereinander. »Ich möchte nicht in einem Hause wohnen, wo eine Bombe vom Kaliber Karins qualmt...«

*

An diesem Nachmittag flogen zwei Telegramme durch den Äther. Eines kam aus Limassol und war von Carlos Heimann.

»Weigere mich, mit Horst Helmke zu drehen stop Lehne es ab, Kindermädchen zu spielen stop Ich habe einen Namen zu verlieren stop Heimann.«

Das zweite Telegramm war die Antwort und kam aus Deutschland. Der Absender war Programmdirektor Pelz:

»Sie haben keinen Namen zu verlieren, sondern fristlos eine Stellung, wenn Sie nicht sofort mit den Dreharbeiten beginnen stop Im Namen des Intendanten gezeichnet Theo Pelz.«

»Da haben wir's«, sagte Heimann resignierend und gab das Telegramm an Brest weiter. »Und da will uns noch einer das Weihnachtsmärchen vom unschuldigen Star erzählen? Es ist zum Kotzen, daß der Sender mir so ans Herz gewachsen ist, sonst würde ich auswandern und in Australien Känguruhs filmen.«

Tommy Brest nahm das Telegramm und zerriß es mit einer geradezu aufregenden Trägheit. Ans Herz gewachsen, dachte er dabei. Schulden hat er und im Vorschuß steht er, das ist alles. Wenn Pelz den Laden runter läßt, steht Carlos wie ein Gammler unter der Brücke. Aber was soll's? Die wahre Liebe ist ja doch nur ein Bankgeschäft...

Es war erstaunlich: Auch Hohlköpfe wie Brest füllten ab und zu ein Tröpfchen in den leeren Eimer.

»Und was machst du?« fragte er. Carlos Heimann legte die Beine auf das Balkongeländer. Sie saßen auf der Veranda in Heimanns Zimmer.

»Ich drehe natürlich! Aber mit dem Helmke werde ich nur über meinen Assistenten verkehren.«

*

Die Außenaufnahmen zu »Ich suche Kain«, fünfte Folge, fanden vor den Felsen der Aphrodite und an den Königsgräbern bei Paphos statt. Dann zog man weiter zu den Ruinen von Curium mit dem originalgetreu wiederaufgebauten römischen Theater. An der Burg von Kolossi stieg dann die große Szene, die man nur einmal drehen konnte, weil die staatliche Museumsverwaltung in Limassol die Sondergenehmigung erteilt hatte zum einmaligen Anlegen eines Brandes in der altehrwürdigen Ruine. Ging diese Szene daneben, mußte an profanem Ort nachgedreht werden. Aber viele Fernsehzuschauer würden erkennen, daß dies nicht Kolossi war, denn Tausende waren schon hier. Diese Flut von empörten Briefen! Man kannte das im Funkhaus. Einmal hatte in einem Fernsehspiel ein Offizier das EK I auf der rechten Brust getragen. Es kamen 23729 Briefe... von »Nichtskönner« bis »Nestbeschmutzer«.

Carlos Heimann hatte in den vergangenen acht Tagen sein Urteil über Vera Hartung revidiert. Als man in Abänderung eines eigentlich für die Felsen der Aphrodite vorgesehenen Drehtages nochmals hinauszog zu einer Bucht am Kap Greco, legte Vera eine hinreißende Szene hin: Ohne Double schwamm sie hinaus ins Meer, nachdem ihr Verfolger sie von einer Klippe gestürzt hatte.

Tommy Brest dachte mit Schaudern an das Unglück mit Georgios und protestierte: »Das kannst du doch nicht machen, ohne Double!« Er saß mit Regisseur Carlos Heimann in einem Boot, das vor dem Felsen schaukelte. Kamera III war auf den Bug montiert. Helmke an Kamera I befand sich an Land.

»Sie will es«, sagte Heimann trocken. »Sie ist gut versichert.«

»Du bist ein Vieh!« brüllte Brest.

»Szene ab...«, tönte es durch den Kopfhörer Heimanns.

Und dann schwamm Vera Hartung mit großen Schlägen hinaus ins Meer, tauchte, als Schüsse über das Wasser peitschten, und kam nach langer Tauchzeit wieder hoch. Ihr langes, schwarzes Haar schwamm hinter ihr her wie ein Teppich.

»Na also!« Heimann ließ das Boot Vera entgegenrudern, zog sie selbst aus dem Wasser und warf ihr eine Decke um. Dann griff er in die Tasche, zog eine Flasche Kognak heraus, füllte den kleinen Trinkbecher und reichte ihn wortlos Vera.

Sie verstand es. Sie trank und nickte Heimann ebenso stumm an.

Der Friede war geschlossen.

Das war vor acht Tagen gewesen – jetzt aber wurde die große Szene gefilmt, die Vera Hartung in höchster Dramatik zeigte. Auf der Suche nach Kain – einem Mann, der mit einem Millionenschatz verschwunden war, den er ausgegraben hatte – kam Vera in einen für den Film dazugebauten Ruinenhof. Hier, so hatte sie laut Drehbuch herausbekommen, ging ein unterirdischer Gang ab, der zu einer unterirdischen Stadt führen sollte.

Nun war sie in dem Hof, und im selben Augenblick flammte es rings um sie auf... brennendes Öl floß auf sie zu, von allen Seiten... es schien keine Rettung mehr zu geben... sie mußte bei lebendigem Leib verbrennen.

Natürlich gab es eine Rettung, denn die Serie war auf zwölf Folgen angelegt. Das wußte auch der Zuschauer, aber der Nervenkitzel war zu herrlich.

Um diese Szene drehen zu können, waren vier Beamte nach Kolossi kommandiert, drei Pyrotechniker, ein Ingenieur, ein Arzt mit Krankenschwester – falls doch etwas danebenging, zwei Konservatoren und einige Polizisten. Feuerwehrleute mit chemischen Löschmitteln standen bereit, den Brand zu löschen, wenn die Szene im Kasten war.

Carlos Heimann war der einzige, der nicht nervös war. Alles war bis zum Umfallen geprobt worden, ohne Feuer. Die Sache war völlig ungefährlich für Vera, nur nach Öl würde sie stinken, das ließ sich nicht vermeiden.

Die Vorbereitungen dauerten zwei Tage. Der Schauplatz wurde mit unbrennbaren Folien ausgelegt, damit das Öl nicht den historischen Stein verschmutzte. Um einige der Trümmer wurde Asbest gewickelt – wirklich eine einmalige, nicht wiederholbare Aufnahme.

Helmke hatte neue Filmrollen besorgt, die er wie einen Schatz hütete. Er hatte eigens für die hitzeempfindliche Farbkamera einen Kühlmantel konstruiert, der ihn, den Kameramann, mit einbeschloß. So hockte er also bei 35 Grad Außentemperatur mit Schal und Pelzmütze und dickem Mantel unter seinem Kühlvorhang, der so etwas wie ein flexibler Eisschrank war. Eine Eismatte, gespeist von einem Aggregat.

Die Klappe fiel.

Heimann lehnte sich auf seinem Regiestuhl zurück. Vera sah zum Verlieben aus in den Reithosen, den langen braunen

Stiefeln und der engen, durchschwitzten Bluse. Ihr schwarzes Haar war wie eine Fahne im Wind.

»Das ist das schönste Mädchen, das ich je vor der Kamera gehabt habe«, sagte Heimann zufrieden. »Wenn sie bloß nicht in unserem Betrieb verheizt wird...«

Vera sprang in den Ruinenhof, sah den künstlich angelegten Eingang des Stollens, riß die Pistole aus der Tasche, lief auf den Eingang zu.

»Feuer!« kommandierte Heimann ruhig.

Das Öl in den erdfarbenen, unbrennbaren Folienwannen flammte plötzlich auf. Die Pyrotechniker hatten einen raffinierten elektrischen Zündmechanismus gelegt, der auf einen Knopfdruck das Öl zu einem Flammenmeer verwandelte. Jetzt schossen die Flammen hoch, kreisten Vera ein, Öldampf stieg in den Himmel, schwarzer Rauch. Es stank bestialisch.

Helmke drehte an seiner Kamera I ruhig und konzentriert. Er wußte, es konnte nichts passieren. Aber er wußte auch, daß jetzt alles bei ihm lag. Nichts kann wiederholt werden. Was auf den Film kam, war endgültig.

Vera rannte herum, suchte eine Lücke in dem Flammenmeer, taumelte gegen eine Wand, erstickend in Rauch, gebraten von der Glut.

»Sie spielt es einmalig«, sagte Heimann stolz. »Das ist eine ganz große Begabung. Diese Todesnot. Dieses Ersticken. Als ob sie tatsächlich verdampft. Das macht ihr keiner nach. Leute, ich schwöre euch: Das wird meine heilige Johanna. Die und keine andere.«

Das Ende der Szene. Die Rettung. Ein Hubschrauber erschien plötzlich am Himmel, senkte sich sich über den Ölbrand, ein Tau wurde heruntergeworfen, Vera klammerte sich daran fest, der Hubschrauber stieg wieder in den Himmel, zog Vera mit, heraus aus der flammenden Hölle. Festgeklammert an dem Tau schwebte sie hoch durch die Luft, geschwärzt, am Ende ihrer Kraft.

»Fabelhaft!« schrie Heimann durch sein Megaphon. »Das kommt nie wieder! Aus!«

Die Feuerlöscher spritzten den chemischen Schaum in das Flammenmeer, neben Kamera II ging der Hubschrauber nieder. Dort stand Horst Helmke und nahm Vera in Empfang. Erschöpft sank sie in seine Arme.

»Das wird Millionen vom Stuhl reißen!« schrie Heimann ihnen durch das Megaphon zu. »Vera, ich schäme mich vor Ihnen.«

Es war das größte Lob, das man je von Heimann gehört hatte... denn keiner liebte sich so sehr selbst wie Heimann...

Noch am Abend wurden die Filmrollen nach Deutschland geflogen. Am nächsten Morgen wurden sie entwickelt, gegen elf Uhr lagen sie vor Theo Pelz und Intendant Rathberg.

Sie glaubten nicht, was man ihnen vom Kopierraum schon gesagt hatte... sie ließen die Rollen einspannen und abspielen. Doch dann saßen sie stumm nebeneinander und fanden keine Worte.

Um vierzehn Uhr traf ein Telegramm in Limassol ein. Heimann und sein Team ruhten sich aus, wie eine große Familie lagen sie um den Swimming-pool.

Das Telegramm lautete:

»Wer ist hier verrückt geworden stop Sämtliche Filmrollen waren blind belichtet stop Sofort Erklärung stop Rathberg.«

Carlos Heimann schoß empor wie ein Springbrunnen. »Helmke!« brüllte er. »Helmke! Sie Idiot! Was ist das hier?«

Er gab ihm das Telegramm. Zum erstenmal sah man einen zitternden Carlos Heimann. Man umringte ihn, man las über Helmkes Rücken das Telegramm, und man war starr.

»Mein Gott, Horst...«, stammelte Vera. »Das... das kann doch nicht sein...«

Wie betäubt stand Helmke inmitten der anderen. Heimann machte den Eindruck eines Irren... er kaute an den Nägeln aller zehn Finger.

Blind belichtet? Kein Bild auf allen Rollen?

»Das ist unmöglich...«, sagte Helmke leise. »Das ist nicht möglich! So etwas gibt es nicht... Die Kamera stand unter Strom. Die Signallampe leuchtete.«

»Aber es ist nichts drauf!« brüllte Heimann. »Leute, haltet mich fest! Ich springe ins Wasser! Das überlebe ich nicht! Gerade diese Aufnahme...«

Am nächsten Morgen waren per Flugzeug die Filmrollen wieder in Limassol. In Heimanns Zimmer ließ man den Film durch die Hand laufen. Niemand sprach, denn jeder hatte einen Zentnerdruck auf dem Herzen.

Nichts... nichts... Nebel... Nebel...

Alle Rollen ... nichts.

Heimann warf die Filme in die Ecke. Er war am Ende. Jeder erwartete, daß er jetzt hysterisch weinte.

»Ich habe neue Filme gehabt«, sagte Helmke leise. »Ich habe sie in meinem Zimmer, im Wäscheschrank, in einer Kühltasche aufbewahrt. Und so habe ich sie auch mitgenommen.« Er wischte sich über das schweißnasse Gesicht. Seine Hände zitterten. »Jemand muß, als wir in der Grotte filmten, die Filme gegen schon blind belichtete Filme ausgetauscht haben. Das ist die einzige Erklärung. Ich habe schon belichtete Filme, Filme, die man durch die Sonne zog, in die Kamera gelegt ... Wenn ich wüßte, wer mir das eingebrockt hat ...«

Es war eine Frage, die Carlos Heimann umwarf.

Er wußte plötzlich die Antwort.

Und alle im Zimmer wußten sie auch und sprachen sie nicht aus. Nur Tommy Brest sagte leise:

»Dieses verdammte Aas ...«

*

Es half alles nichts, kein Fluchen und kein Verwünschen: Die große Szene Vera Hartungs konnte nicht wiederholt werden. Einmal waren die Kosten dazu zu hoch, und zum andern weigerten sich die Regierungsstellen von Zypern, noch einmal die Burg von Kolossi für solch einen Fernsehzauber zur Verfügung zu stellen. Was Veras größter Triumph werden sollte, würden nun die Fernsehzuschauer nie sehen.

»Ändern wir also das Drehbuch«, sagte Carlos Heimann dumpf. Das war am nächsten Tag. Er hatte diesen Schlag noch nicht verwunden und lief herum wie ein Hund, der in der Wüste einen Baum sucht. Für ein sündhaftes Geld hatte er eine halbe Stunde lang mit Theo Pelz und Intendant Dr. Rathberg telefoniert. Sein Verdacht wurde in Deutschland mit Vorsicht aufgenommen, vor allem, als Heimann drohte, diesen Streich doppelt heimzuzahlen.

»Machen Sie keine Dummheiten, Herr Heimann«, sagte Dr. Rathberg begütigend. »Soll es zu einem Fernsehkrieg kommen? Ist das nötig?«

»Wer hat damit angefangen?« rief Heimann. »Soll ich mich schlagen lassen wie ein Bettvorleger?«

»Sie können gar nichts beweisen.«

»Man wird mir *auch* nichts beweisen können, Herr Intendant.«

»Ich möchte keine Skandale, das wissen Sie. Ob Bettgeschichten oder solche Konkurrenzkriege – ich hasse Aufsehen. Mein Sender ist ein Kulturträger, aber keine Schlägerkolonne. Nehmen Sie nicht die Rache des kleinen Mannes, Heimann ... drehen Sie weiter, aber passen Sie besser auf. Und strafen Sie die Gegenseite mit Verachtung.«

Heimann knallte den Hörer zurück und hieb die Beine auf die Balkonbrüstung. »Was soll das nun?« schrie er. »Diese butterweiche Tour! Mit Verachtung strafen! Als ob man die Jarut mit moralischer Entrüstung aufs Kreuz legen könnte! Aber nein ... immer mit der Harfe spielen! Immer Engelstöne! Wenn das so weitergeht, produzieren wir in zwei Jahren nur noch Wolkenstücke und machen Interviews mit Petrus und den geschlechtslosen Engeln ... Kinder, ist das ein verrückter Betrieb!«

Um das Drehbuch umzuschreiben, brauchte Heimann zwei Tage. Es ging ja nicht nur um die eine Szene; wurde Vera anders gerettet beziehungsweise wurde ihr anders nach dem Leben getrachtet, so mußte auch die weitere Handlung anders laufen. Man kann nicht mit Brandwunden in ein Krankenhaus kommen, ohne welche zu haben.

»Macht euch zwei vergnügte Tage, Kinder«, sagte Heimann wehmütig. »Laßt mich allein mit Deutschlands Fernsehspiel. Ich bin kein guter Anblick, wenn ich denke.«

Das Fernsehteam nutzte es aus. Die Kameramänner unter Leitung Horst Helmkes fuhren zu den Klöstern Ayios Neophytos und Chrysorroyiatissa, um dort wunderschöne Aufnahmen zu machen. Helmke kontrollierte die neuen Filmrollen. Bis auf eine waren die Verpackungen unversehrt ... diese eine Rolle aber war noch einer der »Sabotagefilme«. Helmke hob sie auf und gab sie sogar in den Hoteltresor unter Verschluß wie einen Diamantenkoffer. Es war der Beweis, daß man ihm belichtete Filme untergeschoben hatte.

Tommy Brest hatte sich Vera gegenüber völlig geändert. Er war höflich und hilfsbereit, ein guter Kollege, der alle Starmanieren abgelegt hatte. Der tiefere Grund war, daß er in Vera den kommenden, ganz großen Aufstieg witterte. Er erkannte, daß hier kein Fixsternchen über die Mattscheibe flimmerte, kein Saisonpüppchen, das nach ein paar Sendungen wieder im Grau des Vergessens versank und irgendwo an einem Provinztheater von dem Fernsehjahr träumte oder seine Stimme für die Reklame von Salmiak und Hundekuchen lieh. In Vera Hartung steckte die große Schauspielerin, auch wenn sie jetzt nur im Showgeschäft und in einem Abenteuerreißer eingesetzt war. Schon im Frühjahr würde der große Durchbruch kommen... Carlos Heimann hatte seinen Anspruch telefonisch angemeldet, die heilige Johanna nur mit Vera zu machen. Vielleicht konnte man sich an den Siegeszug der Hartung anhängen, vielleicht kam man endlich heraus aus dem Klischee des schönen Mannes und muskulösen Helden. Shakespeare spielen, Gorkij, Tschechow, Schiller, Kleist, Sartre, Girodoux und Pagnol... *das* war Theater. Das war Kunst! Und davon träumte Tommy Brest.

Während Horst Helmke in den Klöstern drehte, fuhr Brest mit einem Mietwagen hinaus aus Limassol nach Westen, die Küste entlang, Richtung Palea Paphos, um einen einsamen Badeplatz zu suchen. Er hatte Vera eingeladen, und sie hatte zugesagt. Bevor sie abfuhren, lud Brest zwei grundierte Leinwände, eine zusammenklappbare Staffelei und einen großen Farbkasten mit Paletten in den Wagen. Den erstaunten Blicken Veras entgegnete er mit einem traurigen Lächeln.

»Ich male...« sagte er, als müsse er dafür um Entschuldigung bitten.

»Seit wann?«

»Immer schon. Ich wollte einmal Kunstmaler werden. Aber dann sagte ich mir, daß das Hungergefühl größer ist als mein Kunstsinn, und ich wurde Tommy Brest. Eigentlich heiße ich ja Hans Horn.«

Vera schüttelte den Kopf. »Es scheint fast so, als schämten Sie sich, daß Sie malen.«

»Die wenigsten wissen es auch. Stellen Sie sich vor: Der knallharte Held – ein Romantiker, der in stillen Buchten hockt und das Meer in Öl malt. Das nimmt mir kein Tommy-Brest-Fan ab. Das fegt mich aus dem Beliebtheits-Barometer. Um Gottes willen, erzählen Sie das keinem, Vera.« Er setzte sich neben sie in den Wagen. »Wollen Sie es auf sich nehmen, mit mir irgendwo in der Einsamkeit zu hocken und zuzusehen, wie ich Farbe auf die Leinwand drücke? Ich bin auch noch ein so vertrottelter Maler, der so malt, daß man erkennt, was auf dem Bild ist. Ich male ein Meer wie ein Meer, ein Haus wie ein Haus, einen Felsen wie einen Felsen ... bei mir brauchen Sie nicht nach der Signatur zu suchen, um zu wissen, wo oben und unten ist. Ist das nicht schrecklich, so unmodern?«

»Ich finde es wunderbar! Tommy, Sie gefallen mir immer besser! Zuerst hielt ich Sie für einen ganz arroganten Kerl.«

»Mein Image!« Brest lächelte wehmütig. »Man will es so. Mutig und frech! Aber am liebsten sitze ich im Sessel und höre Mozart.«

Sie fuhren langsam die Küste entlang. Es war ein herrlicher Tag, der Wind trieb den Geruch des salzigen Meeres über das Land, Boote fischten entlang der Küste, in den kleinen Orten war Markttag. Mit Kamelen und Eseln waren die Bauern zur Küste gezogen.

Südwestlich von Pissouri, unweit der Aphroditefelsen, hielt Brest an und zeigte auf einen Küstenfleck. Ein paar Steinbrocken, die aussahen wie Reste einer Tempelanlage, halb vom Flugsand verweht, leuchteten bleich in der Sonne.

»Hier!« sagte Tommy. Er war glücklich wie ein beschenktes Kind. Wie ein Entdecker breitete er die Arme aus. »Diese Küste. Das blaue Meer, der sonnengelbe Himmel, die sterbenden Ruinen ... welche Melancholie liegt über diesem Bild! Welche Sehnsucht nach Weiterleben. Das male ich! Und ich habe eine Bitte, Vera.«

»Ja, Tommy?« Vera stieg aus dem Wagen und nahm die Staffelei mit.

»In dieses Bild gehören Sie hinein. Darf ich Sie malen?«

»Gern, Tommy. Wenn Sie mich nicht allzu häßlich machen ...«

»Ich werde Sie als die Göttin der ewigen Jugend in einen verfallenen Tempel setzen. Das Vergehen und die unsterbliche Schönheit ... das wird mein schönstes Bild ... Kommen Sie ...«

Hand in Hand rannten sie an das Meer. Zwischen den Steinen, vor den Felsen der Aphrodite, baute Brest seine Staffelei auf.

Er fixierte ein paarmal Vera von allen Seiten. »Setzen Sie sich in den Sand, an den Stein gelehnt, halb liegend, die Haare wie einen Schleier um die Schultern... So ist es wunderbar! Vera, ich danke Ihnen für diesen Tag...«

Er malte vier Stunden lang, natürlich mit Unterbrechungen, in denen sie aus der Thermostasche eisgekühlten Fruchtsaft und belegte Brote zu sich nahmen. Das Bild verdeckte Brest mit einem Tuch. »Nein, erst wenn wir gehen«, sagte er, als Vera sehen wollte, wie er sie gemalt hatte und ob es auch ähnlich war.

Nach vier Stunden legte Brest seine Pinsel hin, nahm das Bild von der Staffelei und ging hinüber zu Vera.

»Bitte...«, sagte er. »Schimpfen Sie nicht, Vera...«

Er drehte das erst halbfertige Gemälde, dann sah sie Tommy Brest in die bettelnden Augen.

»Das hätten Sie nicht tun dürfen, Tommy. Sie haben mich nackt gemalt...«

»Ich konnte es nicht anders, Vera. Die Göttin der unsterblichen Schönheit muß nackt sein. Ihre Schönheit muß heller strahlen als die Sonne auf ihrer Haut. Sie allein ist Mittelpunkt des Bildes. Wie soll man sonst begreifen, was ich sagen will: Steine verwehen im Sand, zerbröckeln im Wind... aber die Liebe ist ewig.«

Er drückte das Bild an sich wie ein kleiner Junge, dem man das Spielzeug wegnehmen will.

»Wie soll man den anderen klarmachen, daß ich Ihnen nicht als Aktmodell gesessen habe?« Vera Hartung schüttelte den Kopf. »Es geht nicht, Tommy. Übermalen Sie das Bild mit einem Kleid.«

»Ich muß es wohl tun. Ich werde es heute abend noch im Hotel übermalen.« Brest ging zum Wagen zurück. Über das Meer zog sich der rote Streifen der untergehenden Sonne.

Es war schon sehr spät, als sie wieder in Limassol einfuhren und zum Hotel kamen. Das Kamerateam war längst von den Klöstern zurückgekehrt, Heimann saß auf seinem Zimmer und schrieb das Drehbuch um, Helmke wehrte sich an der Bar gegen die Frotzeleien seiner Kollegen, die Vera ein Verhältnis zu Tommy Brest andichteten.

»Paß auf, die kommen zurück wie verliebte Koala-Bären!« sagte jemand zu Helmke. »Mußte ja so kommen... wer widersteht Tommys traurigem Charme? Das ist seine ganz große Masche... Weltschmerz und große Kinderaugen. Das haut die

Weiber reihenweise um wie eine MG-Garbe. Nichts tut eine Frau lieber als trösten. Horst, paß auf, die biste los...«

Um zweiundzwanzig Uhr endlich kamen Tommy und Vera zum Hotel zurück. Helmke sah sie kommen und atmete auf. Aber gleichzeitig drückte ihn sein Herz wie ein Eisenklumpen. Sie sieht so fröhlich aus, dachte er bitter. Sie sieht wirklich aus wie eine Verliebte. Soll zwischen mir und Vera alles zu Ende sein, bevor es richtig begonnen hat? Und was heißt begonnen... ich will sie heiraten. Ich liebe sie. Ich will sie nie verlieren...

Er beobachtete von der Bar aus, wie Tommy und Vera mit dem Lift hinauf in ihre Zimmer fuhren. Ein Boy trug die Malutensilien hinterher.

Er hat sie gemalt! Horst Helmke rutschte von dem Barhokker und ging hinaus in die Säulenhalle. Im von Scheinwerfern erleuchteten Schwimmbecken schwammen noch einige Paare. Am Rand des Beckens war eine kleine Bar aufgebaut. Vier Geiger spielten dazu schmalzige Melodien.

Dolce vita auf Zypern...

Er hat sie gemalt.

Horst Helmke rauchte mit zitternden Händen eine Zigarette an. Er beschloß, sich dieses Bild anzusehen.

Heute abend noch. Gleich. Am Ende dieser Zigarette...

*

Im Funkhaus geschah es in diesen Tagen, daß der Regisseur Detlev Cranz, ein anerkannt ernster, korrekter Mann, einen Moment sprachlos war, nachdem er eine Tür aufgerissen hatte.

Es handelte sich um ein Zimmer im Cutter-Trakt. Bis auf die Schneidearbeiten für die Abendschau und das aktuelle Interview waren die Zimmer leer, und Cranz kam auch nur in dieses Zimmer, weil er die Cutterin Hilde Mikulatz suchte, die sich nicht einig wurde, ob sie einige Einstellungen bei den Regenaufnahmen zu »Der goldene Kuß« wegschneiden sollte. »Nach zwanzig Uhr habe ich Zeit«, hatte sie zu Cranz gesagt. »Ich bin im Schneideraum.« Aber da war sie nicht, und Cranz kam auf der Suche in dieses Zimmer.

Was er sah, war dazu angetan, das Herz eines Mannes aufzublähen wie einen Luftballon.

Im hell erleuchteten Zimmer stand ein Mädchen in zartester Unterwäsche. Ihr Körper hatte alles, was man prosaisch mit Formen umschreibt, und da die Unterwäsche knapp und durchsichtig war, war das Bild ungetrübt von irgendwelchen Ratereien. Das Mädchen hatte lange, weißblonde, zu einem Pferdeschwanz gebundene Haare. Die Feststellung, daß diese Haare gefärbt waren, fiel in dieser Situation nicht schwer.

»Och!« schrie sie, als Cranz ins Zimmer kam. »Nein, bitte ... gehen Sie hinaus!« Sie legte die Hände verdeckend dorthin, wo nichts zu verdecken war, nämlich auf ihre Schultern. Die Vorzüge ihres Körpers wurden dadurch nur noch deutlicher. »Drehen Sie sich um, Herr Cranz!«

Detlev Cranz tat genau das Gegenteil, er kam interessiert näher. Das Mädchen machte noch einmal »Huch!« und eilte um einen Tisch herum. So wurden auch die Bewegungsphasen des Körpers klar, und sie waren recht angenehm.

»Üben Sie Strip?« fragte Cranz.

»O nein ... mir ist vorhin Tinte aufs Kleid gefallen, und ich wollte es hier auswaschen. Gerade da kamen Sie ...« Das Mädchen sah Cranz aus großen braunen Kinderaugen an. Ein Puppengesicht mit einem Schmollmund. Cranz fand diesen Zufall, der ihn ins Zimmer geführt hatte, vorzüglich. Er lobte das Schicksal.

»Wer sind Sie?« fragte er milde.

»Ich heiße Biggi Feind. Ich bin Skriptgirl bei der Sportrundschau....«

»Sportrundschau! Fußballschweiß und Boxerblut – das ist doch nichts für Sie, Biggi.« Detlev Cranz musterte noch einmal die verschreckte Gestalt. Mit fünfundvierzig Jahren macht das Herz einen Salto, wenn es so etwas Appetitliches sieht. »Können Sie morgen gegen elf Uhr ins Studio V kommen?«

»Ich will versuchen, ob es geht.«

»Es geht bestimmt. Ich glaube, ich könnte aus Ihrem Typ etwas machen.« Cranz lächelte freundlich, väterlich-gütig, ließ seinen Blick noch einmal über alle Schönheiten gleiten und drehte sich dann um. »Ich suche etwas wie Sie für meine ›Mitternachtslaune‹. Das können wir ja morgen besprechen ... Guten Abend.«

»Guten Abend, Herr Cranz.«

Biggi Feind wartete, bis sie sicher war, daß Cranz weit weg

war. Dann ging sie zum Telefon und rief ihre Freundin an, die im Ballett tanzte und noch im Funkhaus war.

»Hat's geklappt?« fragte die Freundin.

»Und wie!« Biggi stieß einen Jodler aus. »Er hat mich angestarrt wie ein Frosch. Morgen soll ich zu ihm! Das mit der Tinte und dem Kleid hat er geglaubt... Mensch, Monika, wenn ich eine Rolle bekomme...«

An diesem Abend war Regisseur Detlev Cranz etwas verwirrt und unkonzentriert. Selbst Theo Pelz fiel das auf.

»Überarbeitet?« fragte er.

»Etwas.« Cranz nickte und trank einen Kognak.

Sie hat ein Körperchen, dachte Cranz. Wie aus Zuckerguß. Wie doch der Zufall neue Perspektiven schafft...

*

Tommy Brest wusch sich gerade das Gesicht, als er die Tür seines Hotelzimmers klappen hörte. Er trocknete sich ab und rieb sein Gesicht mit Kölnisch Wasser ein.

»Boy, stellen Sie den Whisky auf den Tisch!« rief er aus dem Badezimmer.

Als er keine Antwort bekam, schlang er das Handtuch um seinen Hals und kam ins Zimmer. Er war in Hose und Unterhemd. An den Fingern klebte noch bunt durcheinander Ölfarbe; er hatte noch keine Zeit gehabt, sie mit Terpentin abzureiben.

Im Zimmer stand Horst Helmke und hatte das Gemälde in den Händen. Die Leinwand hatte an der Wand gelehnt.

»Ein schönes Bild!« sagte Tommy Brest. Er erschrak, als der Kopf Helmkes hochfuhr. Die Augen, die ihn anstarrten, waren rot vor Wut. »Laß dir das erklären!« rief Tommy. »Das ist eine eigene Geschichte! Ich habe Vera auf diesem Bild...«

Das Gemälde polterte zu Boden. Es fiel mit dem Gemalten nach oben. Der nackte, weiße Leib Veras schimmerte im Deckenlicht.

»Du Schwein!« sagte Helmke leise. »Du verdammtes Schwein! Halt den Mund!« Er stürzte vor, mit erhobenen Fäusten, das Gesicht verzerrt.

»Hör mich an!« schrie Tommy Brest und wich zurück. »Hör mich doch an...!«

Er stolperte, fiel auf den Teppich, und da war Helmke schon über ihm mit einem Aufschrei wie ein verletztes Tier. Er stürzte über Tommy Brest wie ein vom Berge abgesprengter Felsblock.

*

Zum Abendessen erschien Tommy Brest nicht. Heimann ließ in sein Zimmer hinauftelefonieren, aber dort meldete sich keiner. »Wohl wieder ein Weibsbild am Kragen«, stöhnte er und schälte die Melone aus, die es als Vorspeise gab. »Morgen ist er dann wieder so schlapp, daß er vom Pferd fällt. Es ist zum Kotzen, mit so etwas arbeiten zu müssen.«

Das Fernsehteam gab keine Antwort. Man kannte die Monologe Heimanns zur Genüge. Bekam er Antwort, wuchs sein Wortschwall ins uferlose. Das wollte man vermeiden.

Auch Horst Helmke fehlte an der Tafel. HH, wie er genannt wurde, hatte sich wenigstens entschuldigt; er repariere die Handkamera, hatte er bestellen lassen. Im elektrischen Transport klappt etwas nicht, der Film werde nicht in der Laufdauer durchgezogen, sondern halte plötzlich an.

»War's schön?« fragte Heimann nach dem Essen Vera Hartung. Sie saßen unter der Säulenkolonnade und sahen über das riesige, erleuchtete Schwimmbecken. Eine Streicherkapelle spielte zärtliche Weisen. Aus der Bar klang Beat. Viele Gäste badeten noch, das Wasser war herrlich warm und doch erfrischend, nach einem solchen Sonnentag.

»Sehr schön«, sagte Vera. »Tommy ist begabt, wissen Sie das, Carlos?«

Heimann nickte böse. »Und wie begabt er ist. Er fühlt sich in allen Betten wohl, wo es nach Parfüm duftet ...«

»Er malt gut.«

»Vielleicht besser, als er spielen kann, was?«

»Ihr verkennt ihn alle. Er ist euer Geschöpf. Ihr habt ihn zu dem gemacht, was er jetzt ist. Ihr verlangt von ihm, daß er blasiert ist, daß er ein Weiberheld ist, daß er vor Arroganz stinkt ... Er ist gar nicht so. Er sehnt sich nach Ruhe.«

»Das klingt, als seien Sie in Tommy verliebt.« Heimann verdrehte die Augen und schlug die Hände zusammen. »Vera, Sie können mir alles antun, nur das nicht! Von mir aus können

Sie mit blankem Hintern durch Limassol wandeln, das läßt sich motivieren und geht vorbei... aber Tommy zu lieben, das ist eine Katastrophe. Ich dachte immer, Sie und HH...«

»So ist es auch, Carlos.«

»Und die Verteidigungsrede für Brest?«

»War meine ehrliche Überzeugung. Denken Sie mal darüber nach.«

»Beim Fernsehen denken – auch das noch!« Heimann kippte seinen durch viel Soda verwässerten Gin hinunter. »Was machen Sie gleich, Vera? HH fummelt an seiner Handkamera herum. Da kennt er keine Liebste mehr. Drehen wir 'ne Runde übers Parkett? In der Bar? Dort spielen Beatlümmels, die wie kastrierte Stinktiere aussehen...«

Vera lachte und schüttelte den Kopf. »Wer Sie nicht kennt, Carlos, der muß denken, Sie fressen zu jeder Mahlzeit ein Pfund Reißnägel. Danke, ich gehe ins Bett. Ich bin müde.«

Carlos Heimann fühlte die große Langeweile, als er nach einer Stunde aus der Bar kam und nicht wußte, was er anfangen sollte. Das Fernsehteam war in alle Winde oder besser Zimmer verweht. Der Regieassistent testete ein junges blondes Mädchen auf ihre Begabung, der Aufnahmeleiter lag am Swimmingpool und trank Whisky mit einer reichen Amerikanerin. Zwei Kameraleute saßen besoffen an der Bar und sangen Rheinlieder. Die anderen schliefen auf ihren Zimmern.

»Das Leben ist beschissen langweilig, ob auf Zypern oder in Oberkotzenklau«, sagte Heimann laut zu sich. »Gehen wir ins Bett, die einzige Erfindung, bei der der Mensch ein Genie war.«

Aber dann sah er Karin Jarut, und Heimann wußte plötzlich, daß der Abend durchaus noch nicht zu Ende war. Alle Müdigkeit und Resignation fielen von ihm ab wie Wasser vom Wachstuch. Er zupfte seine Krawatte zurecht und steuerte auf Karin zu.

»Da ist ja mein Lotterpüppchen!« rief Heimann, als er vor ihr stand. Sie sah hoch, blickte wie durch ihn hindurch und antwortete:

»Gehen Sie! Sie sind ja betrunken.«

»Das haste gut gesagt.« Heimann zog einen Stuhl heran und setzte sich neben Karin Jarut. »Wieso siehst du so nüchtern aus? Hat der alte Withcock schon seinen Herzinfarkt? Wo ist der Ölscheich?«

»Er wird gleich kommen. Wenn er dich hier bei mir sieht, wird er dich in den Pool werfen.«

Heimann lehnte sich zurück und nahm die Zigarette, die sich Karin gerade angebrannt hatte, aus ihren Fingern und rauchte sie weiter. »Danke, Süße! Sag mal, was hast du gegen Feuer?«

»Gegen was? Bist du verrückt? Gib mir die Zigarette wieder.« Sie riß ihm die Zigarette aus dem Mund und warf sie fort. »Was soll die Frage?«

»Wir drehten eine einmalige Szene. Vera in der Feuerwand. Und als die Filme entwickelt wurden, waren sie schon vorher belichtet worden. Blind.«

»Welch ein Pech.« Karin sah Heimann strahlend an. »Alles verdorben?«

»Alles.«

»Wie mich das schmerzt...«

»Das glaube ich, du Höllenaas! Gestern hätte ich dir den Hals umgedreht, wenn du mir in die Quere gekommen wärst.«

»Aber warum, Schätzchen? Wenn ihr alte Filme nehmt...« Sie sah ihn mit allem Liebreiz, den vierzig Millionen Fernsehzuschauer so liebten, an. Es waren Blicke, die Schildkröten zu Schnell-Läufern werden ließen. Heimann stöhnte.

»Ich werde dir das heimzahlen«, sagte er.

»Bei uns liegen keine Filmrollen unbewacht im Zimmer.«

»Wer redet von Filmen? Ich werde Bomben in die Scheinwerfer einbauen, die dich zerreißen, wenn das Licht angeknipst wird!« Heimann sprang auf. »Soll der Kampf weitergehen?«

»Ja...« sagte Karin schlicht.

»Und wie lange?«

»Bis ich bei dir die heilige Johanna spiele.«

»Also bis zum Weltuntergang!« Heimann schlug die rechte Faust in die linke Handfläche. »Du kennst mich! Glaubst du, du bekommst mich mit solchen Mätzchen klein?«

»Ja.«

»Himmel und gedrehter Zwirn... es liegt nicht bei mir, sondern bei Rathberg!« schrie Heimann. »Die Moral der Künstler... das ist seine Erfindung. Außerdem bist du für die Johanna zu dumm!«

»Aber die Neue, was?« Karin sprang auf, ihre Augen funkelten gefährlich. »Sie kann das, die junge dumme Gans, was? Neunzig Brustumfang ist wohl eine Empfehlung?«

»Die heilige Johanna hatte eine knabenhafte Figur«, sagte Heimann trocken. »Daran liegt es also nicht. Aber die Johanna hatte etwas im Hirn... und daran liegt es. Und Vera hat etwas unter den Haaren. Klar?«

»Ja! Du Schurke!« Karin trat Heimann blitzschnell gegen das Schienbein. Er schrie nicht auf, er verzog nur den Mund und wurde blaß. Schweiß trat auf seine Stirn. »Das andere Bein auch? Bitte!« zischte Karin.

Heimann humpelte weg. An der Tür zum Salon traf er auf Amar, der in verwundert anschaute. Im Salon, vor einem Glas Rotwein, saß der alte Withcock und rauchte eine Zigarette. Er winkte dem schmerzverzerrten Heimann zu und wies auf den freien Stuhl neben sich. Heimann humpelte heran und ließ sich in die Polster fallen.

»Sie sind doch Carlos Heimann«, sagte der alte Withcock in einem breiten Deutsch.

»Ja. Seit meiner Geburt.« Heimann rieb sein Schienbein. Es war genau das siebentemal, daß ihn Karin Jarut dagegengetreten hatte.

»Ich habe Ihre Fernsehspiele gesehen. Gute Arbeit, Heimann. Vor allem die Klassiker. Was Sie jetzt drehen, ist Mist.«

»Ich weiß, aber es hat eine der höchsten Infratest-Quoten. Das Publikum sieht sich die Augen wund danach. Bei den Klassikern riefen einige hundert im Funkhaus an und beschwerten sich über den langweiligen Goethe. Dabei war es Schiller. So ist das eben.« Heimann nahm die angebotene Zigarre an und biß die Spitze ab. Er nahm Withcock das Streichholz aus der Hand.

Was will er, dachte er. Warum holt er mich an den Tisch. Der alte Withcock ist ein Fernsehpapst in Amerika. Er will doch etwas von mir...

Withcock sah an die Decke. Die Kringel seines Zigarrenqualms standen schön in der stillen Luft. Er dachte anscheinend scharf nach. Heimann schwieg. Leute, die nachdenken, soll man nicht stören. Millionäre, die nachdenken, soll man wie Heilige behandeln.

»Aha!« sagte Withcock plötzlich. Heimann zuckte unwillkürlich zusammen.

»Ja?«

»Ich hab's!«

»Die Lösung eines Kreuzworträtsels?«

»Nein. Meinen neuen Regisseur für einen phänomenalen Klassiker. Sie machen den Streifen, Heimann!«

»Ich habe einen festen Vertrag mit meinem Sender.«

»Ich leihe Sie aus. Einverstanden? Mit Dr. Rathberg spreche ich selbst. Ich biete ihm als Sonderleistung freies Drehen auf unserem Ateliergelände. Was halten Sie davon?«

»Nicht übel.« Heimann sah auch an die Decke. Er grinste. In Amerika drehen. Einen Klassiker. Er ahnte, daß dieses Angebot ein dickes Ende hatte. »Was soll's sein, Mr. Withcock?«

»Ich dachte an Othello.« Withcock sah Heimann fragend an.

»Sehr gut.« Heimann inspizierte seine Zigarrenspitze. »Othello habe ich mir schon immer gewünscht.«

»Das glaube ich. Aber mein Othello ist nicht Ihr Othello. Wir machen einen modernen Othello. Einen Mord-Mohren mit Pfiff. Wir machen ein Musical. Was sagen Sie nun, Carlos?«

»Bis jetzt noch nichts. Othello als Musical... das wäre, na ja...«

»Ich habe auch schon einen Titel!« Das Gesicht Withcocks leuchtete, es wirkte fast zwanzig Jahre jünger.

»So?« sagte Heimann gedehnt. Er ahnte Böses.

»Ja! ›Spitzenhemd und schwarze Kralle‹! Na, ist das ein Knüller?«

»Das kann man wohl sagen.« Heimann nebelte sich mit seiner Zigarre ein. Mein Othello, dachte er. Mein herrlicher, venezianischer Othello, den ich mit nackten Füßen als einen zwischen Urtrieb und Zivilisation schwankenden Negerfürsten spielen lassen wollte. Und nun: »Spitzenhemd und schwarze Kralle«... Man sollte wie ein Affe auf die Bäume gehen und heulen.

»Auch der Komponist ist schon da«, rief der alte Withcock fröhlich. »Die Melodien schreibt ein bekannter Komponist. Der Auftrittssong von Othello, der bei uns Otty heißt, ist so: ›Ihr seht mich hier als schwarzen Mann, und das ist echt, nicht Wichse...‹ Phantastisch, was?«

»Das kann man wohl sagen.« Heimann legte seine Zigarre weg. »Und ich soll das drehen... vorbehaltlich dessen, daß mich Dr. Rathberg ausleiht?«

»Ja. Nur Sie haben die Hand, so etwas zu tun. Ich habe schon lange nach einem Regisseur gesucht, bis ich Ihre Filme sah und sagte: Das ist er.«

Heimanns Kopf sank auf die Brust. So miserabel bin ich also, dachte er. So völlig von allen räudigen Hunden gebissen. Ich errege Withcocks Entzücken ... was kann mir noch mehr passieren ...?

»Honorar?« fragte er schwach.

»Das Anderthalbfache des Normalvertrages.«

»Und wer spielt die Desdemona?«

»Karin Jarut.«

Carlos Heimann fuhr aus dem Sessel, als habe ihn eine Tarantel gestochen. »Angenommen!« brüllte er und umarmte den starren Withcock. »Angenommen! Für diesen Film würde ich unter die Fakire gehen! Reden Sie nicht weiter, Mr. Withcock ... es ist alles klar ... alles klar ...«

Man sieht: Das Schicksal ist nicht immer gemein. Es hat auch manchmal schwarzen Humor.

*

Im Funkhaus hatte es eingeschlagen. Ohne Blitz, aber mit um so mehr Donner. Es war dieses Mal nicht der Intendant, sondern ganz im Gegenteil: Der Einschlag traf Dr. Rathberg selbst. Und die Kanone, die diesen Schuß abgefeuert hatte, stand in Bonn. Im Bundeshaus, in verschiedenen Zimmern der Fraktionen.

Am Abend vorher war eine politische Sendung durch den Äther geflimmert.

Hubert Reichling kommentierte einen Film: »Des Wirtschaftswunders ungeputzte Seite.«

Es war ein guter Film, ein spannender Film, ein wahrer Film vor allem. Er zeigte, daß in Deutschland, das zwei Milliarden Entwicklungshilfe gezahlt hat, noch immer Slums zu finden sind – Baracken, wo zehn Personen in einem Zimmer hausen, zusammen mit Ratten und Mäusen. Er zeigte, daß es in den Städten Häuser gibt, die immer mehr verfallen und trotzdem vollgestopft sind mit Gastarbeiter-Familien, während unzählige teure Eigentumswohnungen leerstehen. Er zeigte, daß Kranke in den Krankenhäusern auf Fluren stehen, in Badezimmern, hinter Verschlägen, in Kellerräumen, weil es zu wenig

Krankenbetten gibt. Dann zeigte er einen Krankenhausneubau in irgendeinem dunklen Staat, mit herrlichen weißen Betten und allen Geräten – aber der Bau steht leer und verkommt und verfault in der Tropenluft, weil dieser Staat keine eigenen Ärzte hat und sich andere Ärzte weigern, dorthin zu ziehen. Und man sah einen deutschen Friedhof, auf dem Judengräber demoliert, zerstört worden waren. Der Film zeigte schließlich die riesigen Gräberfelder in Frankreich und Deutschland, die Soldatenfriedhöfe mit den markigen Worten: »Zur ewigen Mahnung« – und er zeigte dann marschierende Soldaten der Bundeswehr, die ein Lied sangen vom Gegner, den man vernichten soll... Der Film zeigte... er zeigte so viel Wahrheit, daß man in Bonn darüber zur Kanone griff und auf Dr. Rathberg schoß.

Der Ausdruck: »Dolchstoß in den Rücken unserer christlichen Demokratie« war noch das Mildeste, was ins Funkhaus kam. Unwahr, verzerrtes Bild, einseitige Sicht, Frechheit, Propaganda für Moskau, Beleidigung der Regierung und des Bundestages, unmögliches Verhalten eines Fernsehreporters, Brüskierung des Parlamentes... es war eine Liste, die Dr. Rathberg mit bebender Stimme Theo Pelz vorlas. Am schlimmsten waren die Vertriebenenverbände; der Film hatte gezeigt, an vier Beispielen, wie Flüchtlinge früher in Schlesien gelebt hatten und wie sie jetzt lebten: eigenes Häuschen, schöner Wagen, elegant gekleidet, gut genährt. Und diese vier sagten, ahnungslos, daß man in ihrer Heimat bereits gefilmt hatte: »Wir wollen zurück! Wir verlangen unsere Heimat wieder. Was wir dort verlassen haben, kann uns keiner ersetzen.« Und der Film schwenkte hin und her zwischen gestern und heute. Kommentator Hubert Reichling nannte diesen Abschnitt: Über die Glaubwürdigkeit des Heimatgedankens.

»Mit diesem Film haben wir in alle bereitstehenden Fettnäpfchen getreten«, sagte Dr. Rathberg entsetzt, als der Umfang der hellen Empörung klar wurde. »Von der SPD bis zur CDU, vom Püttmann bis zum Berufsflüchtling, von den Gewerkschaften bis zur Krankenkasse, von der Kommunalverwaltung bis zum Bundesrat – alles ist sauer. Herr Pelz, es gibt tatsächlich keinen Demokraten in Deutschland, den wir nicht ins Herz getroffen haben. Was nun? Sie haben den Film durchgehen lassen. Ich kann mich ja nicht um alles kümmern.«

Dr. Rathberg senkte den Kopf und stelzte zu seinem großen Aussichtsfenster. Im Vorzimmer warteten der Chefredakteur für Politik, der Abteilungsleiter Aktuelles und der ehrliche Unglücksrabe Hubert Reichling, der dem Wirtschaftswunder unter den Rock geguckt hatte.

»Eine große Zahl Bundestagsabgeordneter verlangt, daß wir Reichling entlassen. Man spricht sogar davon, den Rundfunkrat dazu zu überreden, die Personalpolitik des Senders zu überprüfen.« Dr. Rathberg zog deutlich Luft durch die Nase. »Äußern Sie sich, Herr Pelz.«

»Ich bin der Ansicht, daß Funk und Fernsehen die Pflicht haben, Informationen zu geben, ganz gleich, ob es bestimmten Interessengruppen gefällt oder nicht. Man erwartet das von uns. Die vierzig Millionen Zuschauer wollen Wahrheit; sie werden kein Verständnis dafür aufbringen, wenn die von ihnen gewählten Volksvertreter im Parlament dies nicht wollen. Mir scheint, hier ist eine große Kluft zwischen Auftrag und Interesse.«

Dr. Rathberg blickte eine Weile stumm hinaus auf den großen Fluß. Dann kratzte er sich die Nasenwurzel. Aha, dachte Pelz, jetzt kommen wichtige Lehrsätze über das Wesen des Fernsehens als Spiegelbild des Staates. Nach dem, was man von uns erwartet, muß es ein ziemlich blinder Spiegel sein.

»Seien wir uns doch klar darüber, Herr Pelz«, sagte Dr. Rathberg langsam. »Man kann zum Beispiel ein Auto als chrom- und lackblitzenden Straßenkreuzer zeigen ... oder von unten mit verdreckten Achsen. Beides ist *das* Auto. Es kommt auf die Perspektiven an. Sie können den ›Faust‹ zitieren, aber auch den Skandal um Frau von Stein ... beides ist Goethe. Man muß das Ganze sehen. Reichling hat nur Dunkles geschildert. Wahrheit hat nichts zu tun mit Tendenz. Eine Demokratie hat natürlich Licht- und Schattenseiten – aber wir sollten mehr Licht zeigen als Schatten.«

»Warum?« fragte Pelz trocken zurück. Dr. Rathberg fuhr herum. Er war sichtlich verwirrt.

»Wollen Sie Ärger, vom Bundespräsidenten angefangen bis zum Hinterbänkler im Bundestag?«

»Im Grundgesetz ist die Freiheit des Wortes garantiert, Herr Intendant.«

»Im Grundgesetz ist aber auch verankert, daß Verunglimpfungen durch Wort und Schrift, die den Staat herabsetzen, verboten sind.«

»Und wer entscheidet, ob die Wahrheit eine Verunglimpfung ist?«

Dr. Rathberg schwieg. Er hatte die Beschwerden alle im Kopf. Der Vorwurf, der »sogenannten DDR« Propagandamaterial geliefert zu haben, war am schwerwiegendsten. Hier war die Klippe, die man nicht umschiffen konnte, an der alles zerschellen mußte, die jedes Schiffchen bitterer Objektivität in die Tiefe riß. Man hatte das in den vergangenen Jahren genug durchexerziert. Die »Panorama«-Sendungen standen jedesmal unter Beschuß, sobald sich irgend jemand in Bonn auf den Schlips getreten fühlte, gegen »Report« wurde gewettert, mit den Sendungen von »Monitor« waren Interessenverbände nicht einverstanden. Es waren einseitige Schlachten, in denen nur einer schießen durfte und der andere nicht oder nur gedämpft antworten konnte. Im Interesse der Demokratie.

Wie steht es im Lexikon? Demokratie: Politische Ordnung, die, von unten nach oben hin aufgebaut, auf allen Stufen (Gemeinde, Land, Staat) durch das Volk selbst in Funktion gesetzt wird: unmittelbar durch Volksversammlungen, Volksabstimmungen, oder mittelbar durch gewählte, im *Auftrage des Volkes handelnde, ihm zur Rechenschaft verpflichtete Organe.*

Man sollte in Bonn mit Entwicklungsgeldern Lexika kaufen und verteilen... Aufklärung tat not.

Intendant Dr. Rathberg ging in seinem großen Zimmer hin und her. Für nachmittags war eine Aussprache mit dem Innenministerium angesetzt. Da mußte man mit Vorschlägen kommen. Die Pressedienste der Parteien schrien nach dem Kopf Reichlings. Anscheinend war das Verbrechen der Wahrheit schlimmer als ein Sexualmord an Kindern.

»Wir bieten Reichling einen Posten als Direktor in der Auslandsabteilung an«, sagte Rathberg nach längerem Nachdenken. »Ich werde mich stark machen, als neuen Leiter von ›Prisma der Welt‹ Herrn Lundtmann vorzuschlagen. Lundtmann ist gemäßigt, ein guter Katholik, sein ältester Sohn ist Pfarrer, die Tochter in der Caritas tätig. Das ist, so meine ich, der richtige Mann.«

Theo Pelz atmete tief auf und setzte sich in einen der

Ledersessel. »Und unsere Zuschauer?« fragte er. »Wer fragt die?«

»Soll ich vierzig Millionen Menschen fragen?«

»Man könnte es mal versuchen. Nach den Abendnachrichten. Ein Aufruf: Liebe Fernsehfreunde, wie soll eine Informationssendung sein? Wahr, hart und schonungslos – oder bonnrosa und lauwarm im Interesse des Staates und seiner Ruhe? Auf die Antworten wäre ich gespannt.«

»Reden Sie nicht solchen Blödsinn, Pelz.« Rathberg setzte sich auch und steckte sich eine Zigarette an. »Wir sind eine öffentlich-rechtliche Anstalt und sind Auge, Ohr und Stimme des deutschen Volkslebens. Das verpflichtet uns, unser Volk in der Welt so zu zeigen, daß es kreditwürdig ist und bleibt.« Er hob beide Hände und sah Pelz fast traurig an. »Ich weiß, Sie hängen an Reichling, aber er muß geopfert werden. Er fällt ja die Treppe hinauf, lieber Pelz! Nur aus ›Prisma der Welt‹ muß er weg. Damit beruhige ich alle, die jetzt schreien. Unsere Fernsehzuschauer wollen Ruhe, Entspannung, Freude, Fröhlichkeit. Wenn wir solche schrecklichen Wahrheiten zeigen... was hilft's? Ändert sich dadurch etwas?«

»Da haben Sie allerdings recht, Herr Intendant«, sagte Pelz resignierend.

»Sehen Sie, wir einigen uns immer.« Rathberg rieb sich zufrieden die Hände. »Und nun rufen wir Reichling herein und teilen ihm seine Ernennung zum Direktor für Auslandsberichte mit.«

Am Nachmittag entschuldigte sich Dr. Rathberg im Innenministerium für die fatale Sendung. Er teilte den Wechsel bei »Prisma der Welt« den Interessenverbänden mit. Er legte den Kopf Reichlings vor die Füße der Vertriebenenorganisationen. Von der Pressestelle ging eine Meldung an die Nachrichtenbüros. »Die Sendung soll noch farbiger und interessanter werden...«

Und vierzig Millionen nahmen es hin.

Gibt es so wenig Lexika in Deutschland, in denen man über Demokratie nachlesen könnte?

*

Auf Zypern war Carlos Heimann nach der Unterredung mit dem alten Withcock noch nicht zu bewegen, ins Bett zu gehen. So müde er vorher gewesen war, so munter war er jetzt. Er schnürte wie ein Fuchs durch die Säle des Hotels in Limassol und suchte Karin Jarut. Aber er fand sie nicht. Später erfuhr er von einem Boy, daß sie zusammen mit Amar Sorbania und einigen anderen Gästen zu einer gemieteten Villa am Meer gefahren sei, um dort zu feiern.

Nach einigen Whiskys ging er zu Bett und träumte davon, daß bei den Aufnahmen zu Othello ein peinliches Unglück passierte: der Mohr erwürgte Desdemona-Jarut wirklich.

Am nächsten Morgen ließ sich Tommy Brest entschuldigen. Er habe Magenschmerzen, ließ er sagen.

»Das kenne ich!« schrie Heimann. »Der Held ist müde! Man kann eben mit einem ausgeleierten Geschütz kein Trommelfeuer mehr schießen! Ha, ihr sollt sehen, wie ich den aus dem Bett hole! Der spielt, und wenn wir ihn aufs Pferd binden müssen.«

Er fuhr hinauf zu Brests Zimmer und klopfte so lange, bis Tommy öffnete. Er war angezogen und zeigte keinerlei Magenerkrankung. Dafür war sein Gesicht an mehreren Stellen bläulich verfärbt, die Oberlippe wirkte doppelt so dick, ein Auge war fast zugeschwollen. Heimann starrte ihn entsetzt an.

»Was ist denn das?« rief er. »Bist du jetzt unter die Flagellanten gegangen? Wie siehst du denn aus?«

»Es hat Ärger gegeben.« Tommy Brest riß sich los und flüchtete in das halbdunkle Zimmer. »Unnötigen Ärger.«

»Das ist ja zart ausgedrückt. Wer hat dich so zugerichtet?«

»Helmke.«

»Was? HH? Ist der Junge denn verrückt?«

»Als ich den Irrtum aufklären wollte, war's schon zu spät. Da...« Brest zeigte auf ein zertretenes Ölbild. »Ich schwöre – es ist wirklich nur aus dem Kopf gemalt...«

Heimann nahm das Bild in die Hände und starrte auf die nackte Vera Hartung zwischen antiken Säulen am Strand. »Du bist ein Erzschwein«, stöhnte er und warf das Bild Tommy an den Kopf, als dieser näher trat. »Ich hätte dich auch grün und blau geschlagen.«

»Ihr alle versteht mich nicht.« Tommy stellte das Bild zur Seite. »Dieses Gemälde ist allegorisch...«

»Es ist nackt! Zum Teufel, rede mir nicht ein, daß eine Brustwarze mythologisch ist! Warum hat dir Vera das Bild nicht auf dem Kopf zerschlagen?«

»Sie versteht mich. Als einzige versteht sie mich.« Brest setzte sich auf sein Bett. »Ich möchte einmal einen empfindsamen Künstler spielen. Einen Maler, einen Komponisten, eine tragische Figur. Aber ihr laßt mich ja nicht...«

»Du wirst gleich einen knallharten Burschen spielen, mein Lieber.« Heimann trat an Brest heran und hob dessen Kinn hoch. Von allen Seiten begutachtete er das geschwollene Gesicht. »Hervorragend!« sagte er dann. »So natürliche Kampfspuren kriegt kein Maskenbildner hin. Wir machen heute vormittag nur Porträtaufnahmen von dir, die wir später einschneiden in die Handlung. So herrliche blaue, geschwollene Augen gibt's nur einmal. Deine Fans werden begeistert sein.«

»Ich soll mich so fotografieren lassen?« schrie Brest und sprang auf. »Nie! Nie!«

»Halt den Mund, Junge.« Heimann warf Brest dessen Strohhut zu. »Los, komm hinunter. Wir fahren gleich ab. Mit HH bist du wieder klar?«

»Ja«, knirschte Brest. »Aber er glaubt es nicht ganz...«

»Ist auch schwer.« Heimann sah auf das Bild, nahm es dann und trat mit dem rechten Bein hinein. Er knirschte, die Leinwand zerriß. Tommy Brest stöhnte auf, aber er unternahm nichts. »Es ist besser so, Tommy«, sagte Heimann und warf das Bild hinters Sofa. »Wir leben hier auf Zypern, jeder ist auf den anderen angewiesen, wir müssen eine große Kameradschaft sein... alles andere ist unwichtig.«

Man sieht, Carlos Heimann konnte auch vernünftig reden.

*

Der Vormittag ging tatsächlich herum mit Porträtaufnahmen Brests. Stumm, verkniffen ließ Tommy alles über sich ergehen. Die Ausleuchtung, die verschiedenen Kopfhaltungen, die Messungen, die Großaufnahmen, sogar die Mimiken, die Heimann verlangte, machte er. Am wenigsten gelang ihm Schmerz, am besten Wut. Dann mußte er sich in verschiedenen Situationen hinlegen... verkrümmt im Sand, hingestreckt zwischen Steinen, schwankend gegen einen Felsblock gelehnt, mit dem Kopf nach unten über einem Abhang. Tommy Brest, der eisenharte Kerl, der immer wieder aufsteht und die Killer weiterjagt. Die Serie war auf sechzehn Folgen geplant.

Horst Helmke hielt sich abseits vom Team und studierte im Drehbuch die Einstellungen für den Nachmittag. Man wollte hinauf auf den Olympus, 1900 Meter hoch. Dort, in der wildromantischen Landschaft, mit einem einzigartigen Blick über die Insel, und im Tal der Zedern westlich von Kykko sollte ein Teil der neuen Serie spielen. Heimann hatte eine glänzende Idee gehabt: In den Kronen der riesigen Zedern ließ er wie ein Nest den Unterschlupf der Gangster bauen. Während die Polizei unten durch die Felsen irrte, saßen sie lächelnd in ihren hohen Baumkronen, Adlern gleich. Nur Tommy Brest entdeckte sie – natürlich, er war ja der Held. Brest allein gegen die Baumgangster... das war ein Knüller, wie er noch nie im Fernsehen gezeigt wurde.

»Was hast du?«

Helmke sah vom Drehbuch auf. Vera stand vor ihm, geschminkt und im Kostüm ihrer Rolle. Es tat ihm weh, sie anzusehen und dann wieder wegzuschauen.

»Nichts!« sagte er kurz.

»Du bist nicht zum Frühstück gekommen.«

»Ich habe auf dem Zimmer gegessen.«

»Was du mit Tommy gemacht hast, war gemein.«

»Geh hin und streichle ihm die Augen!«

»Er hat mich angezogen gemalt!«

»Das sagt er auch!«

»Du glaubst mir nicht?«

»Es ist schwer.«

»Was ist eine Liebe ohne Vertrauen?«

»Da hast du recht. Was ist sie?« Helmke starrte an Vera vorbei.

»Du bist eifersüchtig?«

»Ja! Und wie!« Helmke sprang auf. »Ich hätte Tommy ermorden können. O verdammt, ich war nahe davor. Du weißt gar nicht, Vera, wie sehr ich dich liebe.«

»Ich weiß jetzt nur, daß du ein ganz dummer Junge bist. Und ich weiß, daß du kein Vertrauen hast. Soll unser ganzes Leben nur eine einzige Schlägerei sein, du gegen alle? Das ist doch sinnlos. Laß uns vergessen, daß wir uns lieb hatten...«

Sie drehte sich auf dem Absatz rum und ging. Es fiel ihr schwer, so zu reden, sie nahm alle schauspielerische Kraft zusammen, um diese Worte ehrlich klingen zu lassen. Ihr Herz zuckte dabei, um so mehr, als sie sah, daß die Worte Helmke trafen wie Geschosse.

»Vera!« schrie er hinter ihr her, als sie schnell wegging. »Vera, laß uns noch einmal darüber sprechen...«

Sie antwortete nicht, sondern verdoppelte ihre Schritte. Helmke lief ihr nach und faßte ihren Arm. Sie schüttelte ihn energisch ab. »Laß das! Es ist vorbei!«

»Vielleicht bin ich wirklich ein Rindvieh!« sagte Helmke.

»Warum vielleicht?« sagte Vera kalt. »Natürlich bist du eins.«

Es war ein Vormittag, der keinem Freude brachte – bis auf Heimann, der den deformierten Tommy Brest durch das Gelände jagte und immer neue Stellungen für einen Niedergeschlagenen erfand. Horst Helmke versuchte noch viermal, Vera zu sprechen... sie ließ ihn stehen, sosehr sie das im Innern schmerzte.

»Das kann heiter werden!« schnaubte Heimann, als er diese Szenen verirrter Liebenden beobachtete. »Wenn das so weitergeht, müssen wir arrangieren, daß die beiden vierundzwanzig Stunden allein in eine Höhle gesperrt werden.«

*

Im Funkhaus in Deutschland rissen die Aufregungen nicht ab. Das Gesetz der Serie bewahrheitete sich. Hans Putzler, der Sportchef des Senders, drückte es so aus: »Wo ein Hund das Bein hebt, heben es auch zehn andere.«

Mitten in die Konferenz Dr. Rathbergs mit den verschiedenen Vertretern der durch »Prisma der Welt« beleidigten Interessengruppen platzte die Mitteilung:

»Fräulein Covert hat einen Selbstmordversuch begangen. Schlaftabletten. Sie ist ins Krankenhaus geschafft worden.«

Mia Covert war Sängerin. Keine große Stimme. Eher ein Stimmchen. Aber lieb, sehr lieb. Sie konnte tanzen, hatte eine nette Figur und sang alle leichten Rollen der Operetten und Musicals. Mit dem Mikrophon im Kostüm oder über ihr am Galgen oder gar im Playback klang es vorzüglich. Die

Techniker taten ihr bestes und schraubten ihren dünnen Sopran zu einem hellen Gesang. Bis Mia Covert auf die unselige Idee verfiel, auch auf der Bühne zu singen. Millionen war ihr Name ein Begriff... das sollte genügen.

Dachte sie.

Sie unterschrieb einen Gastspielvertrag und stand eines Abends in Wuppertal auf der Bühne. Der Saal war gerammelt voll, man klatschte laut, als sie auftrat. Sie war ja bekannt und beliebt.

Und dann ging es los... zunächst waren die Theaterbesucher erstaunt, dann betroffen, zuletzt beleidigt... Mia Coverts Stimme reichte gerade bis zum Orchester; über den Orchestergraben kam sie nicht hinüber. Was sie spielte oder sang, war mehr oder weniger eine Art Pantomime.

Nach dem ersten Akt wurde noch geklatscht. Nach dem zweiten war es ein mattes Rauschen, nach dem dritten wurde gepfiffen, als Mia Covert sich verbeugte. Das Publikum ist grausam; schließlich will es für sein Eintrittsgeld etwas geboten bekommen.

Mia Covert hielt das eine Woche durch, dann brach sie zusammen. »Ich habe meine Stimme verloren!« schrie sie in ihrem Hotelzimmer. »Ich habe keine Stimme mehr!« Man war so gnädig, ihr zu verschweigen, daß sie eine solche nie besessen hatte, gab ihr ein paar Beruhigungstropfen und brachte sie ins Bett.

In dieser Stimmung aber sollte man keinen allein lassen. Als Mia Covert nicht zur Probe kam, als sich im Hotelzimmer niemand meldete, bekam man es mit der Angst. Der Hausdiener brach die Tür auf... und da lag sie. Bleich, kaum noch atmend, mit bläulichen Lippen, neben sich zwei Röhrchen. Leer. Ein Krankenwagen mit Sirene und Blaulicht brachte sie sofort ins Krankenhaus. Dort kämpften die Ärzte noch um ihr Leben. Ein ganz schwacher Funken Hoffnung blieb.

Dr. Rathberg machte diese Meldung zu einer Waffe. Er las sie vor und fügte dann hinzu: »Sie war eine meiner besten Kräfte.« Dann folgte langes Schweigen. Die Herren der Interessengruppen sahen ergriffen auf ihre Hände oder auf den Teppich. Einige dachten daran, ob sie noch den Abendzug nach Köln bekommen würden.

»Auch das gehört zu den Sorgen eines Intendanten«, sagte

Dr. Rathberg mit bebender Stimme. »Hier in diesem Zimmer laufen die Schicksale von Tausenden Mitarbeitern zusammen. Und Sie regen sich auf, meine Herren, wenn eine Sendung, eine einzige unter Hunderten, einmal etwas danebenging. Wir werden im Laufe des Jahres als Ausgleich einige Reportagen über das schönere Deutschland drehen und dann Ihre Wünsche und Ansichten berücksichtigen.«

Der Sturm war gebrochen. Als sie wieder allein waren, bot Rathberg seinem Programmdirektor eine Zigarre an. »Nun, was sagen Sie, Herr Pelz? Wie ist das gelaufen?«

»Es war eine klassische Abwehr, Herr Intendant.«

Rathberg nickte, sich selbst voll anerkennend.

»Für einen solchen Posten muß man beweglich sein«, sagte er.

Und Pelz dachte: Dazu gehört schon das Talent eines Schlangenmenschen...

*

Das Fernsehteam Heimann hatte den Abhang des Olympus erreicht und auf einem kleinen Plateau ein Zeltlager aufgeschlagen. Man rechnete mit fünf Tagen Drehzeit, wenn Tommy Brest spurtete und Vera Hartung durchhielt. Heimann drehte die beiden Serien gleich nebeneinander. Das Gelände war ideal. Felsen, Quellen, kleine Wasserfälle, Höhlen, romantische Einschnitte, ein weiter Himmel – was wollte man mehr? So gute Kulissen gibt es gar nicht, wie sie die Natur zaubert. Und die Insel Zypern war da ein Zaubergarten.

Es war am dritten Tag, als man eine Höhlenszene mit Vera drehte. Man begann schon frühmorgens, weil die Szene in der Dämmerung spielte. Laut Drehbuch war Vera auf der Flucht vor ihren Feinden – Fluchtszenen waren modern und wurden immer gern gesehen, weil jeder darauf wartete, daß etwas schiefging – und hatte sich über Nacht in der Höhle versteckt. Dort war sie mit einer Schlange zusammengestoßen, die sie mit einem Knüppel erschlagen konnte... nun dämmerte der Morgen, es war kalt, sie fror, nahe um ihre Höhle schrien irgendwelche Tiere. Sie hatte Angst.

»Die Angst spielt sie vorzüglich«, sagte Heimann hinter der Kamera. Helmke saß neben ihm, mißmutig und unrasiert. Vera sprach mit ihm kein Wort. »Sag mal, warum hast du Affe so idiotisch reagiert? Als ob sich Vera nackt von Tommy ...«

»Halt den Mund!« sagte Helmke grob. »Ich brauche mehr Licht in die Höhle. Der Reflektor steht zu schräg. Kümmere dich lieber darum!«

Bei dem Lager hatten sich auch einige Einheimische niedergelassen. Es waren Griechen aus Dörfern der Umgebung. Heimann hatte sie als Statisten engagiert. Sie mußten schreiend und mit langen, alten Flinten um sich schießend durch die Gegend laufen. Sie taten es gern. Die Fernsehleute aus Deutschland zahlten gut.

An diesem Morgen sah Heimann verwundert, wie ein paar Männer mit den Ohren auf dem Felsboden lagen; sie schrien ab und zu ein paar Worte, die keiner verstand. Dann liefen sie, es sah fast wie Panik aus, davon.

»Da soll sich einer auskennen«, sagte Heimann. »Erst sind sie wild auf das Geld, und dann flüchten sie, als seien wir Aussätzige ...«

Man drehte weiter, probte Einstellungen. Und dann geschah es plötzlich, sekundenschnell. Unter ihren Füßen grollte es. Es war, als ob die Erde zu schnarchen begann. Dann wackelten die Felsen, Felsstücke lösten sich und donnerten herab, im Berg vor ihnen entstand wie in Zeitlupe ein breiter Riß, aus dem ein neuer Wasserfall stürzte und die Materialkisten überspülte und wegriß. Die Bäume schwankten wie im Sturm, der Boden unter ihnen begann zu rollen.

»Ein Erdbeben!« schrie Heimann. Unter ihm wogte der Boden. »Leckt mich doch ... ein Erdbeben. Drehen, Jungs, drehen! Das kommt nie wieder ... das muß auf den Film! Horst ... mach nicht schlapp ... laß laufen ... Junge ... das verkaufen wir in alle Welt! Das hat noch keiner gefilmt!«

Nach genau vier Minuten war das Erdbeben vorüber – es war eigentlich mehr ein kleiner Erdstoß. Vier Minuten, die wie Ewigkeiten waren. Mit Taschentüchern vor dem Mund hockte das Fernsehteam auf dem Plateau. In den Augen brannte der Felsstaub. Helmke lag erschöpft über seiner Kamera. Heimann blutete aus einer Stirnwunde. Ein fliegender Stein hatte ihn getroffen.

Im ganzen war kaum etwas passiert, aber als sich die Staubwolken langsam verzogen, sagte Tommy Brest auf einmal laut:

»Mein Gott... Wo ist denn Vera? Wir haben Vera vergessen! Sie war noch in der Höhle!«

Heimann und alle anderen fuhren herum. Dann senkte sich fürchterliches Grauen über sie.

Es gab keine Höhle mehr. Über den Eingang war eine Steinlawine gerutscht. Der Berg sah fremd, wie neugeboren aus.

»Vera...«, stammelte Helmke. »O Himmel... Vera!«

Er stürzte von der Kamera weg und warf sich mit bloßen Händen in die Felstrümmer.

*

Zwei Stunden grub man, versuchte die Trümmer wegzuräumen, rollte Felsblöcke zur Seite und wühlte sich durch den Schuttberg. Das gesamte Fernsehteam verwandelte sich in Steinbrucharbeiter, selbst die beiden Skriptgirls, der Friseur und die Friseuse standen staubüberzogen in der Geröllhalde und schleuderten Steine und Erdbrocken vom Eingang der Höhle.

»Seid mal still!« keuchte Carlos Heimann. Er lehnte sich an den Berg, über seinen bloßen Oberkörper rann der Schweiß in Bächen. Arme und Beine zitterten vor Erschöpfung. Horst Helmke stand neben ihm, mit leeren, starren Augen, überpudert von Steinstaub. Von seinen Handflächen tropfte Blut... er spürte die Risse nicht, er hatte überhaupt kein Gefühl mehr, er war eine durch das Gestein sich wühlende Maschine.

»Seid doch still!« schrie Heimann. »Wir wollen klopfen. Vielleicht gibt sie Antwort.«

Er nahm einen dicken Stein und hieb damit rhythmisch gegen einen mächtigen Felsklotz, der von der Höhe heruntergedonnert war und die Höhle anscheinend wie ein Deckel verschloß.

Helmke legte das Ohr an den Felsen. Das Klopfen Heimanns drang deutlich ins Innere, pflanzte sich als Schallwelle fort.

Dann Ruhe. Nur das Atmen der Menschen unterbrach die Stille.

Kam Antwort? Klopfte Vera im Berg zurück? Lebte sie noch? Hatte die Höhle sie geschützt, oder war sie an dem Steinstaub erstickt? Wollte sie gerade ins Freie, als das Erdbeben begann, und wurde von den niederrollenden Felsstücken erschlagen? War sie tiefer in die Höhle geflüchtet? War etwa auch die Höhle eingestürzt? Man wußte gar nichts.

Heimann und Helmke lauschten.

Keine Antwort. Stille im Berg. Grabesstille.

»Noch einmal«, sagte Helmke heiser. Er schlug mit aller Kraft gegen das Gestein. Gab es die Höhle noch, mußte Vera es hören... wenn sie noch lebte...

Die Menschen draußen zwischen den Trümmern hielten den Atem an. Ihre staubverkrusteten Augen starrten auf Heimann und Helmke.

Regte sich etwas? Ganz, ganz fern vielleicht...

Heimann senkte den Kopf. »Nichts«, sagte er zitternd. »Gar nichts... hoffentlich kommt Tommy bald zurück...«

Mit Tommy Brest hatte es eine Verwandlung gegeben, als der Schrei »Wo ist Vera?« alle herumriß. Während Helmke sich auf den Geröllberg stürzte, war Tommy zu den Pferden gelaufen, die man für einen Teil der Aufnahmen brauchte und die festgebunden an Bäumen standen. Das Erdbeben hatte sie fast wahnsinnig gemacht; sie wieherten, stiegen vorn hoch, hieben die Hufe gegen die Stämme und wollten sich losreißen. Ihre Augen glotzten, und ihr Instinkt sagte ihnen, daß der Tod neben ihnen stand und der schwankende Boden unter ihnen sie verschlingen konnte.

Was Tommy Brest nie gewesen war, das wurde er jetzt... was er nur spielte und im Notfall durch ein Double ersetzte, das vollzog sich jetzt in ihm: Er wurde ein Held!

Mit langen Sprüngen rannte er zu den Pferden, suchte hinter einem Baum Schutz vor den irrsinnigen, todesängstlichen Tieren, band eines los und wurde von dem Pferd um den Baum herumgerissen. Mit entsetzensweiten Augen sah Heimann, wie Tommy neben dem tobenden Pferd herlief, wie er nach Cowboyart aufsprang, sich an die Mähne klammerte, die Hacken in die Weichen stieß und die Zügel anzog.

»Tommy!« brüllte Heimann noch. »Bist du verrückt? Der Gaul bringt dich um!«

»Ich hole Hilfe!« schrie Brest zurück. Weiter unten standen zwar Autos, mit denen man gekommen war – aber so, wie es aussah, konnte man den oberen Teil der Abfahrt wegen des Gerölls zur Zeit nicht benutzen. Er ließ die Zügel locker, das ängstliche Pferd streckte den Kopf weit vor, witterte Freiheit und Sicherheit und jagte davon. Tommy Brest saß im Sattel, den Rücken gebeugt, den Kopf fast am Pferdehals. Festhalten, das war seine einzige Sorge. Nicht herunterfallen. Nur festhalten...

Wohin das Pferd lief, er wußte es nicht; er schloß meistens die Augen, wenn er die Abhänge sah, auf die sie losrasten, und er wunderte sich immer wieder, daß sie nicht abstürzten, sondern auf einen Weg kamen, der sich ins Tal schlängelte.

Er ritt an Hütten vorbei, in denen kein Mensch zu wohnen schien. Einzelne Ziegen irrten herum, ein paar Hunde kläfften wild... sonst kein Leben, kein Mensch, kein größeres Tier. Endlich wurde das Pferd ruhiger, als es wieder Lebewesen sah. In Platres gab es Polizei, auch Militär war da. Tommy sprach einige Offiziere an. Atemlos, am Ende seiner Kräfte, erzählte er von dem Fernsehteam in den Bergen und der Verschüttung Veras. Dann sank er auf einen Stuhl, bekam ein großes Glas Rotwein, mit Wasser verdünnt, und trank es gierig. Es kam ihm vor, als sei seine Gaumenhaut aus Leder, so gegerbt von Hitze und Staub war sie.

Unterdessen sprachen die Offiziere mit Sprechfunk zu ihren Stützpunkten. Sie funkten auch nach Larnaka und Nikosia. In einem Funkwagen tickten ununterbrochen die Geräte.

»Sie müssen helfen!« sagte Brest zu einem Offizier im Rang eines Hauptmanns. »Vera Hartung ist verschüttet! Man muß die Höhle aufgraben!«

Er griff in die Tasche und wühlte in seiner Brieftasche. Zwischen den Blättern von seinem Paß lag eine Postkarte, ein Foto von Vera, das er heimlich am ovalen Swimming-pool des Hotels aufgenommen hatte, mit einer Kamera, die sofort das fertige Bild lieferte.

Er hielt das Foto dem Hauptmann hin. »Können Sie solch eine Frau sterben lassen?« fragte er.

Der Hauptmann nahm das Bild und sah es lange an. Er wäre kein Grieche gewesen, um nicht die Schönheit dieses Mädchens sofort zu erkennen und auch darauf zu reagieren. Er gab das Bild an die anderen Offiziere weiter. Dort machte es die Runde und kam zu Brest zurück, etwas verknittert und fettig. Der Hauptmann aber sprach schon wieder mit irgendeiner vorgesetzten Dienststelle.

»Sie schicken einen Hubschrauber«, sagte der Hauptmann und legte das Funkgerät wieder weg. »Sie bringen Schaufeln und Sprengpatronen mit, um die großen Blöcke zu sprengen. Ja, und Bohrer auch. Sie landen in einer halben Stunde auf dem Berg.«

Er nahm das Foto Veras aus den bebenden Händen Brests und steckte es in seine Uniformtasche.

»Als Souvenir...« sagte er dabei.

»Ich danke Ihnen«, stammelte Tommy Brest und lehnte den Kopf gegen die Wand des Funkwagens. »O Gott... ich danke Ihnen. Hoffentlich finden sie Vera lebend...«

*

Oben am Berg gingen die Grabungen weiter.

Was die Fernsehleute tun konnten, das taten sie. Sie entwikkelten sogar neue Geräte: Aus den starken Stativbeinen der Kameras konstruierten sie Rammen, mit denen sie das Geröll lockerten. Die beiden Jeeps, mit denen sie bis hier herauf gekommen waren, wurden als Zugmaschinen vor Felssteine gebunden, um die man Ketten geschlungen hatte. Die Kette riß, die Räder des Jeeps drehten durch und wirbelten Steinbrocken hoch in die Luft... dann kochte das Kühlwasser und Heimann ließ alles anhalten. »Noch weiter so, und uns spritzen die Motoren um die Ohren«, stöhnte er.

Nach der ersten Panik war jetzt Nüchternheit und eine merkwürdige Gelassenheit über alle gekommen.

Das Schicksal Veras schien unabwendbar. Dieser Gedanke war zwar furchtbar, aber nahm alle Hast weg, alle Hetze, alles sinnlose Herumwühlen in den Schuttbergen. Nur Horst Helmke arbeitete weiter wie eine Maschine, grub und trug weg, scharrte und räumte, keuchte und stöhnte. Man ließ ihn gewähren... es war sinnlos, ihn davon zu überzeugen, daß er sich nie durch den Trümmerberg wühlen konnte.

Die Abenddämmerung stieg schon aus dem Tal, als Horst Helmke einsah, daß der Kampf um Vera verloren war. Er warf sich auf den Boden, starrte in den streifigen Abendhimmel und weinte.

Niemand näherte sich ihm, selbst der sonst so rohe Heimann stand abseits und war wortkarg. Der Regieassistent und drei

Kameramänner setzten sich um ihn und sahen über die veränderte Landschaft.

»Was mag Tommy jetzt machen?« fragte einer. Heimann hob kaum den Kopf.

»Wird irgendwo mit gebrochenem Genick liegen, der Idiot! Mit einem so wilden Pferd losrasen! Ach, Leute, es ist alles beschissen!«

»Gleich zwei Stars weg, das wird den Alten aber auf die Palme treiben«, sagte ein anderer leise.

»Kann ich dafür? Habe ich die Erde wackeln lassen? Wenn *ich* Erdbeben inszenierte, ging's immer gut – das macht eben meine Trickerfahrung.« Heimann starrte in den Himmel. »Wir sollten zurück nach Limassol, vielleicht kommen wir mit den Jeeps durch – was haltet ihr davon? Oder wollt ihr hier übernachten? Ich richte mich ganz nach euch...«

Die anderen schwiegen. So hatten sie Carlos Heimann noch nie gesehen. Er fragte, was er machen sollte. Sollte man weinen vor Entsetzen?

»Wir bleiben!« sagte der Regieassistent. »HH kriegen keine zehn Pferde weg.«

»Wir müssen verhindern, daß er sich zu Vera eingräbt.« Es sollte wieder ein Heimann-Witz sein, aber keiner lachte oder grinste auch nur. Jeder wußte, wie ernst in Wahrheit diese Worte waren. Wer Helmke auf dem Felsen liegen sah, nahe bei der Geröllhalde, die den Höhleneingang blockierte, der ahnte, daß die Tragödie noch nicht beendet war. Es war nur Pause. Vorhang über dem ersten Akt. Wie der zweite aussehen würde, das wagte keiner zu denken.

Als der Himmel brannte, ein Abendrot, das unter normalen Umständen Heimann hätte sofort filmen lassen, um es irgendwann einmal zu gebrauchen – denn wo sieht man einen solchen Sonnenuntergang wieder –, summte es in der Luft, und eine riesige schwarze Libelle schwebte über die Felsengrate. Ein starker Scheinwerfer tastete die Plateaus ab, die schon im Finsteren lagen.

Heimann sprang auf und rannte in die Mitte des Platzes.

»Sie suchen uns!« schrie er und schwenkte beide Arme. »Horst... sie suchen uns! Tommy ist mit seinem Gaul durchgekommen! Er bringt Hilfe! Hilfe! Sie sehen uns... sie sehen uns... Hilfe!«

Über das Gesicht Heimanns liefen Tränen. Er stürzte auf Helmke zu, der schwankend aufgestanden war. Sie fielen sich beide in die Arme und weinten laut vor Glück und Befreiung. Und das war ein anderes Wunder: Ein ganz neuer Heimann, ein weicher, heulender, zitternder, schluchzender Mensch, an dem nichts mehr hing von dem polternden, zynischen, schimpfenden Regisseur, der jede Aufnahme zu einem Wörterbuch von Schimpfworten werden ließ. Jetzt stand er mit Helmke Arm in Arm auf dem Plateau, während der große, sandfarben lackierte Militärhubschrauber vorsichtig landete.

»Wenn sie lebt, bekommen wir sie wieder...«, stammelte Helmke. »Und ich spüre, daß sie lebt... Hier, hier drinnen in der Brust spüre ich es...«

Sie rannten auf die Offiziere und Soldaten zu, die aus dem Hubschrauber sprangen, und hätten sie fast umarmt und geküßt.

Preßlufthämmer wurden ausgeladen, ein Motoraggregat, Schaufeln, Brechstangen, Metallkisten mit Sprengladungen.

Das Kommando leitete ein Oberleutnant der Pioniere. Fachkundig besichtigte er die verschüttete Höhle. Es war rührend, den kleinen Berg zu sehen, den die Fernsehleute zur Seite geschafft hatten, gegenüber den Massen, die noch vor der Höhle lagen.

»Versuchen Sie alles, Herr Oberleutnant«, sagte Horst Helmke heiser. »Ich flehe Sie an...«

Der junge Offizier winkte zum Hubschrauber. Die Hämmer und Sprengladungen wurden herangetragen.

»Wir werden zu Maulwürfen werden«, sagte er dabei zu Helmke und Heimann. »Aber der Himmel weiß, ob es einen Sinn hat.«

»Sie lebt«, sagte Helmke laut. »Sie lebt bestimmt.«

Die Antwort des Offiziers ging im Kreischen und klirrenden Toben unter. Die Preßlufthämmer fraßen sich in das Gestein und stemmten die Löcher für die Sprengpatronen...

*

In Deutschland hatten die Nachrichtenredaktionen Hochbetrieb. Das Erdbeben auf Zypern rückte in den Abendnachrichten an die erste Stelle. Im Funkhaus machte die Nachrichtenredaktion eine Sonderschicht, wurden die Meldungen aus den Fernschreibern sofort zur Bearbeitung getragen.

Bei Dr. Rathberg saßen Theo Pelz und der Chefredakteur für die Aktuelle Schau.

Sie warteten. Sie warteten auf eine spezielle Nachricht aus Limassol.

Als die erste Meldung des Erdbebens durchgegeben wurde, war Pelz leichenblaß zu Dr. Rathberg gerannt, hatte Fräulein Kannegießer, die Chefsekretärin, umgerannt und war ohne anzuklopfen in das Heiligste des Funkhauses gestürzt. So erlebte er den seltenen und wohl einmaligen Anblick, daß sich Intendant Dr. Rathberg lesend in der Nase bohrte.

»Im Troodos-Gebirge auf Zypern hat die Erde gewackelt!« schrie Pelz. »Eben kam die erste Meldung durch. In den Bergen... in den Bergen filmt Vera Hartung...«

»Sofort versuchen, die Leitung freizuhalten nach Limassol!« Dr. Rathberg sprang auf. »Wer hat die Meldung durchgegeben?«

»Reuter mit Fernschreiben. Ich habe schon im Hotel angerufen, aber die wissen noch nichts Näheres.«

»Und Sie wissen, daß Vera... daß sie...« Dr. Rathberg tupfte sich plötzlich ausbrechenden Schweiß von der Stirn. Pelz nickte schwer atmend.

»Heimann gab mir gestern den Drehplan der kommenden Woche durch. Sie waren heute in den Bergen. Im... Zentrum des Bebens, Herr Intendant.«

»Das ist ja furchtbar!« Dr. Rathberg fuhr sich mit dem Tuch über das ganze Gesicht. »Pelz, das ist ja... nicht auszudenken. Vera unter den Trümmern... Was haben Sie gemacht, Pelz?«

Pelz nahm sich eine Zigarette aus der bereitstehenden Dose auf Rathbergs Schreibtisch. »Die Leitungen sind aber alle überlastet. Rückantworten müssen jeden Augenblick kommen, auf jeden Fall vom Hotel.«

Das Telefon schrillte. Pelz hob den Hörer ab, bevor Rathberg selbst zugreifen konnte. »Ich habe alle meine Gespräche hierherlegen lassen. Ich hoffe, Herr Intendant...«

»Aber ja, Pelz, ja... was ist?« Rathberg lief nervös in dem großen Zimmer hin und her.

»Nur das, was wir schon wissen.« Er legte den Hörer langsam wieder auf.

»Und wir stehen rum und tun nichts!« schrie Dr. Rathberg.

»Wir können weder das Erdbeben ungeschehen machen noch Schicksal spielen. Aber eine Sondersendung ist im Schnitt, die sofort eingeschoben werden kann. Titel: ›Ein Stern, der nicht leuchten durfte‹. Ist von mir. Was halten Sie davon?«

Dr. Rathberg stierte Theo Pelz entgeistert an. »Das... das ist ja wie ein Nachruf...«

»Ist es auch. Die schönsten Szenen Veras zeigen wir, die noch gar nicht ausgestrahlt wurden. Eine Gedenksendung, bevor jemand sie gesehen hat...«

»Sind Sie verrückt, Pelz? Noch ist sie nicht tot!« schrie Dr. Rathberg. »Und schon verkaufen Sie Vera als Edelschnulze.«

»Das ist unser Beruf, Herr Intendant. Das ist auch das einzige, was wir tun können für Vera Hartung.«

»Und wenn sie lebt?«

»Noch besser. Vera Hartung, der Hölle entronnen. Fernsehstar entkommt Erdbeben. – Diese Publicity ist unbezahlbar...«

»Mein Gott, welch ein hartgesottener Bursche sind Sie!« Dr. Rathberg sank in einen Sessel. »Sie verkaufen die Menschen mit Haut und Haaren.«

»Und mit Petticoat und Lederhose. Denken Sie daran, daß die Konkurrenz keinen Star unter den Trümmern hat.«

»Ich denke an unsere kleine, arme Vera.« Dr. Rathberg faltete die Hände über dem Bauch. Jetzt betet er, dachte Pelz. Wenn ich nur eine Kamera hätte! Ein betender Intendant, Mitglied der christlichen Partei! So etwas braucht man für die Wahl...

»Noch lebt sie«, wiederholte Dr. Rathberg leise.

Wieder das Schrillen des Telefons. Pelz nahm ab.

»Tommy!« rief er. »Ein Blitztelegramm von ihm aus Limassol. Vera in einer Höhle verschüttet...«

»Nein!« schrie Rathberg und sprang auf.

»... Rettung so gut wie aussichtslos. Militär hilft. Sonst alles wohlauf. Es ist furchtbar. Brest.« Pelz legte den Hörer zurück – nun war er wieder bleich und wie zerfurcht. »Also doch...« sagte er leise.

»Verschüttet! Das ist das Schrecklichste. Verschüttet! Erstickt... Unfaßbar.« Rathberg sank wieder in den Sessel und starrte auf den Teppich. »Wissen Sie, was das heißt: Verschüttet? Und das Vera... Vera... Ich komme einfach nicht darüber hinweg...«

Pelz ging zum Schreibtisch zurück und hob den Hörer ab. Rathberg sah hoch.

»Wo wollen Sie anrufen?«

»Im Filmgeberraum. Sie sollen den Streifen ›Ein Stern, der nicht leuchten durfte‹ einlegen.«

»Sie lebt noch!« schrie Rathberg außer sich. »Sie roher Patron! Sie herzloses Wesen! Sie Papierhirn! Sie lebt!«

»Rettung aussichtslos...« Pelz war weit davon entfernt, sich beleidigt zu fühlen. Sie waren jetzt alle mit den Nerven am Ende. »Tommy telegrafierte es. Und er ist am Ort...«

»Brest kann sich auch irren. Für mich lebt Vera noch!«

Wieder schrillte das Telefon. Pelz und Rathberg sahen sich bleich und mit flackernden Augen an.

»Wollen Sie, Herr Intendant...?«

Rathberg schüttelte den Kopf. »Nein! Machen Sie das, Pelz. Sie haben ja ein Herz wie eine Kokosnuß...«

Pelz nahm den Hörer ab. Noch einmal Zypern. Korrespondent Dr. Plock. Blitztelegramm.

»Team Heimann nach jetzigen Meldungen in den Bergen eingeschlossen. Man weiß noch gar nichts. Die Lage ist völlig unübersichtlich. Einheimische, die aus den Bergen flüchteten, berichten von Quellen, die neu aus den Bergen sprudelten. Weitere Berichte folgen, sobald die Lage klarer ist...‹«

Pelz warf den Hörer zurück, als brenne er. Dr. Rathberg faltete die Hände. »Seien Sie still, Pelz«, sagte er kaum hörbar. »Ich bitte Sie – seien Sie still. Sprechen Sie nicht aus, was Sie denken. Solange sie nicht vor mir liegt, lebt sie... Verstehen Sie? Vera lebt für mich, und wenn die ganze Insel Zypern ins Meer geschleudert wurde.«

Theo Pelz nickte. Es brauchte keine weiteren Worte mehr.

Er liebt sie... jetzt weiß man es ganz genau. So kann nur ein Mann reden, der eine Frau bis zur Verzweiflung liebt.

Und plötzlich hatte er tiefes Mitleid mit dem großen, strengen, gefürchteten Dr. Rathberg... denn alle im Funkhaus, auch Dr. Rathberg selbst, wußten, daß Vera Hartung und Horst Helmke ein Paar hatten werden wollen.

Jetzt, wo sie tot war, verschüttet irgendwo in den Bergen,

gab Rathberg sein Innerstes preis. Jetzt schadete er keinem mehr damit.

Theo Pelz wandte sich ab zum Fenster.

Es war ihm unmöglich, den tragischen alten Mann noch länger anzusehen, ohne ihm mitfühlend die Hand zu drücken. Und gerade das wollte er nicht.

Ich habe sie ja auch geliebt, dachte er.

Mit diesem Geheimnis will ich allein leben.

*

Der alte Withcock saß gemütlich auf einem Klappstuhl und sah den Dreharbeiten mit Karin Jarut zu, als er plötzlich auf den Boden fiel und das Gefühl hatte, die Erde rolle unter ihm hinweg. Bestürzt sah er sich um und bemerkte, wie die Kameras umfielen, die weiblichen Komparsen schreiend davonliefen, Karin Jarut umgerissen wurde und sich ein Garderobewagen selbständig machte. Dann traf ihn ein Stein, und er wurde ohnmächtig. Er wachte auf in einem Zelt, hatte den Kopf verbunden und einen schrecklichen Durst auf Whisky.

»Was war denn los?« fragte er. Sein Schädel brummte und summte. »Das sah ja nach einem Erdbeben aus. Wo sind meine Jungs? Haben die Idioten auch alles auf dem Film? Ich kastriere sie, wenn sie dieses Ereignis nicht im Kasten haben...«

Dann erst erinnerte er sich daran, daß sein Star Karin Jarut vor seinen Augen umgerannt worden war, und der alte Withcock wollte vom Feldbett, auf dem er lag, herunterspringen. Ein griechischer Sanitäter hielt ihn fest und rief seine Kameraden um Hilfe, denn Withcock war ein starker Mann.

»Wo ist Karin?« brüllte der Alte. »Zum Teufel, ist denn keiner hier von meinen Hohlköpfen?«

Ein Stück von ihm entfernt lag der Regisseur James Drumont. Man hatte ihm die Brust bandagiert. Beim Atmen rasselte es in ihm, als sei seine Lunge ein alter Blasebalg mit vielen Löchern.

»Man hat sie nach Limassol gebracht«, rief er. Withcock wälzte sich auf seinem Bett herum. »Ah, Sie, James! Was hat Karin denn abbekommen?«

»Nichts. Nur ein Nervenschock.«

»Und Sie?«

»Brustkorb gequetscht und drei Rippen gebrochen. Der ganze Spaß dauerte 240 Sekunden... sagen die Offiziere. In den Bergen muß es toll aussehen!«

»Hat wenigstens einer weitergedreht?« Withcock setzte sich auf sein Feldbett. Sein Schädel hämmerte innerlich wie ein Schmied auf einem Amboß.

»Nur Kamera I. Aber sie hat kaum was drauf, sagt Perkins. Er hatte Angst.«

»O Gott!« Withcock griff sich an den Kopf. »Mit diesen Aufnahmen könnte ich den Film frei finanzieren! Und der Kerl scheißt sich in die Hose vor Angst! Was ist das bloß für eine Generation? Wir früher haben noch was geleistet! Aber heute...«

Regisseur Drumont legte sich herum. Jetzt ging es los. Man kannte die langen Reden des Alten über die vergangene schöne Zeit. Aber draußen brannte die Sonne. 35 Grad im Schatten.

Seufzend ließ sich Withcock zurückfallen. Liegend überlegte er, was dieses sekundenschnelle Erdbeben ihn an Dollars gekostet haben könnte.

*

Im Hotel »Akrotiri« traf Karin Jarut auf Tommy Brest, der erschöpft und verdreckt in der Hotelhalle saß und keine Kraft mehr hatte, auf sein Zimmer zu fahren und sich zu baden und umzuziehen. Ein Militärwagen hatte ihn mitgenommen und am Hotel abgesetzt. Karin stieß einen spitzen Schrei aus, als sie Tommy sah, warf theatralisch die Arme hoch und fiel ihm schluchzend um den Hals.

»Wie furchtbar!« schrie sie. »Wie furchtbar! Aber du lebst!« Dann schien ihr erst klarzuwerden, wo sie waren, und sie ließ Brest los. »Wieso bist du hier? Wo sind die anderen? Heimann? Diese... Hartung... Euer ganzes Team?«

»Oben im Troodos-Gebirge. Ich habe Hilfe geholt. Hoffentlich kommen sie nicht zu spät. Jetzt warte ich auf ein Gespräch mit Pelz... die Leitungen sind überlastet. Vera ist verschüttet.«

Karin schwieg lange. Sie ließ Brest Zeit, sich wieder zu fangen. Dann fragte sie: »Ist sie tot?«

»Wir wissen es nicht.«

»Wenn du Pelz an der Strippe hast, läßt du mich auch mal mit ihm sprechen?«

Brest sah sie schief an. »Leichenfleddern?«

»Du bist ein ordinärer Mensch, Tommy. Aber die Serie muß doch weitergehen. Und der Goldene Kuß auch. Man kann das doch alles nicht abblasen. Was hat der Sender da schon investiert.«

»Du bist ein kaltes Aas!« sagte Tommy Brest und erhob sich mühsam. »Ich bade mich jetzt, und dann miete ich mir einen Jeep und fahre zu den anderen zurück. Und mit Pelz sprichst du nicht. Nicht über meine Leitung. Sieh zu, daß du ihn selbst erwischst.«

»Es wird euch allen noch leid tun!« rief Karin hinter Tommy her, als er zum Lift schwankte. »Ihr seid eine ganz sture Bande!«

Eine Stunde später – es war etwa um die gleiche Zeit, als der Militärhubschrauber auf den Bergen bei Heimann landete – kam Brest frisch gewaschen wieder herunter und bekam nach langen Verhandlungen einen Jeep geliehen.

Plötzlich stand auch Karin Jarut neben dem Wagen, in langen Hosen und Stiefeln und einer Khakibluse. »Nimm mich mit!« sagte sie zu Tommy, der sie sprachlos anstarrte. »Ich habe es mir überlegt. Ich helfe mit.«

»Du?! Mit Lippenstift und Puder räumt man keine Felsen weg...«

»Aber wenn ihr Vera findet... es ist besser, wenn dann eine Frau dabei ist...«

»Oha! Die sanfte Tour! Die Jarut als Krankenpflegerin. Sag mal, hast du diese Rolle nicht schon mal in einem Fernsehstück gespielt?«

»Du bist gemein!« Karin sprang in den Jeep. »Los, fahr ab.«

Tommy Brest ließ den Motor an. »Du spielst wirklich auf allen Klavieren. Soll ich sagen, was du denkst? Wenn ich mithelfe, Vera auszubuddeln, werden Pelz und der Alte so gerührt sein, daß sie mich amnestieren und wieder aufnehmen in den Schoß des Senders. Stimmt's?«

Karin Jarut sah verstimmt geradeaus. »Ihr wißt gar nicht, wie ich an euch allen hänge«, sagte sie. »Ihr seid es gar nicht wert. Als mich Rathberg hinausschmiß, kam ich mir wie eine Waise vor. Aber das ahnt ihr ja nicht. Was kümmert euch der Mensch?«

Tommy Brest zog schnaufend die Luft durch die Nase und trat auf das Gaspedal. Der Jeep schoß vorwärts.

In den Bergen hatten sich zwei Gruppen gebildet: die Soldaten, die mit Bohrgeräten und Hämmern, mit Sprengladungen und Schaufeln den Höhleneingang freizulegen versuchten – und Carlos Heimann mit zwei Kameras, die alles, was geschah, filmten.

»So traurig es ist, Jungs«, hatte er zu den staubigen Kameramännern gesagt, »aber wir haben auch einen Beruf! Und was wir hier filmen können, wird einmalig sein. Lebt Vera und wir kriegen ihre Befreiung aufs Bild, dann ist dieser Streifen eine Publicity, die noch kein Star gehabt hat. Die Welt wird Rotz und Spucke heulen.«

Der Aufnahmeassistent war mit zwei großen Filmrollen schon unterwegs nach Limassol und Larnaka. Auf ihnen waren die Minuten des Erdbebens festgehalten; ein Film, aus dem Zufall entstanden. Mit der nächsten Maschine mußten die Rollen nach Deutschland geflogen werden.

Über das Plateau gellten Hupentöne. Alles in Deckung! Wir sprengen! Horst Helmke verhandelte vor der Geröllhalde mit dem Pionieroffizier.

»Und wenn die Explosion sie tötet?« schrie er. »Wenn sie noch lebt und Ihre Sprengladung zerreißt ihr die Lunge?«

»Ohne Risiko keine Befreiung!« sagte der junge Offizier. »Wie wollen Sie sonst an die Höhle heran?«

Noch einmal die Hupe. Volle Deckung. Die Soldaten rannten weg. Hinter einer Felsnase postierte Heimann die Kamera I. Langsam ging auch Helmke weg. Er sah sich ein paarmal um, als nehme er Abschied von Vera. Man merkte ihm an: Er hatte keine Hoffnung mehr.

Dann krachte es. Felstrümmer flogen hoch in die Luft und klatschten herunter, die Geröllhalde kam in Bewegung und rutschte. Über dem Boden spritzte sie auseinander. Wie Granatsplitter surrten die Steine durch die Luft. Heimann warf sich hin, die Kamera lief, unter dem Hubschrauber wurden dicke Ketten montiert, um große Felsstücke wegzuziehen.

»Gute Sprengung«, sagte der Pionieroffizier neben Heimann. »Ich glaube, wir kommen jetzt an die Höhle heran.«

Als sich der Explosionsqualm und Steinstaub verzogen hatten, machte Helmke einen Luftsprung. Über der noch immer massigen Geröllhalde war ein dunkler Spalt erschienen, freigelegt durch den niedergerutschten Trümmerberg.

Die obere Spitze des Höhleneinganges.

»Stopp!« schrie der junge Pionieroffizier, als er Helmke losrennen sah. »Stopp! Es rutscht noch nach!«

Aber Helmke hörte es nicht. Wer konnte ihn jetzt noch aufhalten? Die Höhle ist frei! Die Höhle! Vera... Vera...

Wie ein Salamander kroch er die Trümmer hinauf, auf allen vieren, sich an das Geröll fast festsaugend. Steine und Erde rollten nach, nahmen ihn ein paar Meter mit, aber er griff wieder ins Feste und zog sich hoch.

»Der Mann ist verrückt!« sagte der Offizier.

»Der Mann ist verliebt!« Heimann lächelte schwach. »Das ist das gleiche...« Dann wandte er sich an die Kameraleute und winkte mit beiden Armen. »Alles aufnehmen, Jungs! So etwas fällt keinem Drehbuchautor ein! Das wird der dramatischste und wahrste Film des Jahres!«

Horst Helmke hatte die Spitze des Geröllberges erreicht. Er richtete sich auf den Knien auf, schob mit beiden Händen Steine vor sich weg und zwängte den Kopf dann in den engen, dunklen Spalt.

Kälte wehte ihm entgegen... aber es war Luft, reine Luft, in der man atmen konnte. Die Angst, Vera könnte erstickt sein, wich von ihm. Hatte sie das Erdbeben überlebt, so war die Höhle zwar ein riesiger Sarg gewesen, ein Sarg voller Sauerstoff.

»Vera!« schrie er in die tiefe Dunkelheit hinein. »Vera! Veeeeraaa!«

Keine Antwort. Er hielt den Atem an und lauschte. Dann lief ein Zittern über ihn. Er legte sich auf das Geröll, den Kopf noch in der Felsspalte. Er brach zusammen vor dem, was er jetzt hörte: Tief unten in der Höhle... ein Rauschen, ein immerwährendes Fließen.

Der Berg hatte einen neuen Wasserfall geboren... und die Wasser stürzten im Innern der Höhle über die Felsen... aus einem Bruch irgendwo kommend und wegfließend durch einen neu entstandenen Abfluß im Innern des Berges. Es waren Wassermassen... das Rauschen war voll und dumpf.

Horst Helmke lag auf dem Trümmerberg und schluchzte.
Durch die Höhle strömte ein neuer Fluß.
Aber wo war Vera?

*

Das Erdbeben hatte Vera zunächst nur als ein dumpfes Grollen empfunden. Als die Felsen, auf denen sie hockte, zu schwanken begannen, als es plötzlich dunkel um sie herum wurde, Staub und Erdwolken in die Höhle drangen und ihr den Atem nahmen – da ahnte sie noch immer nicht, was draußen geschehen war. Sie dachte an eine Steinlawine, die die Höhle verschüttet hatte, und das war schon schlimm genug. Als sich die Staubwolke verzogen hatte, schwankte sie zum Höhleneingang und drückte sinnlos gegen das Geröll, das nun die Höhle verschloß. Sie rief, sie hämmerte mit den Fäusten gegen die bröckelnde Wand, bis ein neuer Erdstoß sie umwarf und sie über den Felsenboden rollte wie eine Kugel. Da erst begriff sie, was um sie geschah. Sie blieb liegen, auf dem Rücken, und starrte in die Dunkelheit.

Bricht die Höhle zusammen, dachte sie, und sie dachte es ganz klar, ohne Angst. Stürzt gleich die Decke ein und begräbt mich? Sie schloß die Augen, preßte die Fäuste vor den Mund und wartete.

Jetzt... oder jetzt... Wie der Berg grollt. Wie das Rollen von Hunderten Rädern kommt es aus der Tiefe.

Werden die Wände gleich umsinken? Mein Gott, laß mich gleich erschlagen sein... laß mich nicht langsam sterben, unter wahnsinnigen Schmerzen... mach es kurz, mein Gott...

Dann schwieg der Berg wieder. Die Höhle war geblieben. Vera lag still auf dem kalten Gestein und atmete kurz und stoßweise. Dann rief sie »Hallo!«... erst ganz leise, dann lauter, immer lauter... ihre Stimme hallte wider in der weiten Höhle. Es war, als sei sie nicht eingestürzt, sondern noch erweitert worden. Dafür kam ein neues Geräusch auf... ein leises Rauschen, das sehr schnell anwuchs, vermischt mit dem Krachen beiseitegeschossener Felstrümmer. Dann brauste es um sie herum, Wasserspritzer übergossen sie, in Sekundenschnelle wurde es kälter, aber auch die Luft wurde klarer und ließ sich herrlich frisch einatmen.

Vera kroch etwas höher über das zerklüftete Gestein. Unter ihr floß jetzt ein reißender Wasserstrom, irgendwo war er frei geworden, hatte sich ein neues Bett gesucht und verschwand wieder irgendwo in einer Spalte. Aus dem Hintergrund der Höhle wehte frische Luft heran – Vera spürte es ganz deutlich nach der Qual des Sandstaubes. Das Erdbeben hatte der Höhle den einen Eingang genommen, aber einen anderen geschaffen – dort hinten, in der Dunkelheit, aus der der neue unterirdische Strom heranrauschte.

Vera blieb tief atmend noch eine Weile liegen. Zum verschütteten Eingang ging sie nicht mehr zurück. Sie ahnte, daß von dort keine Hilfe mehr kommen konnte. Was werden sie jetzt draußen machen? dachte sie. Haben sie das Erdbeben überlebt? Oder hat der Berg sie alle mitgerissen?

Der Gedanke, vielleicht die einzige Überlebende zu sein, lähmte sie zunächst. Sie war dem Weinen nahe, aber sie empfand keine Angst. Die rauschende Dunkelheit vor ihr war voller Gefahren und unbekannter Schrecken, aber sie war nicht mehr unüberwindlich, das spürte sie. Nur Kraft brauchte man, Mut und Entschlossenheit... und man mußte dem Luftzug nachgehen, der durch die Höhle wehte, dem Streifen Wind, der zurück ins Leben führte.

Sie wußte nicht, wie lange sie auf ihrem Felsplateau gesessen hatte, bis sie sich aufmachte zum Hintergrund ihres Gefängnisses. Daß draußen Horst Helmke und das Fernsehteam immer wieder gegen die Felswände hämmerten und auf Antwort lauschten, hörte sie im Rauschen des Wassers nicht. Es war kalt geworden in der Höhle, sie schlug die Arme gegen den Körper, trampelte und klopfte sich ab. Dann tastete sie sich vorwärts, über Felsbrocken, die von den Wasserspritzern glitschig geworden waren, sie hielt sich mit beiden Händen immer in Griffnähe der Wand, während ihre Füße Schritt um Schritt vorwärts tasteten. Der Boden konnte plötzlich abfallen, ein Spalt konnte sich öffnen, Abgründe konnten in den Tod führen... Meter um Meter schob sie sich vorwärts, in völliger Dunkelheit, umgeben vom Rauschen des neuen unterirdischen Flusses. Er war direkt neben ihr, und sie stellte sich vor, daß sie auf einer Art Felsgalerie entlangschlich und ein Schritt zur Seite sie in den reißenden Strom schleuderte.

Die Luft wurde klarer. Sie fühlte, wie die Felswand einen

Bogen machte, das Donnern des Wasserfalls im Innern des Berges wurde weiter, dumpfer, die Nässe ließ nach... und dann wurde die Nacht plötzlich durchbrochen... zunächst nur ein Hauch von Licht, graue Dunkelheit, dann mehr, immer mehr... sie erkannte die Wand, den Boden, sie sah zur Höhlendecke hinauf, von irgendwoher fiel Licht in den Berg... Licht! Licht!

Vera lehnte sich an die Wand und weinte. Ich lebe weiter, dachte sie. Ich lebe weiter! Es ist wie eine Auferstehung... Ich komme aus meinem Grab zurück auf die Welt!

In der Dämmerung lief sie weiter. Nun sah sie, wohin sie trat; es war ein breiter Gang mit bizarren Steingebilden, meterhoch, ein Gewölbe wie ein Dom. Und sie sah auch das Licht hoch oben unter der Decke, ein gezacktes Loch, das in den Himmel führte.

Leben! Freiheit! Luft! Sonne!

Vera blieb stehen und sah hinauf.

Dort leuchtete das Leben – aber es war unerreichbar. Die Höhlenwand war senkrecht, eine fast glatte Fläche, in die man knapp unter der Decke dieses gezackte Fenster gebrochen hatte. Der Berg zeigte ihr die Freiheit, aber er gab sie ihr nicht.

Tief atmend lehnte Vera die Stirn gegen die kalte Wand. Wieviel Meter sind es, dachte sie. Sechs oder sieben, oder acht? Und wenn es nur vier wären – wer kann vier Meter an einer senkrechten glatten Wand emporklettern? Saugnäpfe an den Händen müßte man haben. Wie ein Lurch müßte man die Wände hinaufschnellen. Vier... sechs... acht Meter... und dort oben ist die Sonne... ist das Leben... So nah, so glänzend, so herrlich rein... und doch so weit wie der Blick durch ein Fernrohr.

Ungezählte Male versuchte sie, an der glatten Wand emporzuklettern. Es gab ein paar Vorsprünge, in die sie die Finger krallte... ein paar kleine Spalten unterbrachen die Fläche, in die sie die Fußspitzen zwängte, sich an die Wand drückend, wie festklebend und doch wissend, daß es nur Zentimeter waren, die sie höher kam und daß ein Meter jetzt soviel war wie eine Entfernung zu einem Stern.

Der Abend kam. Das Licht verblaßte, wurde rötlich. Ein herrlicher Sonnenuntergang mußte draußen sein. Es war die gleiche Zeit, in der der Hubschrauber landete und vor der

Höhle alles zur Sprengung vorbereitet wurde. Um diese Stunde raste Tommy Brest mit Karin Jarut die Felsenstraße hinauf. Teilstücke waren mit Geröll übersät. Tommy umfuhr die Felsbrocken, riß den Jeep kreuz und quer durch die Trümmer und ließ ihn über Steinhügel hüpfen. Karin Jarut umklammerte bleich die Einfassung der Vorderscheibe.

»Mein Gott!« schrie sie einmal auf, als sie um einen Felsblock fast herumflogen. »Du fährst wie in deinen Filmen... und dabei war's da immer ein Double!«

Die Nacht kam. So schnell, dachte Vera in der Höhle, so schnell ist sie da? Wie lange hänge ich in dieser schrecklichen Wand? Wieviel Meter sind es noch? Zwei? Oder drei? Der Himmel ist so nahe... was sind drei Meter...

Drei Ewigkeiten.

Sie wußte später nicht zu erzählen, wie sie es geschafft hatte. Vielleicht wird ein Mensch wirklich zu einem Lurch, wenn es sein muß? Plötzlich hatte sie den Rand des zackigen Loches ergriffen, hing am Fenster des Lebens und spürte den Wind, wie er über ihre Hände wehte. Von weitem donnerte es. Es waren die Sprengungen am Höhleneingang. Für Vera aber hörte es sich an wie ein neues Erdbeben, wie eine Rückkehr des Todes.

Dann war sie oben, lag mit dem Oberkörper im Freien, kroch weiter, rollte einen leichten Abhang hinunter, und während des Rollens lachte und weinte sie, sah den abendlichen streifigen Himmel, spürte die Wärme des Tages, die im Gestein nachglühte, sah Bäume und Sträucher, spürte den Wind und schrie vor Glück und Ergriffenheit. Wie herrlich das Leben doch war!

Ein paar Minuten lag sie im Geröll und genoß den freien Himmel. Sie streckte sich, bewegte alle Glieder und hatte den unbändigen Drang, jetzt zu schlafen, hier in den Felsen, auf den Steinen liegend. Schlafen...

Aber sie zwang sich, aufzustehen und den Abhang weiter hinabzugleiten. Staub und Steine folgten ihr, an Büschen hielt sie sich fest, an harten Grasbüscheln und niedrigen, verkrüppelten Bäumen. So erreichte sie eine Straße, lehnte sich an den Abhang und schlug die Hände vors Gesicht, als sie von ferne wieder Donnern und Krachen hörte und die Erde unter ihr kaum merklich zitterte.

Am Höhleneingang legte man eine ganze Felswand um. Horst Helmke hatte man mit Gewalt vom Eingang weggeschleppt. Carlos Heimann versuchte ihn zu trösten.

»Halt's Maul!« stöhnte er immer wieder. »Oh, halt's Maul! Sei still, Carlos! Was nützt mir das, wenn du mir erzählst, daß sie einen leichten Tod gehabt hat?! Ich kann es einfach nicht begreifen...«

Tommy Brest hüpfte indessen mit seinem Jeep die Straße hinauf. Er schaltete das Fernlicht an und drückte auf das Gas. Karin Jarut neben ihm hatte es aufgegeben, bei jeder Kurve zu schreien oder aus Angst auf ihn einzuschimpfen. Selbst Faustschläge gegen seinen Rücken halfen nicht... Tommy Brest fuhr wie ein Irrer, und keiner konnte ihn mehr aufhalten.

»Verdammter Berg!« schrie er nur einmal.

»Ein herrliches Grabmal«, sagte Karin zitternd.

»Noch kann Vera leben!«

»Glaubst du das, Tommy?«

Brest schwieg. Was er dachte, wagte er nicht auszusprechen, um das Schicksal nicht zu versuchen.

Und dann kam jene Sekunde, in der Tommy Brest und Karin Jarut gleichzeitig aufschrien, der Jeep durch das plötzliche Bremsen schleuderte und gegen einen Steinhaufen prallte.

»Vera!« brüllten sie. »Vera!«

Auf der Straße, im Licht des Scheinwerfers, schwankte ihnen eine zerlumpte Gestalt entgegen. Sie winkte mit beiden Armen, stolperte und schien etwas zu rufen.

Brest und Karin Jarut sprangen aus dem Wagen, noch bevor er auf den Steinhaufen prallte. Sie rannten Vera entgegen, fingen sie auf und zerrissen sie fast vor Freude.

»Ihr seid es...« sagte Vera schwach. »Ihr lebt... und die anderen...?«

Die Antwort hörte sie nicht mehr. Jetzt, dem Leben wirklich zurückgegeben, wurde sie ohnmächtig.

Tommy Brest erreichte das Hochplateau in dem Augenblick, als der griechische Offizier und vier Soldaten aus der Höhle zurückkamen. Sie hatten mit Handscheinwerfern und Fackeln alles abgesucht.

»Nichts«, sagte er leise zu Heimann und Helmke, die noch im Hubschrauber hockten. »Die Höhle ist leer. Der Fluß muß sie mitgerissen haben. Es sieht schrecklich aus im Berg...« Er grüßte und ließ die Deutschen allein. Heimann legte den Arm um Helmke, wie ein Vater, der seinen Sohn tröstet.

»Du mußt es schlucken, Horst«, sagte er leise. »Verdammt noch mal... das Leben muß weitergehen. Wir alle begreifen es ja auch noch nicht... Wer kann das Schicksal schon verstehen?«

Auf dem Plateau entstand Lärm. Die Fernsehleute warfen die Arme hoch und jubelten. Heimann starrte zu ihnen hinüber, verständnislos, wie man Irre ansieht, die plötzlich Goethe zitieren. Ein Jeep fuhr durch eine Gasse von klatschenden Soldaten und Zivilisten.

»Tommy Brest ist zurück«, sagte Heimann. »Die Idioten empfangen ihn wie einen Helden...« Dann sah er den blonden, wehenden Haarschopf Karin Jaruts und zuckte hoch. »Die Hyänen kommen!« schrie er. »Ich drehe ihr den Hals um, wenn sie etwas über Vera sagt. Bei allen Teufeln, ich mach's wahr! Nur weil sie uns die Brandaufnahme versaute, sind wir in diese mistigen Berge gezogen! Ich zerreiße das Aas!«

Und dann wurde er ganz still, nahm den Kopf Helmkes, hob ihn hoch und drehte ihn zu dem Jeep, der auf sie zufuhr.

Neben Tommy Brest saß ein zerlumptes, dreckiges, zerschundenes Wesen. Die Vorderarme lagen auf der Windschutzscheibe und stützten den Kopf.

»Vera...« stammelte Helmke. »Vera...«

Mit einem weiten Satz sprang er auf und lief dem Jeep entgegen.

*

Im Funkhaus in Deutschland saßen Intendant Dr. Rathberg, Programmdirektor Pelz und die Chefredakteure aller Abteilungen im Chefzimmer zusammen. Sie warteten, rauchten und tranken Kognak. Die Nachrichten aus Zypern widersprachen sich. Nach dem ersten Schock versuchte man Klarheit zu gewinnen, aber das war noch nicht möglich. Doch eines hatte Pelz in die Abendnachrichten geschickt einflechten lassen: ein paar Sätze, daß sich im Erdbebengebiet auch ein Fernsehteam des Senders befinde. Vera Hartung gehöre dazu.

Für den Fernsehzuschauer war Vera Hartung seit drei Wochen keine Fremde mehr. Die Presseabteilung des Senders hatte vorzüglich gearbeitet. In allen Rundfunkzeitschriften und Illustrierten waren Bilder von ihr erschienen. Interviews, Gespräche, Jugenderinnerungen. Man kannte ihre Hobbys, die Lieblingsblumen, den Lieblingssänger, wußte, daß sie gern kochte, leidenschaftlich ritt, noch nie richtig verliebt war und jetzt der kommende Superstar werden würde. Vierzig Millionen warteten auf den Tag X, an dem Vera Hartungs Gesicht über den Bildschirm flimmerte. Vierzig Millionen liebten bereits das Mädchen aus dem Volke, an dem ein Märchen Wahrheit geworden war: Die große Karriere!

Eine Karriere durch Können... das war das Wichtigste.

Im Funkhaus war die Nachrichtenzentrale voll besetzt. Auch Fräulein Kannegießer, Rathbergs Chefsekretärin, machte Überstunden. Sie stand mit dem Kurzwellenfunkraum in Verbindung, wo man eine Verständigung mit dem zypriotischen Rundfunk erreicht hatte. Alle zehn Minuten brachte sie Rathberg die neuesten Meldungen ins Zimmer.

Von Vera keine Spur. Aus den Bergen keine Antwort. Der Militärfunk hatte gemeldet: Das Katastrophengebiet ist abgeriegelt. Man sucht nach Überlebenden.

In diesen Stunden wurde wenig gesprochen im Zimmer Dr. Rathbergs. Man saß herum, wartete, trank und rauchte. Die Meldungen, die Lore Kannegießer hereinbrachte, verlas Pelz mit lauter Stimme. Und jedesmal sah ihn Dr. Rathberg verständnislos an. Einmal sagte er sogar: »Herr Pelz, daß Sie so ruhig sein können... Ihnen bedeutet Vera wohl gar nichts, was?«

»Sie wird nicht mehr von mir geliebt, wenn ich die Meldungen mit tränenerstickter Stimme vortrage, Herr Intendant. Wir müssen einen klaren Kopf behalten.«

Um dreiundzwanzig Uhr, kurz vor dem Redaktionsschluß der Spätnachrichten – Sprecher Rudi Wilhelmi saß schon geschminkt und gekämmt am Tisch vor den Kameras und verfolgte im Monitor den Schluß der laufenden Sendung, es war ein Musical – erschien Lore Kannegießer mit einer neuen Meldung. Pelz nahm das Blatt, überflog es, und seine Hand begann zu zittern. Dr. Rathberg, der dies sah, umklammerte sein Glas.

»Lesen Sie!« rief er heiser. »Wir sind... wir sind ja keine Kinder mehr...«

»Anruf aus Limassol von Carlos Heimann: Alles wohlauf. Sind im Hotel. Vera Hartung konnte sich selbst aus einer verschütteten Höhle befreien. Näheres per Fernschreiber in wenigen Minuten. Keine Sorgen.«

Pelz ließ das Blatt sinken. Die Köpfe der Herren, im Qualm der Zigarren und Zigaretten wie abgeschnitten schwimmend, sahen ihn stumm an. »Gott sei Dank!« sagte jemand leise. In dieser Stille wirkte es wie ein Schrei.

»Sie hat sich selbst befreit.« Pelz reichte das Blatt an Dr. Rathberg weiter. »In ein paar Minuten wissen wir mehr ... aber eins weiß ich schon jetzt: Das ist für Vera Hartung die größte Publicity, die es jemals gegeben hat. Fernsehstar befreit sich aus verschütteter Höhle. Wenn die erste Sendung über den Bildschirm geht, werden vierzig Millionen Vera empfangen wie das eigene gerettete Kind ...«

»Ihre Nerven sollte man verfluchen!« Dr. Rathberg stand auf. »Meine Herren, ich danke Ihnen, daß Sie bei mir ausgehalten haben. Der Betrieb läuft normal weiter. Gute Nacht ...«

Die Abteilungsleiter gingen, nur Theo Pelz blieb auf einen Wink Rathbergs zurück. Er trank seinen Kognak aus.

»Da ist ein Mensch aus Todesnot gerettet, und Sie denken an die propagandistische Auswertung«, sagte Rathberg leise. »Mensch, Pelz, haben Sie gar keine Seele?«

»Meine Seele erschüttert die Zuschauer nicht, aber das Schicksal Veras. Ich denke für den Sender, Herr Intendant.«

»Wer so sprechen kann, hat Vera nie geliebt.«

»Darüber sollte man nicht diskutieren«, sagte Pelz steif.

»Lieben Sie Vera?« Die Frage Rathbergs war wie ein Schuß, aber Pelz fiel nicht um. Er nickte bloß.

»Ja«, antwortete er schlicht.

»Ich auch.« Dr. Rathberg lächelte leicht. »Das ist ihr bester Schutz. Wir werden ihre Schutzengel sein, Pelz.«

»Und Horst Helmke heiratet sie.«

»Er ist ein guter Junge – und begabt.«

Dr. Rathberg wandte sich ab und ging zum Fenster. Der Fluß war dunkel, über der Stadt stand eine fahle Lichtglocke, Widerschein von Tausenden von Lampen und Leuchtreklamen. Die Spätnachrichten hatten begonnen. Vierzig Millionen erfuhren von der wunderbaren Rettung Vera Hartungs.

Das Schicksal hatte einen Star geboren.

*

Die Aufnahmen auf Zypern wurden sofort abgebrochen, das Team Carlos Heimanns flog zurück nach Deutschland. Die Anwesenheit Veras war jetzt wichtiger als zehn Filme. Ihr Abenteuer im aufgesprengten Berg wurde zum Abenteuer des Jahrzehnts. Theo Pelz hatte Presse und Publikum kräftig eingeheizt... vom Flughafen bis zum Funkhaus glich die Rückkehr der jungen Schauspielerin einer Triumphfahrt.

»Soviel Meter haben wir damals nichtmal bei Kennedy verbraucht«, sagte einer der Kameramänner, als die Filmrollen im Entwicklungsraum eingeliefert wurden.

»Das ist doch klar.« Der Entwickler klopfte auf die metallenen Rollenhülsen. »Der hatte auch nicht einen so schönen Busen...«

Dr. Rathberg holte Vera Hartung am Flughafen mit einem riesigen Strauß roter Rosen ab. Schon am Fuße der Gangway gab sie ein erstes Interview. »Ich bin einer Hölle entronnen!« sagte sie dramatisch. Theo Pelz war glücklich. Sie hat viel gelernt, dachte er. Dieser eine Satz ist Gold wert. Der Hölle entronnen. Das ist eine Schlagzeile, die unter jede Hirnschale fährt.

Es war natürlich, daß er das anders sah als Vera. Für sie war es Wahrheit. Erst jetzt, wenn sie zurückdachte an diese Stunden in der Höhle, kam ihr zum Bewußtsein, wie es auch anders hätte ausgehen können. Eingeschlossen im Berg, langsam verhungernd, dem Wahnsinn verfallend... es *wäre* die Hölle gewesen.

Nach dem Festessen, das Dr. Rathberg in der Kantine des Senders gab, mit einer Ansprache, wie sie seine Angestellten noch nie gehört hatten, brachte Horst Helmke seine Braut nach Hause. Rathberg hatte ihr acht Tage Urlaub gegeben. »Fahren Sie in den Schwarzwald«, hatte er gesagt. »Atmen Sie die herrliche Luft. Erholen Sie sich. Und dann hinein ins Vergnügen. Ich habe große Pläne mit Ihnen...«

Unterdessen saß der alte Withcock im Hotel »Akrotiri« auf Zypern und heulte vor Wut. »Ein Glück haben diese Deutschen! Ein Glück! Erleben das Erdbeben und filmen es, und haben einen Star, der in der Höhle verschüttet wird! Und was habe ich?! Lauter Bettnässer, die weglaufen und die Kamera allein lassen!« Er sah Karin Jarut, die neben ihm an der Bar saß, kopfschüttelnd an. »Konnte Ihnen nicht wenigstens ein Stein auf den Kopf fallen? Ein Stirnverband – das wäre noch etwas gewesen! Aber nein! Alle sind glatt wie Lederhosen!«

»Sie haben vielleicht Nerven!« Karin Jarut sog wütend ihr kühlendes Getränk durch den Strohhalm. »Ich dachte, Sie wollten einen intakten Star.«

»Unter normalen Umständen, ja. Aber jetzt regiert die Katastrophe. O Gott, welch herrliche Zeiten waren das noch beim Film! Wenn damals ein Star in ein Erdbeben gekommen wäre, hätte man sie, gesund oder nicht, mit Mull umwickelt und auf einer Bahre so lange herumgetragen, bis die ganze Welt in Tränen ausgebrochen wäre. Aber heute...« Mr. Withcock winkte ab, goß einen Whisky hinunter und schämte sich, Fernsehproduzent zu sein.

Im Funkhausgebäude in Deutschland begleitete nach dem Galaessen Theo Pelz den Intendanten in dessen Zimmer. Er hatte noch etwas Wichtiges auf dem Herzen, und jetzt war sicher die beste Gelegenheit, das loszuwerden. Dr. Rathberg war bester Laune.

»Ich möchte noch etwas über Karin Jarut sagen«, meinte Pelz, nachdem er eine Zigarre abgeschnitten hatte. Dr. Rathberg hob abwehrend beide Hände.

»Kein Wort!«

»Sie hat sich nach dem Erdbeben fabelhaft benommen.«

»Ich will nichts von ihr hören, Herr Pelz!«

»Tommy Brest kann es bestätigen.«

»Der ist befangen.«

»Dann fragen Sie Heimann, der sie am liebsten auffressen möchte.«

»Kein Interesse.«

»Sie hat ihr amerikanisches Team verlassen und ist mit Brest ins Erdbebengebiet gefahren. Es war eine Fahrt in unbekannte Gefahren.«

»Pelz, lesen Sie mir kein neues Drehbuch vor...«

»In der Stunde der Gefahr hat sie sich wie ein Mann gezeigt.«

»Hurra! Hurra! Hurra! – Wollen Sie noch mehr?«

»Ja! Verzeihen.«

Dr. Rathberg sah seinen Programmdirektor mit geneigtem

Kopf an. »Herr Pelz, ich bin kein Mensch, der einen rotangestrichenen Stuhl als blau verkauft...«

»Aber Sie sind ein guter Christ, Herr Intendant. Und das heißt: Vergeben...«

»Bitte!« Dr. Rathberg wandte sich konsterniert ab. »Wenn Sie über Christentum reden, klingt das wie ein Happening. Ich widerrufe mich doch nicht selbst.«

»Das ist auch nicht nötig.« Theo Pelz griff in die Tasche und holte einige Blätter heraus. Mißtrauisch schielte Dr. Rathberg auf die Papiere.

»Was ist das?«

»Ich habe etwas vorbereitet. Ein Bericht aus dem Erdbebengebiet und einige Fotos, die Karin Jarut im Jeep zeigen, wie sie die zerschundene Vera Hartung in Sicherheit bringt. Wenn mit Ihrer Erlaubnis diese Serie in einigen Illustrierten erscheint, dann könnte man... aus Dankbarkeit gewissermaßen...«

»Welch ein Gauner sind Sie doch!« Dr. Rathberg nahm die Fotos und betrachtete sie. »Natürlich getürkt!«

»Nein. Echte Aufnahmen. Kameramann Hilperts hat sie mit einer Privatkamera gemacht. Hier ist nichts gestellt.«

Dr. Rathberg betrachtete die Fotos lange und legte sie dann weg auf seinen Schreibtisch. »Wir reden noch darüber«, sagte er dann. »Morgen.«

Theo Pelz verbeugte sich leicht und ging. Er war froh. Ein Teilerfolg, dachte er. Er hat die Bilder nicht zerrissen. Und er hat sie auf seinen Tisch gelegt. Das läßt hoffen...

*

Seit drei Tagen ging Detlev Cranz mit einem bunten Schlips und gestreiften Socken herum. Er trug getönte Hemden und lachte viel, was man sonst gar nicht an ihm kannte. Freunde, die ihn abends besuchten, fanden seine Wohnung leer, oder er machte einfach nicht auf. Ein beharrlicher Freund, der es genau wissen wollte und in seinem Wagen vor dem Hause Cranz' so lange parkte, bis sich dort etwas rührte, enthüllte das Geheimnis der neuen Jugendlichkeit.

»Sie ist weizenblond, langbeinig, herrlich jung und hat einen Hüftschwung wie die Monroe«, berichtete er später den anderen Freunden. »Detlev spielt Tannhäuser im Venusberg.«

Es hatte Biggi Feind nicht viel gekostet, Detlev Cranz von ihren verschiedenen Talenten zu überzeugen. Schon die erste Vorsprech-Einladung war ein voller Erfolg. Der Monolog der Jungfrau von Orleans dauerte bis zum Morgen. Danach wußte Cranz, daß Biggi Feind lispelte, von Schauspiel keine Ahnung hatte und ein dämliches Luder war; aber ihre Brüste erwiesen sich als so rund und voll, daß seine durchaus nicht kleine Hand sie nicht bedecken konnte. Angesichts solcher Naturbegabung ließ sich Cranz davon überzeugen, daß in dem umfangreichen künstlerischen Betrieb eines Fernsehsenders ein anderes Plätzchen für Biggi gefunden werden müsse. Skriptgirl war ja wirklich nicht das Richtige für sie. Für ihre Talente würde es sicher etwas geben...

Detlev Cranz unternahm einen Vorstoß bei Theo Pelz. Er machte es geschickt. Er sagte: »Ich brauche für den ›Goldenen Kuß‹ noch eine Assistentin. Mit drei komme ich nicht aus. Es sieht nicht gut aus, wenn die Mädchen immer quer durchs Bild rasen... ich finde es schöner, wenn an verschiedenen Schwerpunkten immer andere, hübsche Mädchen stehen.«

»Schwerpunkt ist gut«, sagte Pelz sarkastisch. »Wie alt ist sie?«

»Neunzehn.«

»Personell ist der ›Goldene Kuß‹ besetzt.«

»Man müßte eben etwas umstellen.«

»Wo kommt die Kleine her?«

»Sie war Skriptgirl bei uns. Sie hat Talent.«

»Wenn *Sie* das sagen, Cranz...« Pelz sah an die Decke. »Zeigen Sie mir ein paar Probeaufnahmen. Sie wissen, ohne Probestreifen ist nichts zu machen.« Er schob die Unterlippe vor. Hundert können etwas, haben gelernt, rackern sich empor, dachte er, und die einhundertste schafft es so. Das wird nie aussterben, auch nicht bei einem Sender, der nach Dr. Rathberg »eine moralische Anstalt im Sinne Schillers« sein soll. »Wie heißt sie?«

»Biggi Feind.«

»Der Name ist unmöglich.«

»Ich habe an Biggi Bergen gedacht. BB... das erweckt Assoziationen!«

»Nicht übel.« Theo Pelz sah Regisseur Cranz anerkennend an. Auch du, mein Sohn Brutus, dachte er bitter. Der ernste

Cranz. Der Philosoph unter meinen Regisseuren. Der eiserne Junggeselle. Das Pokerface, wie ihn die Kollegen nennen. Auch er stolpert über lange Beine und lange Haare. Einmal erwischt es jeden, mein Lieber. Und dann spielen wir verrückt. »Ich nehme an, Sie wollen diese Biggi Bergen aufbauen?«

»Man hat nie Talente genug, Herr Direktor. Außerdem steht die Show ›Mitternachtslaune‹ auf dem Programm. Da könnte man...«

»Ich sehe sie mir mal an. Trimmen Sie Ihre Biggi zurecht.«

Pelz nickte verständig, und Detlev Cranz verließ beglückt das Direktorenzimmer.

Am Abend trank er dann eine Flasche Champagner mit Biggi Feind. »Du bist fabelhaft, Det«, sagte Biggi und setzte sich auf seinen Schoß. »Du sollst sehen, ich mache meinen Weg. Heute spricht alles von Vera Hartung – nächstes Jahr wird es Biggi Bergen heißen.« Sie gab ihm einen Kuß. »Ist sie wirklich so gut?«

»Ja«, sagte Cranz kurz. »Fabelhaft.«

»Aber ich bin hübscher.«

Detlev Cranz wagte nicht, in dieser Situation zu widersprechen.

*

Plötzlich war Karin Jarut wieder da.

Sie rief Theo Pelz aus ihrer Wohnung an und sagte kurz: »Süßer, ich habe einen Mokka aufgesetzt. Kommst du? Er wird sonst kalt...«

»Oje!« Pelz legte den Hörer auf und war unschlüssig, was er tun sollte. Zunächst müßte man Rathberg benachrichtigen, dachte er. Der Feldherr muß wissen, daß der Feind ins Land gekommen ist. Aber dann verwarf er diesen Gedanken. Noch lagen die Bilder Karins auf Rathbergs Scheibtisch... er hatte sogar den Bericht dazu angefordert. Ein Beweis, daß er zur Milde gestimmt war. Wenn Karin sich jetzt klug verhielt, konnte vieles geändert werden. Man mußte diplomatisch sein, und das konnte Karin nicht. Also war es notwendig, daß Pelz die Einladung annahm.

Es war so wie früher.

Die vertraute Wohnung, der Duft des Mokkas, Karins

schweres Parfüm, ihr bis auf den Boden fließendes, dünnes Kaminkleid, unter dem man den reizvollen Körper nicht bloß ahnte, sondern auch durchschimmern sah, die aufgelösten Haare, ihre feuchten, rotleuchtenden Lippen ... es war Karin Jarut, wie sie unter den Händen Theo Pelz' geworden war.

Er setzte sich in einen der tiefen Sessel, warf die Beine über eine der Lehnen und sah Karin zu, wie sie das türkische Geschirr herbeitrug und ihn bediente.

»Wartet dein Öl-Othello wieder vor der Tür?« fragte er, als sie den Kaffee eingoß. Er umfaßte ihre Hüften und zog sie zu sich. »Noch einmal glaubt er mir den Fernsehmonteur nicht.«

»Amar ist auf Zypern geblieben.« Sie setzte sich auf Pelz' Schoß und küßte ihn auf den Mund.

»Krach, bum und aus?«

»Ja.«

»Warum? Man wirft doch keine Millionen weg.«

»Er war mir widerlich. Er roch aus der Haut wie nach warmem Harz ...«

»Und ich?«

»Du duftest nach Whisky und Tabak. Du bist ein Mann!«

»Was kostet mich dieses Kompliment?« Pelz schob Karin von sich.

»Fängst du schon wieder an, gemein zu werden?« zischte sie. Ihre blauen Augen wurden dunkler. »Wenn ich dich nicht so lieben würde ...«

»O Himmel, jetzt wird Schmalz gekocht!« Pelz schob das vorn geschlitzte Kleid zusammen. Die schönen Beine Karins kannte er bis zum Ende, sie brauchten ihn jetzt nicht zu irritieren. »Sag es ehrlich, du Drachen – was willst du?«

»Nichts. Ich bin wieder hier, das ist alles.«

»Und Withcock?«

»Der alte Hecht hat mir Vorwürfe gemacht, weil mir bei dem Erdbeben kein Stein auf den Kopf gefallen ist. Da habe ich ihn sitzenlassen. Er denkt nur an sein Geld ... meine Verträge hat er gelöst, als ich ihn einen gepökelten Bock genannt habe.«

»Woher hast du bloß diese Worte, Süße?«

»Ich lese viele Illustrierte.«

»Und nun?«

»Das frage ich dich. Ich bin hier. Ich habe Amar verlassen – deinetwegen ...«

»Nein, wegen des Harzgeruches...«

»...ich habe Withcock verlassen, um bei dir zu sein, ich habe eine große Karriere in Amerika aufgegeben... wenn das kein Beweis ist, daß ich dich wirklich liebe.«

Theo Pelz schluckte ein paarmal. Hier entdeckte er eine neue Seite Karin Jaruts: Sie konnte überzeugen. Er war geneigt, ihr dieses Mal zu glauben. Aber dieser Glaube verwirrte ihn auch gleichzeitig. Bisher war er nur geliebt worden, weil er eine gute, einflußreiche Stellung hatte. Früher, ja, da war das anders. Als kleiner Dramaturg am Stadttheater Münster hatte ihn eine Tänzerin geliebt, ehrlich und innig. Sie wurde dann nach Mannheim engagiert und reiste heulend ab. Das war eigentlich die einzige wirkliche Liebe gewesen. Und nun erlebte er es ausgerechnet bei Karin Jarut, daß sich das wiederholen sollte? Ausgerechnet bei Karin Jarut? Ist das Leben tatsächlich so verrückt?

»Wir müssen uns darüber im klaren sein, blonde Schlange: ›Der goldene Kuß‹ ist weg an Vera. Die heilige Johanna wird Vera spielen. Rathberg hat ferner drei amerikanische Komödien angekauft... Und dann die ›Kain‹-Serie – auch Vera. Die Propaganda läuft auf vollen Touren...«

»Ich habe es gesehen. Deutschland wird einen Vera-Hartung-Komplex bekommen. Gut denn, ich trete ins zweite Glied zurück.«

»Das ist mir unheimlich.« Pelz schlürfte den glühendheißen türkischen Mokka. »Hat das Erdbeben die Sanftmut in dir hochgeschüttelt? Ich kenne dich nicht wieder.«

»Irgend etwas ist mit mir passiert.« Karin legte den Kopf an Pelz' Schulter. Ihre Haut schimmerte durch das dünne Kleid. Ihm wurde warm ums Herz, aber das konnte auch der heiße Kaffee sein. »Als ich Vera so zerschunden auf uns zurennen sah, dem Tode entronnen, da hatte ich das Gefühl: Was ist der Mensch eigentlich? Ein Dreck! Wie sähe sie jetzt aus, wenn sie von den Felsen zermalmt wäre? Ein Häufchen blutiger Knochen und Fleischfetzen. Lohnt es sich da, sich zu ärgern? Soll man sein kurzes Leben mit Haß verbringen? So schnell kann alles zu Ende sein... was war dann das Leben? Eine einzige Hetze... Da habe ich Vera in die Arme genommen und geküßt. Wir sind Freundinnen geworden.«

Theo Pelz sah an die Decke. Die Situation überwältigte ihn,

aber er hatte auch Bedenken. Vera und Karin Freundinnen – meinte sie das ehrlich? Gab es das wirklich: Freundinnen? Ein Mann kann einen Kameraden haben, aber Freundschaft unter Frauen, ist das nicht gegen das Naturgesetz?

»Und nun?« fragte er hilflos. Er spürte ihren Körper unter seinen Händen. Ihre glatte Haut. Ihre runden Formen. Die Wärme ihres Blutes. Er streichelte sie; sie hatte es gern, das wußte er. Sie konnte dann wie eine Katze schnurren. »Und nun?« wiederholte er.

»Ich bin bereit, zu Kreuze zu kriechen.«

»Bei Rathberg?«

»Ja. Ich verzichte auch auf die Abfindung.«

»Und wenn er nicht will?«

»Man kann mich doch nicht einfach abservieren – wegen *einer* Affäre!« Das klang nicht wütend, sondern kläglich. Auch eine neue Saite, die Karin zum Klingen brachte. Pelz war ehrlich gerührt.

»Ich werde es versuchen, Süße«, sagte er und küßte ihren flaumigen Nacken. »Ich werde über alle Schatten springen. Ich... ich habe es schon versucht...«

»Ich liebe dich so unendlich«, sagte Karin Jarut und glitt auf den Diwan. »Du bist doch der einzige Freund, den ich habe!«

Der Rest des türkischen Mokkas wurde kalt...

*

Am Sonntagmorgen klingelte bei Dr. Rathberg das Telefon. Er schlief noch, schreckte hoch und nahm den Hörer ab.

»Hier ist Forstaufseher Bingel«, meldete sich eine Stimme. »Ich habe eben einen Kontrollgang gemacht, auch an Ihrem Jagdhaus vorbei, Herr Doktor, und ich glaube, da ist man eingebrochen. Die Tür steht auf, vor dem Haus sind Reifenspuren... Ich habe die Polizei noch nicht benachrichtigt. Ich habe gedacht, wenn zuerst Sie... von wegen dem, was fehlt. Wenn Sie sofort herauskommen. Ich warte hier solange...«

Dr. Rathberg sprang aus dem Bett. Draußen war der erste Schnee gefallen. Die Welt war weiß geworden, verzaubert, zu weißen Filigranen erstarrt. Eingebrochen, dachte er. Werte habe ich nicht in dem Haus, nur Erinnerungen, und die kann niemand stehlen. Und die Geweihe, die Jagdtrophäen – wen interessiert das schon? Vielleicht die Kleidung, die Bettwäsche, das Geschirr...

Nach drei Stunden fuhr er langsam den Weg entlang zu seinem Jagdhaus. Über die Bäume zog eine Rauchfahne. Aha, dachte er, der Jagdaufseher hat Feuer gemacht. Der Bau ist unterkühlt. Wie lange war ich nicht mehr hier draußen!

Er hielt seinen Wagen an. Im Schnee waren frische Reifenspuren, sie führten zum Haus. Heute kommen die Diebe mit dem Auto, dachte Dr. Rathberg bitter. Alles wird rationeller...

Er hielt vor seinem Jagdhaus, stieg aus und wunderte sich, daß der Jagdaufseher nicht herauskam. Er mußte das Auto gehört haben. Die Fensterläden waren geöffnet.

Dr. Rathberg ging zur Tür und untersuchte das Schloß. Nichts aufgebrochen. Keine Gewalt. Also sind auch Sicherheitsschlösser nicht sicher. Er stieß die Tür auf, schüttelte den Schnee von den Schuhen, hängte seinen Pelzmantel an die Garderobe und betrat den großen Wohnraum. »Wo sind Sie, Herr Bingel?« rief er.

Dann blieb er ruckartig stehen und zog das Kinn an.

Vor dem prasselnden Kamin, in dem die Flammen hoch über einen Holzstoß züngelten, saß Karin Jarut, als sei sie die Herrin des Hauses.

»Ein richtiger Einbruch wäre mir lieber gewesen«, sagte Dr. Rathberg und schüttelte den Schnee von seinen Hosenbeinen. Dann warf er die Tür zu und blieb mitten im Raum stehen. »Selbst abgebrannt wäre mir lieber!«

»Sie sind nicht gerade höflich, Herr Intendant. Und übrigens: Es brennt ja!« Karin Jarut zeigte auf den flammenden Kamin. Das Buchenholz prasselte in der Glut. Es wirkte fast romantisch.

»Wer war der Mann, der mich hier herauslockte?«

»Ein hilfsbereiter Freund. Und Freunde verrät man nicht.«

»Das sieht ganz nach der Handschrift von Pelz aus. Man sollte ihn Schocker inszenieren lassen.« Rathberg kam näher und setzte sich Karin gegenüber in den Sessel. Wider Erwarten trug sie kein Kleid, das bis über die Schenkel gerutscht war. Sittsam in eine Skihose und einen weiten Pullover gehüllt, der alle Formen verschluckte, die Haare schlicht zurückgenommen zu einem allerdings sehr jugendlichen Pferdeschwanz, so hockte sie vor Rathberg; eine fremde Karin Jarut. Rathberg schob die Unterlippe vor wie ein spuckendes Lama.

»Ein völlig neues Jarut-Gefühl«, sagte er sarkastisch. »Wollen Sie die ›heilige Johanna der Schlachthöfe‹ spielen?«

»Das wäre wunderbar.«

»Es war nur eine rhetorische Frage.« Dr. Rathberg holte sein goldenes Zigarettenetui aus dem Rock und steckte sich eine Zigarette an. Karin bot er keine an... es war eine bewußte, provozierende Unhöflichkeit, denn er wußte, wie gern die Jarut rauchte. »Zur Sache: Was soll das alles? Haben Sie und Pelz geglaubt, mit solchen Mätzchen könnte man etwas an Tatsachen ändern? Mit Pelz werde ich übrigens noch eine Petersburger Schlittenfahrt machen.«

»Der Vorschlag kam von mir.« Karin log glaubwürdig, aber Rathberg winkte ab.

»Er war der Handlanger! Aber bitte: Was wollten Sie sagen?«

»Es sollte Sie freuen, daß ich hier bin, Herr Intendant.«

»Freuen? Das ist ja wohl zuviel des Guten!« Rathberg sah böse an Karin vorbei gegen die Geweihe an der Wand. Die Überrumpelung ärgerte ihn maßlos. Das war schon kein Streich mehr, das war eine glatte Frechheit. Aus dem Bett heraus mit einem verlogenen Anruf, in Schnee und Kälte die Fahrt in den Wald, die gestörte Sonntagsruhe, das erzwungene Gespräch... Rathberg war nicht geneigt, sich derart provozieren zu lassen.

Karin Jarut lehnte sich zurück. Die Hitze aus dem prasselnden Kamin, vermischt mit ihrer inneren Erregung ließen sie glühen. Vielleicht war es doch falsch, dachte sie. Sie war von Anfang an dagegen gewesen, aber Pelz hatte sie überredet. »Es ist der einzige Weg, mit dem Alten allein zu sprechen und alles zu klären!« hatte er gesagt. »Im Funkhaus kommst du nie an ihn heran! Dort ist er König! In der Jagdhütte ist er Mensch.« Nun zeigte sich, daß Rathberg auch in seiner Jagdhütte von einer eiskalten Abwehr sein konnte. Es war, als spräche man gegen einen Marmorklotz.

»Ich weiß nicht mehr, wie oft Sie mich eingeladen haben, in dieses Haus zu kommen«, sagte Karin Jarut leise. Dr. Rathberg hob die Augenbrauen. Es war unangenehm, daran erinnert zu werden. Will sie mich erpressen, dachte er. Das Sanfte steht ihr nicht. Na warte, mein lieber Pelz, darüber werden wir uns noch eingehend unterhalten. »Ich habe immer abgelehnt«, fuhr Karin fort.

Rathberg nickte. »Zurückblickend war das gut.«

»Nun bin ich freiwillig gekommen.«

»Aber niemand hat Sie erwartet.«

»Ich möchte Ihnen alles erklären.«

»Nächtliche Ohrfeigen auf offener Straße sind Erklärungen genug. Man hat das fotografiert, es stand in allen Zeitungen ... da sind Worte sinnlos.«

»Aber wenn es ein Irrtum war?«

»Irrtum? Wollen Sie sagen, daß man ein Double von Ihnen geohrfeigt hat? Das wäre ein Märchen, das selbst in Tausendundeiner Nacht keine Chance mehr hätte.«

»Der Herr war nicht mein Freund.«

»Bitte –« Rathberg hob konsterniert die Hände. »Keine Einzelheiten aus Ihrem Boudoir!«

»Ich kannte den Herrn erst seit acht Tagen. Eine Zufallsbekanntschaft nach einer Party. Zugegeben, er bemühte sich um mich. Aber wer tat das nicht?«

Rathberg zog die Augenbrauen hoch. Er verstand den Wink und schwieg verbissen. Du Aas, dachte er nur. Du Lämmlein mit den Wolfszähnen! Man sollte aufstehen, wegfahren und sie gar nicht weiter anhören. Daß ich hier sitzen bleibe, ist nur noch ein letzter Rest von Höflichkeit ... man sollte auch ihn abschütteln.

»Er schenkte mir einen Pelzmantel.«

»Man nennt so etwas Vorschuß, nicht wahr?« sagte Rathberg giftig.

»Ich konnte mich gegen seine Freigebigkeit nicht wehren.«

»Sie armes, überfallenes Hascherl ...« Dicker Hohn troff aus seinen Worten. Karin Jaruts Mundwinkel zuckten. O könnte ich ihn doch ohrfeigen, dachte sie. Könnte ich doch in dieses stolze, verschlossene, hochmütige Gesicht hineinschlagen! Es ist alles doch nur eine Maske, ein Kostüm, geschneidert aus Hochmut. Dr. Rathberg, der Sittenwächter des deutschen Fernsehens.

»Die Frau dieses Herrn litt seit Jahren an Schizophrenie.«

»Das mag sein. Sie sah um ihren Mann immer zwei Frauen, wo nur eine hingehört.«

»Man hat sie kurz nach dem Vorfall in eine Heilstätte eingewiesen. Sie ist unheilbar.«

Dr. Rathberg schüttelte langsam den Kopf. »Sie verwechseln Ursache und Wirkung. Wenn eine Frau sieht, daß sie jahrelang betrogen wird und keine Macht mehr hat, dies abzuwenden, kann sie nervenkrank werden. Sie hat mein vollstes Mitgefühl.« Sein Kopf ruckte zu Karin herum. »Sollte dieses Schicksal der armen Frau Ihr Alibi sein? Es ist genau das Gegenteil, es klagt Sie noch einmal an! Sie haben mitgeholfen, daß die arme Frau in eine Heilanstalt gekommen ist.«

»Sie verdrehen bewußt alle meine Worte!« Karin sprang auf. Sie zitterte am ganzen Körper. »Sie *war* schon krank, als sie mich auf der Straße überfiel!«

»Krank geworden durch Frauen wie Sie! Jawohl!« Auch Dr. Rathberg sprang auf. »Haben Sie kein Gefühl mehr für Verworfenheit?«

»O Himmel!« Karin schlug die Hände über dem Kopf zusammen. »Ich habe fest daran geglaubt, mit Ihnen allein vernünftig reden zu können. Statt dessen bombardieren Sie mich mit Ihren publikumswirksamen Phrasen. Wenigstens unter uns sollten wir doch die Masken fallen lassen. Ich bin lange genug im Metier und habe hinter die Kulissen geguckt. Warum lügen *wir* uns etwas vor? *Wir* kennen uns doch!«

»Aha!« sagte Rathberg scharf. »Aha! Jetzt kommt endlich der richtige Ton in die bisher leiernde Musik.«

»Nein. Ich *will* nicht in diesem Ton sprechen, aber Sie zwingen mich ja dazu. Ich will mit Ihnen von Mensch zu Mensch reden...«

»Eine neue Jarut-Duft-Note, was?«

»Von mir aus auch Reue, Zerknirschung, Beichte, was Sie wollen.« Karin rang die Hände und lief in dem großen Zimmer hin und her. »Ich bitte Sie um etwas, Herr Intendant, was Sie immer als Grundlage aller Humanität anpreisen: Menschlichkeit.«

»Ich habe Ihnen hunderttausend Mark Abfindung zugestanden.«

»Ich will das Geld nicht. Ich will Gerechtigkeit.«

»O Himmel, flehen Sie das nicht herbei!« Dr. Rathberg trat an das Fenster und sah hinaus in den tiefverschneiten Wald. Er liebte diesen Blick in die weiße Stille. Was wußte man schon von ihm? Im Funkhaus galt er als Diktator und mächtiger Mann, dessen Einfluß bis zur Bundesregierung reichte. Sein Privatleben war unbekannt; wenn er die Tür seines Büros schloß, wurde er anonym. Er hatte jung geheiratet, noch als Student, weil die Eltern es wünschten. Die Tochter des Industriellen Maggus galt als sicheres Sprungbrett für die Karriere des jungen Juristen. Er heiratete Luise Maggus, nicht nur aus Gehorsam als guter Sohn, sondern weil Luise ein hübsches Mädchen war. Aber schon zwei Jahre nach der Hochzeit zeigte sich ein anderes Wesen in ihr: zänkisch, mißgünstig, hochnäsig, auf ihr Geld anspielend, das ihn ja erst zum Manne machte. Es verging kein Monat, in dem sie ihm nicht seine Abhängigkeit von ihrem Vermögen vorhielt. Das machte ihn hart, verschlossen, mißtrauisch gegen alle Menschen, manchmal ungerecht. Warum soll es anderen bessergehen als mir, das dachte er oft. Auch als er Intendant wurde, änderte sich nichts daran. Luise sagte es ihm ganz klar und kalt: »Du bist Intendant geworden, weil mein Bruder im Bundestag sitzt! Ohne die Maggus' wärest du jetzt vielleicht ein kleiner Rechtsanwalt, der sich mit Lohnpfändungen und Mahnbescheiden herumschlägt...« Seine Ehe war eine Hölle, aber sein Christentum, das ehrlich war, ließ sie ihn ertragen. Scheidung – das war unmöglich. Jeder Mensch trägt irgendwie sein Kreuz. Seines hieß eben Luise.

Dann kam die Liebe zu Luisa Rameau. Zuerst störte ihn der Name Luisa wahnsinnig, aber dann lernte er, auch diesen verhaßten Namen zärtlich auszusprechen. Es war ein kurzes Glück, eine Sternschnuppe am kahlen Himmel Rathbergs... dann folgten wieder Einsamkeit und neuer Haß gegen alles Glückliche.

Wer wußte das alles? In den Augen der Umwelt war er ein fanatischer Humanist und Despot zugleich. Ein Patriarch, dem man tunlichst aus dem Weg ging.

Dr. Rathberg starrte weiter hinaus in den Winterwald. Hinter sich hörte er Karin Jarut hin und her laufen. Er war bereit, ihr zu verzeihen, aber dann kam wieder das alte Mißtrauen in ihm hoch: Was an ihrer Zerknirschung ist echt und was ist gespielt? Zu oft hatte die Jarut verzweifelte Frauen dargestellt. Dr. Rathberg preßte die Lippen zusammen. Man kam nicht mehr aus seiner Haut heraus...

»Wo ist der Wagen, mit dem Sie gekommen sind?«
»Ich wurde gebracht.«
»Wo steckt der Kavalier?«
Karin zögerte, dann sagte sie leise: »Er wartet auf ein Zeichen...«
»Wie in einem billigen Reißer! Gut, geben Sie ihm das Zeichen.«
»Aber...«
»Lassen Sie ihn kommen! Ich liebe dieses Indianerspielen nicht. Wir sind keine Kinder mehr!«
Karin ging zur Tür, verließ die Jagdhütte und ging ein paar Schritte in den Wald. Dort legte sie die Hände trichterförmig an den Mund und rief in die Stille hinein.
»Hallo! Hallooooo!«
Dr. Rathberg saß wieder im Kaminsessel, als Karin zurückkam. Sie hörten, wie ein Auto hielt, eine Tür wurde zugeschlagen, die Tür zum Wohnraum flog auf. Theo Pelz trat ein.
»Es konnte gar nicht anders sein.« Dr. Rathberg lächelte Pelz böse an. »Mein einziger Vertrauter, mein Stellvertreter, der Mann, den ich am meisten von allen schätze – er tritt mich in den Hintern!«
»So kann man es sehen, Herr Intendant.« Theo Pelz zog seinen Mantel aus und warf ihn über eine Sessellehne. »Man kann es aber auch anders sehen: Ich will Frieden im Sender, genau wie Sie. Ich will Mißverständnisse ausräumen, ich will im Schillerschen Sinne...«
»Hören Sie auf, Pelz!« Dr. Rathberg hob abwehrend beide Arme. »Ich kenne meine Worte! Setzen Sie sich... nein, holen Sie einen Kognak. Sie wissen ja, wo alles steht. Und dann kochen Sie uns einen starken Kaffee, ich bin völlig nüchtern. Ihr verdammter Anruf hat mich aus dem Bett gejagt.«
»Da haben wir es! Du hättest zuallererst fragen müssen, ob der Herr Intendant schon gefrühstückt hat. Mit einem Mann mit nüchternem Magen kann man doch nicht verhandeln! Das ist Gebot Nummer eins für eine Frau!«
Er ging zum Wandschrank, holte die Kognakflasche und drei Gläser und verschwand dann pfeifend nebenan in der Küche. Kopfschüttelnd schenkte Rathberg sich und Karin Jarut ein. »Seine Frechheit bringt mich oft um die Fassung«, sagte er dabei. »Aber ich mag ihn.«

Aufatmend ließ sich Karin in ihren Sessel fallen. Sie hätte weinen können vor Freude.

Der Eispanzer um Rathbergs Herz hatte einen Riß bekommen.

*

Für einen Laien ist der Betrieb in einem Fernsehsender ein Wunderding. Allein schon die Tatsache, daß da einige Kameras herumstehen und filmen, die aufgenommenen Bilder in elektrische Zeilen zerlegt werden, als Impulse durch Kabel laufen und von einem Mast aus ausgestrahlt werden, um dann zu Hause auf dem Bildschirm wieder Gestalt zu bekommen, und das sogar bunt – es ist einfach unbegreiflich und mit schlichten Worten nicht zu erklären. Hier setzen die täglichen Wunder ein; mit der Einschaltung des Fernsehapparates blicken täglich vierzig Millionen auf etwas Unbegreifliches.

Geheimnisumwittert ist deshalb auch alles, was mit Fernsehen zusammenhängt. Teenager wünschen sich einen Blick hinter die Kulissen. Die Seligkeit beginnt da, wo man mit einem Star zusammensein darf. Selbst gefilmt zu werden, das ist etwa so, als würde man das Herz auf einer goldenen Schale herumgetragen sehen. Die Magie des Unerklärbaren erfaßt jeden.

Nur für die Tausende, die ihr Brot beim Fernsehen verdienen, ist es ein Betrieb wie jeder andere. Ihnen ist alle Mystik fremd; sie kennen nur die Nervosität, die überall herrscht, wo gedreht und aufgenommen wird. Das ist beim Film so, das ist beim Fernsehen nicht anders. Vor Beginn großer Sendungen, etwa bei Wahlschlachten, öffentlichen Shows oder Olympiasendungen muß man Intendant Dr. Rathberg recht geben, wenn er stöhnt: »Ich habe lauter Verrückte um mich! Herr Pelz... bringen Sie mir einen, der vernünftig redet.« Doch das war unmöglich, denn selbst Theo Pelz gehörte dann zu den Verrückten.

In diesen Tagen traf den Sender ein neuer Schlag.

Einer der bekanntesten Sportreporter wurde tot in seinem Wagen am Rande der Stadt in einem Wäldchen gefunden.

Die Umstände seines Sterbens waren rätselhaft: das Auto war von innen verriegelt, alle Fenster fest geschlossen. Klaus Damms – so hieß der Reporter – saß zurückgelehnt auf dem

Beifahrersitz, den Kopf etwas schräg, als schlafe er – aber mit einem fingerdicken Gummischlauch war das Auspuffgas in das Innere des Wagens geleitet worden. Vom Auspuff führte der Schlauch unter dem Wagen her den Getriebetunnel entlang bis zum Motor. Dort hatte jemand die Wand neben dem Gaspedal durchbohrt und den Schlauch ins Innere geführt. Eine im wahrsten Sinne todsichere Konstruktion unter Vermeidung irgendwelcher Frischluftzufuhr.

»Klaus war schon immer ein begabter Knabe«, sagte jemand mit schwarzem Humor, als diese Konstruktion bekanntwurde. »Aber warum bloß?«

Diese Frage stellte sich jeder, am allermeisten Dr. Rathberg. In der Direktorenkonferenz wurde der Fall Damms Stück für Stück durchgesprochen.

»Fangen wir bei der wirtschaftlichen Situation an«, sagte Theo Pelz. Er hatte die Personalmappe Klaus Damms' vor sich liegen. »Damms verdiente gut, war unverheiratet, hatte keinerlei Schulden, sogar ein Bankkonto von vierunddreißigtausend Mark. Er war beliebt, hatte keine unglücklichen Liebschaften und machte auch nicht den Eindruck eines Depressiven. Und trotzdem beging er Selbstmord. Er hat keinerlei Briefe hinterlassen, wollte im nächsten Jahr sogar einen längeren Urlaub in Nordafrika machen...«

»Selbstmörder wird man selten verstehen können«, sagte der Chefredakteur der Aktuellen Schau. »Ich kannte eine Dame, die viermal den Versuch machte, nur weil ihr Schoßhund Josef sich viermal in eine Hündin verliebte.«

Niemand lachte. Dr. Rathberg sah den Chefredakteur stumm und tadelnd an. Dieser zuckte die Schultern.

»Es ist wahr und kein Witz«, murmelte er.

»Ich bin nicht gewillt, diesen Tod Klaus Damms' einfach hinzunehmen, wie es die Polizei tut, die lakonisch sagt: Grund unbekannt. Jeder Mensch hat einen Grund, wenn er freiwillig sein schönes Leben wegwirft! Meine Herren, ich lege Ihnen diesen Fall ans Herz. Fragen Sie in Ihren Abteilungen nach, was man über Klaus Damms weiß. Sammeln Sie alles, auch das anscheinend Unwichtige. Ich will mir ein vollkommenes Bild des Menschen Damms machen. Er wird davon zwar nicht wieder lebendig, aber wir werden daraus lernen, den Nächsten, den Menschen neben uns, besser zu beobachten. Man kann unter Millionen Menschen einsam sein ...« Rathberg sah auf seinen Terminkalender. Wie ich, dachte er. Das müßte ich hinzufügen, dachte er. Aber wen geht's etwas an?

Die Direktoren verließen die Konferenz in gedrückter Stimmung. Erst in ihren Büros machten sie sich Luft. »Wieder so ein Spleen von dem Alten!« sagte einer für alle. »Detektiv und Seelenforscher ... das fehlte ihm noch! Genügt es nicht, aus unserem Funkhaus einen Kindergarten zu machen? Eines Tages erstickt er an Moral ...«

Aber der Auftrag wurde ausgeführt. Wie Steinchen eines Mosaiks wurde das Lebensbild des toten Klaus Damms zusammengesetzt. Aus Äußerungen, aus Reden, aus Beobachtungen. Es entstand das Bild eines Mannes, der den Sport über alles liebte, der gern einen trank, gesellig war und fröhlich, der nur Freunde und keine Feinde hatte.

»Ein sauberes Leben!« sagte Dr. Rathberg ratlos. »Und trotzdem macht er so etwas? Verstehen Sie das, Herr Pelz?«

Theo Pelz verstand es nicht. Für ihn gab es nichts auf der Welt, was Anlaß sein könnte, sich das Leben zu nehmen. Der Hauptgrund – eine unglückliche Liebe – fiel völlig aus. Es gab Frauen genug. Sich wegen einer zu töten, war für ihn der Gipfel der Dummheit.

Es dauerte einige Tage, bis Theo Pelz wußte, warum Klaus Damms sich das Auspuffgas seines Wagens in seine Lunge geleitet hatte. Dann allerdings wurde auch er sehr nachdenklich und hob sich die Wahrheit für einen passenden Augenblick auf. Es war ein Schlag, der jemanden tödlich treffen konnte.

*

Vera Hartung verlebte unbeschwerte Tage in ihrer einsamen Schwarzwaldpension. Genaugenommen waren es allerdings nur drei Tage, denn dann kreuzte plötzlich Carlos Heimann auf. Er stand wie vom Himmel gefallen vor ihr und freute sich, daß die Überraschung gelungen war.

»Da staunst du, was?« rief er und zog Vera an sich. »Ich habe die Leute im Funkhaus überzeugen können, daß auch die Drahtseilnerven eines Heimann einmal die Belastungsgrenze erreicht haben ... und das war die Zeit auf Zypern. Man hat mir vierzehn Tage Erholung verschrieben, und nun bin ich hier!«

»Ausgerechnet hier, wo doch die Welt so groß ist.«

»Ja, das ist lustig, was?«

»Wenn man den dazugehörigen Humor hat... Was macht Horst?«

»HH ist in Hamburg.«

»Er sollte auch Urlaub haben.«

»Den bekommt er nach den Aufnahmen in Hamburg. Kleine Sache. Zwanzigminutenstreifen zwischen dem Werbefernsehen. Über den Hafen, mit Schmugglern, Knallerei und Liebe auf St. Pauli. Das Übliche. Dann hat er frei bis zum ›Goldenen Kuß‹. Sagt der Alte.«

»Und was willst du hier?« fragte Vera direkt. Das Auftauchen Heimanns in ihrer Schwarzwaldeinsamkeit kam ihr verdächtig vor.

»Mich erholen!« Heimann breitete die Arme aus, zog Vera wieder an sich und küßte sie plötzlich. Sie stieß sich von ihm ab, wich ein paar Schritte zurück und schüttelte sich, als käme sie aus dem Wasser.

»Bist du verrückt?« schrie sie. »Mach das nicht noch einmal!«

»Himmel, war das so schlimm? Ein Busserl in Ehren...« Carlos Heimann sah Vera mit leuchtenden Augen an. »Kind, was bist du hübsch, wenn du wütend bist! Deine Augen werden ganz schwarz.«

»Und meine Hände rutschen aus!«

»Wir haben vierzehn Tage Zeit, uns aneinander zu gewöhnen.«

»Ach! Ist *das* deine Kur? Wofür hältst du mich?«

»Für die schönste Frau, die ich seit Jahren gesehen habe.«

»Ich bin mit Horst verlobt, das vergißt du.«

Heimann zog ein schiefes Gesicht. Man sah ihm an, daß er von Verlobung wenig hielt, als Schutz vor anderer Liebe schon gar nichts. Er vertraute auf seinen derben Charme, der noch immer Wirkung gezeigt hatte. In vierzehn Tagen würde auch Vera Hartung einsehen, daß die Liebe Heimanns ein einmaliges Erlebnis war, auf das man niemals verzichten sollte.

Wie gesagt – die Ruhe war dahin. Mit der Selbstverständlichkeit, mit der ein Maulwurf Erdhügel aufwirft, ließ er am nächsten Tag sein Frühstück an Veras Tisch decken und bestellte für sie ein weichgekochtes Ei im Glas.

Vera aß es nicht, mietete sich einen Pferdeschlitten und fuhr allein hinaus in die Berglandschaft. Am Abend ließ sie sich ihr Essen aufs Zimmer bringen, am nächsten Morgen frühstückte sie im Bett. Carlos Heimann sah die spöttischen Blicke der anderen Pensionsgäste und kam sich reichlich dumm vor. Um Veras Zorn zu versöhnen, kaufte er für sündhaftes Geld einen Strauß weißen Treibhausflieder und schrieb ein Kärtchen dazu:

»Frieden! Ich kapituliere! Verzeih, daß ich im Hormonsee ertrank! Es soll nicht wieder vorkommen. Laß uns wie bisher gute Freunde sein.«

Kommt Zeit, kommt Rat, dachte er. Manchmal haben alte Sprichwörter doch recht. Und er war zufrieden, daß Vera den Fliederstrauß annahm und nicht an ihn zurückgehen ließ.

Während des Mittagessens kam ein neuer Gast. Er fuhr in einem riesigen amerikanischen Wagen vor, und die Damen drückten sich im Speisesaal die Nasen an den Fenstern krumm. Wer stieg da wohl aus?

Carlos Heimann zuckte vom Stuhl hoch, als er den Mann erkannte. Skistiefel, Keilbundhosen, ein roter Norwegerpullover, eine rote Zipfelmütze.

Der schöne Mann vom Dienst.

Tommy Brest.

Heimann warf sein Besteck hin und rannte hinaus. Auf der Treppe prallten sie aufeinander.

»Was machst du denn hier?« schrie Heimann.

»Das könnte ich auch dich fragen!« Brest sah Heimann fast angewidert an. »Wird man denn nie von deiner Visage befreit?«

»Ich verlebe hier meinen Urlaub!«

»Und ich auch.«

»Ich denke, du filmst in München?«

»Abgebrochen. Die Nerven...« Tommy Brest strich sich theatralisch über die Stirn. »Das Erlebnis auf Zypern. Man ist keine Maschine, mein Bester. Ich brauche den kräftigenden Ozon des Schwarzwaldes.«

»Und sportliche Betätigung! Brustkraulen bei Vera!«

»Du bist ein ordinärer Mensch«, sagte Brest würdevoll, schob Heimann zur Seite und betrat die Pension. Auf der Treppe zu den Zimmern gewahrte er Vera. Er breitete die Arme aus und rief: »Mein Liebling! Dich so gesund zu sehen, ist ein Blick in Wundergärten...«

»Spinner!« knurrte Heimann und ging in den Speisesaal zurück. Dort war eine helle Aufregung. Die Damen hatten Tommy Brest erkannt.

»Er ist es...« flüsterte man sich zu. »Der Brest... mein Gott, wie schön er ist... noch schöner als im Fernsehen. So männlich... ein Adonis...«

Angewidert verzichtete Heimann auf das Mittagessen. Ihm schmeckte jetzt alles nach Galle. Wie gleich die Hühner gakkern, wenn ein fremder Hahn kommt, dachte er. Zum Kotzen!

»Du auch hier?« sagte Vera, als sie Tommy Brest mit einem sittsamen Wangenkuß begrüßt hatte. »Mir wird auch nichts erspart. Bist du auch in mich verliebt?«

»Vom ersten Augenblick an.«

»Ihr wißt doch alle, daß es sinnlos ist. Ich liebe Horst.«

»Und wenn!« Tommy Brest sah sie an wie ein schmachtender Primaner. »Dann gönne uns das platonische Vergnügen, deine Nähe zu genießen und zusammen mit dir die gleiche Luft zu atmen...«

»Ihr seid alle Verrückte!« sagte Vera und lachte.

Und das hatte auch schon Dr. Rathberg festgestellt.

*

Wie ist es, wenn zwei Männer um die Gunst einer Frau werben und dazu noch Freunde sind?

Antwort: Es ist tragikomisch.

Carlos Heimann und Tommy Brest bekämpften sich mit allen erlaubten Mitteln. Wenn Brest Vera mitnahm zum Skispringen, organisierte Heimann am nächsten Tag eine Schlittenfahrt mit Musik. Saß Tommy mit ihr auf einem Hochsitz und beobachtete Rehe, wußte Heimann am nächsten Tag, wo man Wildschweine füttern konnte. Sie waren abwechselnd dauernd mit Vera unterwegs, und derjenige, der zu Hause bleiben mußte, lief mißmutig herum und hatte vollstes Verständnis für Othello. Nur daß man nicht die Desdemona, sondern den Rivalen erwürgen wollte.

Nachts, wenn Vera längst schlief, kam es in der Bar regelmäßig zu Zusammenstößen.

»Dein verblühter Charme fängt nicht mehr!« erklärte Heimann dann. »Dein müder Blick, mein Gott, wie soll der Vera entflammen? Reise ab, Junge! Die Welt gehört den kraftstrotzenden Menschen, nicht den ausgelaugten Säcken!«

»Mit einer großen Fresse ist nichts getan«, erwiderte Tommy Brest höflich. »Warum guckst du nicht mal in einen Spiegel? Machst du eigentlich beim Rasieren die Augen zu? Du müßtest doch längst gesehen haben, daß Affenmenschen wie du bei Vera keine Chance haben...«

»Sie hat mich gestern freiwillig auf die Nase geküßt!« konterte Heimann, hochrot im Gesicht.

»Und heute hat sie in meinen Armen in der Schneesonne ihren Mittagsschlaf gehalten... Sie schnarcht allerliebst...«

Wirklich, sie benahmen sich wie kleine Kinder, was bei erwachsenen Männern immer idiotisch wirkt. Aber so ist das nun mal.

In diesen Tagen geschah aber noch etwas anderes, das niemand so schnell merkte: Vera Hartung wurde die bestgehaßte Frau in der Schwarzwaldpension.

Alle anderen Damen nahmen ihr übel, daß Tommy Brest für sie kein Auge hatte, sondern nur Vera Hartung nachlief...

*

Dies alles geschah vor jenem Sonntag, an dem Karin Jarut und Theo Pelz den Intendanten Dr. Rathberg in sein Jagdhaus gelockt hatten.

Hier war die Stimmung etwas besser geworden. Rathberg hatte mit Karin angestoßen und den Kognak getrunken. Er tat so etwas sonst nie auf nüchternen Magen, aber diesmal war es ja auch eine Ausnahmesituation. In der Küche des Jagdhauses hantierte Theo Pelz mit Geschirr und Töpfen.

»Um Kaffee zu kochen, bewegt er wohl eine ganze Hotelküche!« sagte Dr. Rathberg und lachte.

Karin Jarut beugte sich vor, stieß mit dem eisernen Haken einen Buchenkloben tiefer ins Kaminfeuer und lehnte sich dann zurück.

»Ich bin glücklich«, sagte sie leise.

Dr. Rathberg sah sie verwundert an. »Wieso diese Feststellung?«

»Sie lachen, Herr Intendant... das ist so schön...«

»Soll ich brüllen, wie ich eigentlich müßte? Wem nützt es

noch etwas? Man muß aus Situationen das Beste herausholen… und das ist vorerst ein gutes Frühstück.« Rathberg beugte sich vor und rief: »Pelz! Im Kühlschrank steht alles. Brot im Brotschrank. Können Sie auch Eier kochen?«

»Meine Spezialität Herr Intendant«, rief Pelz aus der Küche zurück. »Der Club der kochenden Männer hat mich zum besten Eierkoch ernannt! Nirgends sprudelt das Wasser so wie bei mir! Fünfminutenei, wenn's recht ist?«

»Er ist ein frecher Bursche!« Rathberg sah in die Kaminflammen. »Warum heiraten Sie nicht, Karin?«

»Wen?«

»Theo Pelz.«

»Dazu kennen wir uns zu gut.«

»Das ist auch ein Argument. Aber kein moralisches.«

»Man kann nicht das ganze Leben mit der Moral lösen.«

»Man gibt sich keine Mühe.«

»Ist Politik moralisch?«

»Eine provozierende Frage; sie ist moralisch, wenn sie Gutes schafft.«

»Hat Politik in Deutschland schon jemals Gutes geschaffen?«

»Ende der Durchsage, Karin! Sie denken zu sehr als Frau.« Dr. Rathberg winkte ab. »Ihnen fehlt das nüchterne Kalkül. Noch einen Kognak?«

»Wenn wir nachher gemeinsam singen wollen… gern.«

Rathberg goß ein. Pelz kam von der Küche herein. Er trug eine Schürze mit bunten Blümchen und deckte den Tisch. »Welchen Eierwärmer nehmen Sie, Herr Intendant?« fragte er. »Rot oder blau gesprenkelt?«

»Ich kenne Sie kaum wieder, Pelz.« Rathberg winkte. »Nehmen Sie Platz.«

»Außerhalb des Funkhauses bin auch ich nur Mensch«, sagte Pelz und setzte sich. Rathberg goß ihm einen Kognak ein.

»Und im Funkhaus?«

»Der Prügelknabe aller Abteilungen und der Beichtvater von Rathberg-Geschädigten…«

»Theo!« rief Karin warnend. Aber Rathberg winkte ab.

»Es ist gut, daß Sie die Gelegenheit wahrnehmen und auspacken.«

»Sehen Sie! Was kann mir noch passieren? Heute ist Sonntag, wir sitzen hier in der Einsamkeit zusammen und müssen uns ertragen. Wir können als Menschen zueinander sprechen... morgen ist Montag, um zehn Uhr ist Abteilungsleiterbesprechung, bei der die vorläufige Beurlaubung des Programmdirektors Pelz verkündet wird. Dann ist die Stunde der Wahrheit vertan. Also heißt es, jetzt zu sprechen.«

Rathberg widersprach nicht. In den Augen Karins sah er die nackte Angst. Sie hielt Pelz für eine Art Selbstmörder.

»Weiter!« sagte Rathberg, als Pelz schwieg und Atem holte. »Erzählen Sie mir, welch ein Ekel ich bin.«

»Das sind Sie nicht!« Pelz goß sich den zweiten Kognak ein. In der Küche klingelte die Eieruhr, er überhörte sie. Er vergaß auch, daß auf dem Propangaskocher eine Pfanne mit heißem Fett stand und ein Küchentuch dicht danebenlag, mit dem er das Fett, das herausspritzte, abwischen wollte. Er sah nur die Augen Dr. Rathbergs, die ihn gespannt anblickten.

»Was bin ich dann?« fragte Rathberg.

»Ein Mann, der zwischen Eigenleben und Repräsentation zerrieben wird. Als Karin auf offener Straße geohrfeigt wurde, reagierten Sie so, wie man es von Ihnen erwartete... Ihre Parteifreunde, die kirchlichen Würdenträger, der Rundfunkrat, alle, die die Sittlichkeit gefressen haben und schön dick dabei wurden. Sie schleuderten Ihren Bann über Karin... was Sie selbst tief im Innern dachten, das wissen nur Sie.«

»Dasselbe, Herr Pelz!«

»Enttäuschen Sie mich nicht, Herr Intendant. Das ist nicht wahr. Sie haben Karin immer geschätzt.«

Dr. Rathberg kräuselte die Nase. Soll ich das Gespräch abbrechen, dachte er. Soll ich mir vor Karin so etwas sagen lassen? Soll ein anderer meine Gefühle analysieren? Das geht zu weit.

Aber er schwieg und ließ Pelz weitersprechen.

»Ich hätte nichts gesagt, wenn nicht die Öffentlichkeit daran teilgenommen hätte. So war es ein Affront gegen die Kultur an sich. Distanzierung war das einzig Mögliche.«

»Und nun?« fragte Pelz gedehnt.

»Was heißt nun?«

»Sie haben die Möglichkeit, der Welt ein anderes Jarut-Bild zu liefern. Die Stunden auf Zypern, Karins Einsatz um das Leben Vera Hartungs...«

»Das war lobenswert.« Rathberg sah Karin kühl an. »Wieviel einkalkulierte Publicity war darunter?«

»Nichts!« Karin preßte die Hände zusammen. Sie zitterte. Hier – das spürte sie – hatte ein großes Aufräumen begonnen. Hier wurde die Seele bloßgelegt. Hier kämpften Chirurgen mit ihren Skalpellen gegeneinander wie mit Säbeln. Und Theo Pelz würde der Verlierer sein. Er *mußte* es, denn er hatte die schwächere Position. »Ich hatte Angst um Vera.«

»Wer soll Ihnen das glauben?«

»Alle werden es glauben, wenn sie die Bilder sehen, die ich Ihnen gegeben habe!« rief Pelz. »Die dusselige Ohrfeige einer kranken Frau wird damit vergessen sein. Nur *Sie* müssen wollen, Herr Intendant! Ganz allein an Ihnen liegt es! Soll ich Ihnen erzählen, was Karin Jarut in den Jahren ihrer Tätigkeit für unseren Sender alles getan hat? Den Ruf, einer der besten Fernsehspiel-Produzenten zu sein, verdanken wir der Darstellungsgabe Karins. Sie hat Menschen dargestellt, die Millionen ergriffen. Und – verdammt noch mal – wir sind Menschen und keine Engel. Wir haben alle Schwächen. Sie tun so, als ob der Mensch zur Heiligkeit geboren sei!«

»Theo!« rief Karin wieder. Dr. Rathberg schüttelte den Kopf.

»Lassen Sie ihn reden, Karin.«

»Das wäre eigentlich alles«, sagte Pelz etwas erschöpft. »Und jetzt bitte ich vorsorglich um meinen Jahresurlaub. Wir können dann in aller Ruhe besprechen, wie man mein Ausscheiden aus dem Sender am besten motiviert. Ich glaube nicht, daß Sie noch Wert auf meine Mitarbeit legen.«

»Daß immer alles so hektisch sein muß.« Dr. Rathberg hob die Nase und schnüffelte. Irgendwoher roch es verbrannt. »Man kann nicht mit dem Kopf durch die Wand. Das ist ein physikalisches Gesetz: Die Wand ist stärker. Aber lassen Sie mich einmal klar fragen: Was würde geschehen, wenn ich die Zypern-Bilder an die Presse gebe?«

»Man würde Karin Jarut rehabilitieren. Man wäre voll des Lobes.«

»Und dann?«

»Dann könnten Sie die reuige, tapfere Tochter wieder aufnehmen in die Fernsehfamilie.«

»Und meine Einstellung zu den Dingen?«

»Die Welt vergißt das Schlechte und verehrt das Gute.«

»Dann habe ich es richtig gemacht«, sagte Rathberg laut.

»Was?« fragte Pelz mit bebender Stimme.

»Gestern! Ich habe die Bilder vervielfältigen und an die Presse hinausgehen lassen.«

»Herr Intendant!« Karin sprang auf. Rathberg winkte mit beiden Armen ab.

»Keine großen Worte! Ich habe Hunger! Ich habe einen Bärenhunger. Herr Pelz, wo bleiben Ihre versprochenen Eier?«

»Sofort!« Pelz sprang auf. Sein Gesicht glänzte vor Freude. »Ich möchte Sie umarmen, Herr Intendant. Aber zuerst frühstücken wir!«

Er rannte zur Küche und riß die Tür auf. Dicker Qualm wehte ihm entgegen. Brandgeruch und Knattern. Mit einem Satz war Pelz zurückgesprungen.

»Es brennt!« schrie er. »Die ganze Küche brennt! Die Vorhänge, die Wand... Feuer! Feuer!«

In den großen Raum zogen träge, dicke Rauchwolken.

Es war ein Feuer, das niemand mehr eindämmen konnte.

Die beiden Feuerlöscher, die Rathberg in der Diele hängen hatte, waren schnell versprüht. Ihre einzige Wirkung war, daß Pelz und Rathberg mit einem flockigen Schaum überzogen waren... die Küche aber brannte weiterhin lichterloh, die Flammen schlugen gegen die Holzdecke, die Rückwand zur Speisekammer glich einer Feuermauer.

»Der Gartenschlauch!« keuchte Rathberg, als er seinen Feuerlöscher wegwarf. »Wir müssen versuchen, mit dem Gartenschlauch zu löschen.«

Karin Jarut trug zwei Eimer mit Wasser aus dem Badezimmer zur Küche und schüttete sie in die Flammen. Immer und immer wieder lief sie mit ihren Eimern zwischen Bad und Küche hin und her... es zischte, Dampf wallte auf, das Wasser verdunstete sofort in der Glut. Als die Hitze zu groß wurde, warf sie die Eimer weg und ließ sich in einen der Sessel fallen. Ihr Gesicht war rauchgeschwärzt, der Pullover und die Skihose wiesen große Brandflecken auf.

»Ich kann nicht mehr!« keuchte sie. »Es ist sinnlos. Diese Glut...«

Theo Pelz hatte aus der Garage den Gartenschlauch geholt.

Er war eine vielfach geringelte Röhre, steif gefroren. »Auch das noch!« schrie Dr. Rathberg.

»Er taut bei der Hitze schnell auf. Wo ist ein Anschluß? Die Außenleitung ist abgesperrt!« rief Pelz.

»Im Badezimmer...« Rathberg starrte in die flammende Küche. »Der Verschluß muß passen...«

Pelz rannte mit dem gefrorenen Schlauch weg. Unterdessen hatten sich die Flammen in die Decke gefressen. Im ganzen Haus knisterte es gefährlich. Rathberg rannte zum Telefon, das zum Glück noch funktionierte. Er rief den Bürgermeister von Waldhausen an, der gerade aus der Kirche gekommen war und zum Frühschoppen wollte.

»Ich alarmiere alle Feuerwehren, Herr Intendant!« rief der Bürgermeister. »In einer halben Stunde sind die Wehren da!«

In einer halben Stunde... Rathberg warf den Hörer zurück. Die Flammen schlugen nun schon ins Wohnzimmer. Die Hitze wurde unerträglich. Karin Jarut flüchtete in die Diele. Sie schrie leise auf, als Theo Pelz aus dem Badezimmer kam, hinter sich den Gartenschlauch, und sich den Flammen entgegenwarf. Zischend fuhr der Wasserstrahl in die Glut, aber außer Dampf hatte er keinerlei Wirkung.

Dr. Rathberg stellte sich neben Pelz und schüttelte den Kopf. »Es ist sinnlos! Ausgetrocknetes Holz... das brennt, wie es will. Wie konnte das bloß passieren?«

»Ich hatte die Pfanne mit Fett auf dem Gaskocher.« Pelz hielt den Wasserstrahl kurz gegen sich und Rathberg und durchnäßte sie völlig. Es war eine Wohltat in der Hitze, dic ihnen entgegenschlug, und es schützte sie vor den wie ein Feuerwerk herumstiebenden Funken. »Ich hatte sie vergessen... wie die Eier...«

Er lächelte schief. Rathberg senkte den Kopf. Er hatte jetzt keinen Sinn für schwarzen Humor. Sein Haus brannte ab, sein schönes Jagdhaus; der einzige verschwiegene Ort, wo er Mensch hatte sein können. Das Haus, so voller Erinnerungen, voll heimlichen Glücks – es verbrannte vor seinen Augen wie ein Abschiedsbrief, den man ins Feuer warf und dem man nun zusieht, wie er sich kräuselt, schwarz wird, aufflammt und zu Asche zerfällt.

»Hören Sie mit der Spritzerei auf, Pelz«, sagte er rauh und riß ihm den Gartenschlauch aus der Hand. Er warf ihn in die

Küchentüröffnung, wo er liegenblieb. Der Wasserstrahl prallte zischend gegen die Flammen. »Was Sie tun, machen Sie gründlich, das kenne ich.«

»Es war nicht meine Absicht...« stotterte Pelz.

»Für so einen Gangster halte ich Sie auch nicht.« Rathberg sah zurück in die weite Wohnhalle. Rauch wallte in dicken Wolken die Decke entlang. »Retten wir, was wir retten können. Die Geweihe, die Möbel, die Teppiche – vor allem die Geweihe! Alles kann ich mir wieder kaufen... das nicht! Es sind seltene Stücke darunter, und alles selbst geschossen. Los, schnell!«

Während aus der Küche das Feuer prasselte und die Wand zum Wohnraum zu dampfen schien, rissen Rathberg und Pelz die Geweihe von den Wänden und trugen sie hinaus in den Schnee. Karin Jarut zerrte die Teppiche aus dem Haus, dann schüttete sie aus den Schubladen das Silberbesteck in eine Decke und schleppte es in den Wald.

Von draußen bot sich ein schauriges Bild. Das Dach brannte zur Hälfte, der geschmolzene Schnee lief an der Hauswand herunter, aber die Flammen hielt er nicht auf. Wie Kanonenschüsse krachte es jetzt – die Scheiben platzten in der Glut. Aus dem Haus schwankte Rathberg, im Arm das Geweih eines Zwölfenders. Ihm folgte Pelz mit einem Gnugeweih aus Afrika.

»Bleib draußen!« schrie Pelz, als er sah, wie Karin wieder ins Haus wollte. »Das Feuer ist schon im Wohnzimmer.«

Als die Feuerwehren aller umgebenden Ortschaften eintrafen, mit Sirenen und Klingeln, saßen Dr. Rathberg, Theo Pelz und Karin Jarut draußen im Wald im Schnee zwischen den geretteten Geweihen, Teppichen und Möbeln. Das Jagdhaus brannte lichterloh; aus allen Fenstern schlugen die Flammen.

»Ob da noch was zu machen ist...?« sagte der Brandmeister von Waldhausen. »Waren Sie wenigstens gut versichert, Herr Intendant?«

»Ja.« Rathberg sah mit leeren Augen auf seine zu Asche und verkohlten Balken zusammenschrumpfende Erinnerung. Die Motorspritzen donnerten los, dicke Wasserstrahlen hüllten das Haus sofort in eine weiße, zischende Qualmwolke... da wandte er sich ab und ging zu seinem Wagen.

Nur einer hatte jetzt eine Glücksstunde: der Lokalreporter

der Regionalausgabe »Oberrheinisches Echo«. Er war Mitglied der freiwilligen Feuerwehr Waldhausen, und während die Spritzen auf das Kommando: »Wasser los!« den Zweikampf mit dem Feuer aufnahmen, holte er erst einmal seine Kamera heraus und fotografierte das Bild der Zerstörung.

Das brennende Haus, die im Schnee auf Schemeln sitzenden Dr. Rathberg, Theo Pelz und Karin Jarut.

Wo gibt es so etwas wieder? Diese Situation ist einmalig. Der Fernsehstar im brennenden Haus des Intendanten. Karin Jarut, die man gefeuert hat, aus dem Feuer gerettet... wenn das keine pikante Pointe ist!

Unbemerkt machte der junge Reporter seine Aufnahmen, dann wurde er wieder Feuerwehrmann und kümmerte sich darum, daß die brennenden Dachsparren mit langen Stangen, an denen scharfe Eisenhaken waren, heruntergerissen wurden.

Nach einer Stunde war das Feuer »unter Kontrolle«, wie es amtlich heißt. Die Wahrheit war einfacher: Es gab kein Jagdhaus mehr. Drei verkohlte Wände waren stehengeblieben... zwischen ihnen versammelten sich die siegreichen Feuerwehrmänner und ließen eine Flasche Kornschnaps kreisen. Theo Pelz hatte sie aus der geretteten fahrbaren Hausbar herausgegeben. »Ausnahmsweise!« sagte der Brandmeister. »Im Dienst ist Alkohol streng verboten! Aber wo nun alles überblickbar ist... Prost!«

Dr. Rathberg saß in seinem Wagen und rauchte die zweiunddreißigste Zigarette. Er hatte sich mit dem Verlust abgefunden. Vielleicht sollte es so sein, dachte er. Ich wäre nie von der Erinnerung an Luisa Rameau losgekommen, solange dieses Haus stand. Ich werde ein neues bauen und es neu füllen mit Glück und heimlichem Menschsein. Ich bin noch kein alter Mann...

»Dieser Sonntagmorgen war wirklich sehr unterhaltend«, sagte er sarkastisch, als Theo Pelz und Karin Jarut an seinen Wagen herantraten. »Sie haben eine verteufelt überzeugende Art, Herr Pelz.«

»Das ist alles ganz furchtbar!« Theo Pelz war ehrlich zerknirscht. »Ich bin bereit, einen großen finanziellen Beitrag zum Neubau eines...«

»Ach, seien Sie doch still!« Dr. Rathberg winkte ab. »Es gibt Schlimmeres. Wir sehen uns morgen im Funkhaus.«

Er hieb die Tür zu, ließ den Wagen an und fuhr weg. Theo Pelz sah ihm nach, bis der Wagen hinter einer Wegbiegung verschwand.

»Was nun?« fragte Karin Jarut kläglich.

»Ich werde versuchen, wieder zurück zum Theater zu gehen, als Dramaturg.« Pelz wischte sich über das rauchgeschwärzte Gesicht. »Im Funkhaus brauche ich mich nicht mehr sehen zu lassen.«

*

Das war ein Irrtum.

Am Montag fand die Abteilungsleiterbesprechung wie jeden Tag unter dem Vorsitz von Theo Pelz statt. Über den Sonntag wurde kein Wort verloren. Erst am Dienstagmorgen wurde es unangenehm! Theo Pelz wußte es schon um sieben Uhr, als er die Zeitung aus dem Briefkasten holte und sie aufschlug.

Fotos von dem Brand!

Dr. Rathberg neben Karin Jarut, müde und rußschwarz, im Schnee. Programmdirektor Pelz inmitten eines Stapels von Geweihen aus aller Welt mit zerrissenem Hemd. Die weinende Karin Jarut.

Dazu ein Bericht. Jagdhütte des Fernsehintendanten Dr. Rathberg vom Feuer zerstört. Karin Jarut und Programmdirektor Pelz von den Flammen überrascht...

»Eine Sauerei!« schrie Theo Pelz und warf die Zeitung an die Wand. »So eine Sauerei! Wer das liest, muß denken...«

Und so war es. Tausende dachten an diesem Morgen: Was hat sich am frühen Sonntagmorgen in dieser einsamen Hütte abgespielt? Zwei Männer und eine schöne Frau... o lala! Und dann noch die Jarut! Allzuviel Feuer ist ungesund... man sieht es! Sogar Häuser brennen dabei ab...

Intendant Dr. Rathberg erwartete Pelz allein und verschlossen, genau wie damals, als der Bannstrahl über Karin Jarut zuckte.

»Sie haben es gelesen?« fragte Rathberg. Eine dumme Frage... wer hatte diesen Artikel nicht gelesen? Im Funkhaus liefen vierzig Exemplare der Zeitung von Zimmer zu Zimmer, von Abteilung zu Abteilung, bis hinunter in den Keller zu den Archiven. In den Studios wurden die Drehbücher für Minuten mit der Zeitungsseite vertauscht, auf der man die dramatischen Bilder sah. Es war eine allgemeine Wonne, den »Alten«, den immer korrekten Moralwächter, so ramponiert im Schnee sitzen zu sehen, hinter sich das brennende Haus, von dem man seit Jahren munkelte. Und neben sich Karin Jarut! Seht, seht!

»Ja«, sagte Pelz kurz. »Schon um sieben Uhr früh auf nüchternen Magen.«

»Infam!«

»Dieser Zug ist nicht von mir, Herr Intendant.«

»Das weiß ich. Ich habe bei dem Blatt angerufen. Einer der Feuerwehrmänner... na ja, es ist passiert. Über den Inhalt ist nichts zu sagen – aber über den Gesang zwischen den Zeilen ist noch zu sprechen.« Dr. Rathberg klopfte mit der Faust auf die Zeitung. »Für die Leser ist es klar: Sie und Frau Jarut hatten bei mir ein Schäferstündchen! Der Intendant als Kuppler! Mein Haus ein Liebesnest! Der Brand brachte es an den Tag. Oder noch viel schlimmer: wir zwei und Frau Jarut – ein Sodom, Herr Pelz, ein Sodom!« Rathberg sah Pelz aus zusammengezogenen Augen an. »Was gedenken Sie zu tun?«

»Ich gehe vorerst in Urlaub...«

»Nichts werden Sie!« Rathberg hieb wieder auf den Tisch. »Kneifen, das habe ich gern!«

»Ich wollte Sie entlasten, Herr Intendant.«

»So drückt man Feigheit vornehmer aus. Nein. Wir gehen vor. Wir starten die Offensive! Wir schlagen zurück! Das heißt... *Sie* tun es!«

»Soll ich den Reporter-Feuerwehrmann ohrfeigen?«

»Herr Pelz, ich kenne Ihre Art, solche Dinge wie ein Jongleur zu betrachten, deshalb ertrage ich Ihre Reden. Aber jetzt fordere ich von Ihnen harte Konsequenzen. Es hat keinen Sinn, zu dementieren, zu erklären, warum wir in der Hütte waren... je mehr man erklärt, um so verdächtiger macht man sich. Dementis sind halbe Wahrheiten, wir alle kennen das doch. Auch wenn in unserem Falle wirklich alles harmlos war – wer glaubt uns das! Das Verruchte legt sich auf der Seele ab wie fest haftender Schmutz. Sie müssen jetzt *das* tun, was man von Ihnen erwartet.«

Theo Pelz wurde es warm unter der Kopfhaut. Was meint er damit, dachte er. Welche Pläne gehen dem Alten im Hirn herum?

»Die Illustrierten werden in der nächsten Ausgabe den Zypern-Bericht über die Jarut bringen. Direkt danach werden wir an die Nachrichtenbüros die Meldung herausgeben, daß zu Weihnachten Programmdirektor Pelz den Fernsehstar Karin Jarut heiratet.«

»Herr Intendant!« Theo Pelz atmete tief auf. »Lassen Sie mich für den Sender alles tun, ich will als der kleinste Botenjunge arbeiten... nur dies nicht!«

»Und warum glänzen Ihre Augen dabei, Pelz?« Dr. Rathberg lächelte gequält. »Immer so dramatisch... Sie lieben sie doch.«

»Ja.«

»Und... und fremd sind Sie sich ja auch nicht.«

»Nein, seit Jahren sind wir befreundet.«

»Legalisieren Sie es, und die Welt und das Fernsehen hat Ruhe! Im nächsten Jahr wird dann Ihre Gattin auch wieder bei uns spielen können.«

Theo Pelz setzte sich, unaufgefordert. Er nahm sich sogar eine Zigarette aus dem Kasten und sah tief atmend auf die glühende Spitze.

»Ich wollte das schon immer«, sagte er langsam. »Aber sie wollte nie. Vor ein paar Tagen sprachen wir noch darüber.«

»Das wird jetzt anders sein.« Rathberg zerknüllte die Zeitung und warf sie in den Papierkorb. Es war eine symbolische Geste. »Um wieder spielen zu können, heiratet sie sogar Sie.«

»Danke!« Theo Pelz zerdrückte seine Zigarette. »Dieses Mal steht es eins zu null für Sie... Ich werde mit Karin sprechen.«

*

Auch im Schwarzwald wurde man von dem Brand unterrichtet. Liebe Kollegen schickten Heimann und Brest die Zeitung. Vera bekam sie per Streifband ohne Absender. Beim Mittagessen, als die Post verteilt wurde, war es ein paar Minuten still an dem runden Tisch am dritten Fenster.

»Das ist ja ein dicker Hund!« sagte Heimann als erster. Er sah zu Tommy Brest, der ihm mit den Augen Zeichen machte. Aber wer bremste schon einen Carlos Heimann? »Der Alte zusammen mit Pelz und der Jarut im Jagdhaus. Wie sie das wieder fertiggekriegt hat? Und es brennt auch noch ab. Karin ist ein Teufelsgenie! Ihr wißt, was das bedeutet?«

»Nichts bedeutet es!« sagte Tommy Brest laut. »Ich höre nur dein dämliches Gemecker!«

»Wenn der Alte mit der Jarut nach all dem Krach im Schnee sitzt... da legen ja sogar die Hähne Eier.«

»Komm, Vera!« Brest zog Vera an der Hand empor. »Fahren wir zum Essen nach Hallbach. Ich kann diese Reden nicht mehr ausstehen.«

»Es ist lieb von dir, daß du ablenken willst, Tommy.« Vera Hartung faltete die Zeitung zusammen. »Ich weiß, was das bedeutet. Carlos hat recht. Mir fehlt diese Routine der Jarut – das ist es.« Es klang bitter. Tommy Brest hatte plötzlich großes Mitleid mit ihr.

»Der ›Goldene Kuß‹ wird jedenfalls mit dir gedreht, das ist sicher! Die ›Kain‹-Serie ist im Kasten... die heilige Johanna ist dir versprochen... und wenn du das alles hinter dir hast, wird man sehen, wer hier der Könner und wer der Blender ist. Du spielst nicht für Rathberg oder Pelz, sondern für die vierzig Millionen, Vera. Und diese vierzig Millionen werden dich auf Händen tragen.« Tommy Brest streichelte den Arm Veras, Heimann sah es mit Mißfallen. »Ich stehe zu dir.«

»Tommy Brest, der edle Ritter! Mach dich nicht lächerlich, mein Knabe!« Heimann legte die Zeitung weg. »Wir kennen den Betrieb doch zu gut! Auf jeden Fall: Auf mich kannst du bauen, Vera. Ich habe als Regisseur ein Mitspracherecht bei der Besetzung. Und ich werde dich für alle Rollen anfordern, die dich zum Publikumsliebling machen.«

»Ihr seid beide so nett.« Vera sah hinaus in den verschneiten Wald, der fast bis an die gläserne Terrasse stieß. Strahlende Sonne lag über dem Land. »Was helfen all die guten Vorsätze... entschieden wird im Funkhaus, ohne uns...«

»Das haben die sich gedacht!« Heimann lehnte sich zurück. »Gleich nach dem Mittagessen fahren wir zurück an den Rhein! Wir brechen unseren Urlaub ab. Jetzt heißt es, am Mann bleiben. Morgen früh stehen wir vor Pelz. Das dumme Gesicht möchte ich sehen...«

*

Es gab kein dummes Gesicht. Es war, als habe Pelz gar nichts anderes erwartet. Er begrüßte Vera mit zwei Wangenküssen und machte ihr zehn Komplimente über ihr blendendes Aussehen.

»Gut, daß ihr alle wieder da seid«, sagte er. »Dann können wir ja weiterdrehen. Cranz will nächste Woche Außenaufnahmen für einen Zwischenfilm im ›Goldenen Kuß‹ machen. Sie, Heimann, habe ich für einen Krimi vorgesehen. Bei Ihnen, Tommy, habe ich gedacht, daß man Sie einmal anders herausstellen sollte, als Charakterdarsteller. Trauen Sie sich das zu?«

Tommy Brest sah Theo Pelz aus verständnislosen Augen an. Was sein großer Traum war, sprach Pelz so gelassen und dann noch als Frage aus.

»Ich habe es satt, immer den heldenhaften Jüngling zu spielen, Herr Direktor«, sagte er tief atmend. »An was hatten Sie gedacht?«

»An einen Amerikaner. O'Snief heißt der Autor. Ein tolles Stück. Ein Bettler kommt aufs Land, und wo er auftritt, stirbt das Vieh. Die Rancher, abergläubisch wie eh und je, geben dem Unbekannten die Schuld und wollen ihn lynchen. Mabel, eine hübsche Farmerstochter, versteckt den Unglücklichen. Es stellt sich heraus, daß der Bettler ein ehemaliger Arzt ist, der ein Säufer wurde und dadurch seine Praxis verlor. Heimlich nimmt er den kranken Kühen Blut ab, stiehlt ein Pferd, reitet in die nächste Stadt zu einem Freund, und sie entdecken den Virus der heimtückischen Krankheit. Statt zu hängen, wird der Bursche bejubelt und heiratet die schöne Mabel. Das klingt ziemlich simpel, es sind aber herrliche Rollen. Dialoge wie Zucker! Man kann daraus etwas machen. Trauen Sie sich das zu?«

»Natürlich.« Tommy Brest sah an die Decke. »Und wer soll Mabel spielen?«

»Vera natürlich.«

»Ich?« stotterte Vera wie erschrocken.

»Nicht die Jarut?« fragte Heimann.

»Was habt ihr bloß immer mit Karin? Von ihr ist überhaupt nicht die Rede.« Pelz genoß das betretene Schweigen, das plötzlich im Raum lag. Er hatte von Anfang an gewußt, warum die drei ihr stilles Schwarzwaldhotel verlassen hatten. Er hätte es nicht anders gemacht. »Ich lasse die Drehbücher nächste Woche drucken.«

»Und wer führt Regie?« wollte Heimann noch wissen.

»Ein Neuer. Ich habe da einen Plan, aber er muß noch durchgesprochen werden.« Er sah Vera flüchtig an. In seinem Blick lag Beruhigung. Keine Sorge, hieß das. Karin Jarut ist keine Gefahr für dich. Ich werde die Hände über dich halten... auch wenn alles anders gekommen ist, als ich damals gedacht habe, als ich dich zum erstenmal auf der Mattscheibe sah und du mich angelächelt hast. Es ist schön, auch einmal uneigennützig Schicksal zu spielen.

Am Montag wurden die Dreharbeiten zum »Goldenen Kuß« wiederaufgenommen. Man nützte das Wetter aus und drehte einen Film, der in einer und um eine Berghütte spielte. Mit zwei Aufnahmewagen und zwei Omnibussen fuhr Detlev Cranz in die Berge. Regieassistent und Aufnahmeleiter waren schon vorausgefahren und hatten eine schöne Schutzhütte als Handlungsplatz ausgewählt.

Der Reise war eine tränenreiche Szene in der Wohnung von Cranz vorausgegangen: Biggi Feind, die jetzt Biggi Bergen hieß, hatte so lange gebettelt, geweint, gefleht und mit Entzug der Liebe gedroht, bis Cranz ihr eine kleine Rolle in diesem Zwischenfilm hineinschrieb. Er erfand eine hübsche Sennerin, die in der Hütte den Gästen den Kopf verdrehte. Eine Rolle, die Biggi Bergen nicht schwerfiel.

Der erste Drehtag verlief ruhig. Vera zeigte vor der Kamera, daß sie sogar Ski fahren konnte; sie wedelte einen Hang hinab, als habe sie Stunden bei Toni Sailer genommen. Am Nachmittag suchte man sich eine große Wächte, um aus ihr eine Lawine zu machen. Das Verfahren ist einfach... man läßt einen Kanonenschuß los, und die Schallwellen brechen das überhängende Schneestück ab. Im Film, aus verkürzter Perspektive gedreht, sieht es dann aus, als donnere eine Riesenlawine zu Tal und begrabe alles unter sich. Horst Helmke, der sonst diese Aufnahmen machte, war noch in Hamburg... ein junger Kameramann stand hinter dem teuren Kasten und freute sich, sein Talent zeigen zu können.

Am nächsten Morgen aber platzte die Bombe. Biggi Bergen verlangte vor allen Mitarbeitern, daß ihre Rolle geändert würde.

»Ich habe nur dazustehen und dämlich zu lächeln!« rief sie. »Und einen tiefen Ausschnitt habe ich.«

»Das ist auch das beste an dir«, rief jemand. Biggi fuhr wütend herum.

»Ich verlange eine Rolle, die gleichwertig mit der von Fräulein Hartung ist!«

»Bist du verrückt?« zischte Cranz. »Hau ab in die Hütte!«

»Ich denke nicht daran!« Biggi Bergen stemmte die Arme in die Seiten wie eine echte Sennerin. »Soviel Gehirne sind hier, und keinem fällt etwas ein. Ich will zeigen, was ich kann. Es muß doch möglich sein, mir die richtige Rolle zu schreiben.«

»Leg dich ins Heu, Puppe!« rief ein anderer aus der Gruppe der Techniker. Cranz war das ungemein peinlich. Er zuckte herum und brüllte.

»Ich verbitte mir diese lausigen Bemerkungen!« schrie er. »Und du, Biggi, bereitest dich für die Innenaufnahme vor.«

»Nein!« sagte Biggi trotzig wie ein Kind. »Ich will eine echte Rolle haben. Was bei Vera Hartung geht, muß auch bei mir möglich sein. Die kannte ja auch keiner, und sie bekommt eine Hauptrolle.«

»Ich glaube, wir trinken erst einmal Kaffee.« Vera stellte ihre Skier an die Hüttenwand. Sie sah an der vor Erregung zitternden Biggi vorbei auf Cranz, der auf seinem Regiestuhl hockte und innerlich alle Weiber und sich selbst am meisten verfluchte. »Und ich schlage vor, wir drehen erst weiter, bis man weiß, wie die Handlung überhaupt läuft. Vielleicht entschließt man sich, einen Biggi-Bergen-Streifen zu drehen... dann kann ich ja zurück ins Tal und mich ausruhen...«

Sie ging in die Hütte und schlug hinter sich die Tür zu.

»Eingebildete Gans!« zischte Biggi Bergen. Ihr Puppengesicht glühte. »Wenn die nicht den Pelz hätte...«

»Man sollte dir eine scheuern!« sagte Detlev Cranz. »Du dämliches Luder! Weißt du, was jetzt passiert?«

»Ja!« Biggi warf die weißblonden Haare in den Nacken. »Ich gehe allein ins Bett.« Ihr Gesicht war nahe bei Cranz. »Oder mit dem nächstbesten Bauernburschen. So lange, bis ich von dir eine richtige Rolle habe. Für dich bin ich zugeschlossen wie ein Tresor...«

»Pause!« brüllte Cranz über sein Team. Er trat den Regiestuhl um und ging ebenfalls in die Hütte. Dort saß Vera Hartung am Tisch und schrieb eine Ansichtskarte. »Nun?« fragte sie, als Cranz eintrat.

»Was heißt nun?« bellte Cranz zurück. »Fangen Sie nicht an, sich auch wie eine kleine Göttin zu benehmen. Nun ist gar nichts.«

»Sie wollen doch wohl nicht sagen, daß dies ein gutes Arbeitsklima ist?«

»O Gott!« Cranz ließ sich auf die Holzbank am Tisch fallen. »Pusten Sie gegen das Thermometer, dann haben Sie Klima. Vera, seien wenigstens *Sie* vernünftig! Ich brauche einen ruhenden Pol unter diesen Irren.«

»Und was Sie sich da mit Biggi eingebrockt haben, soll ich das auslöffeln?«

Detlev Cranz setzte sich zu Vera, rückte an sie heran. »Ich habe einmal den Kopf verloren ... können Sie das nicht verstehen?«

»Soll ich jetzt den Beichtvater spielen?« Sie sah den Regisseur fast mitleidig an. Wie armselig ist doch ein Mann, wenn er sich verrannt hat und nicht mehr aus den Fängen einer Frau herausfindet. Sie benehmen sich wie Jungen, denen das Spielzeug zerbrochen ist.

»Biggi ist sonst ein liebes Mädchen ...«

Vera schüttelte den Kopf. »Wie konnten Sie nur auf sie hereinfallen. Ausgerechnet Sie. Das traut Ihnen niemand zu.«

»Ich weiß.« Cranz lehnte sich zurück und seufzte. »Sind Sie noch nie ausgerutscht?«

»Auf diesem Glatteis noch nie ...«

»Geben Sie mir einen Rat, Vera! Wie werde ich Biggi wieder los?«

»Schicken Sie sie einfach weg.«

»Dann geht sie zu Dr. Rathberg, und meine Karriere ist zu Ende.«

»Und wenn ich mit Dr. Rathberg spreche?«

»Es hat doch keinen Zweck.« Cranz sah aus dem Fenster. Biggi Bergen saß im Aufnahmewagen und trank Kognak. O Himmel, dachte Cranz, auch das noch. Wenn sie betrunken ist, macht sie uns einen Schnee-Step vor. »Den heiligen Aloys überzeugen auch Sie nicht, Vera. Oh, ich alter Esel!«

Aber Detlev Cranz wagte es trotzdem. Mit wehem Herzen, denn wer Biggi Bergen ansah, bekam andere Gedanken als Streit, brüllte er sie zusammen und schickte sie ins Tal.

»Sie fahren zurück!« schrie er. »Ich will Sie hier nicht mehr sehen! Nie mehr!«

Biggi Bergen verstand. Sie warf den Kopf in den Nacken und ließ sich von einem Tontechniker ins Tal fahren. Dort stieg sie in den Zug und dampfte ab.

Nach zehn Tagen Dreharbeiten kehrte das Team an den Rhein zurück. Theo Pelz ließ Cranz sofort zu sich bitten.

»Gut, daß Sie da sind, Cranz«, sagte er steif. »Ich wollte die Dreharbeiten nicht stören. Der Herr Intendant erwartet Sie.«

»Ich ahnte es. Schlimm?« Cranz brach der Schweiß aus. Seine Augen bettelten um eine Auskunft. Theo Pelz nickte.

»Sie sind ein dämlicher Kerl! Wie konnten Sie sich mit solch einem kleinen Aas einlassen?«

»Das fragt man sich hinterher immer. Sie hat einen wundervollen Körper.«

»Das sagen Sie mal dem Alten.« Pelz sah auf seine Armbanduhr. »Los, auf in den Kampf. Und nehmen Sie kein Blatt vor den Mund.«

»Ich begehe doch nicht Harakiri!«

»Ich werde Ihnen beistehen.« Pelz klopfte dem verzweifelten Cranz auf die Schulter. »Ich habe etwas in der Tasche, was auch den heiligen Aloys nachdenklich machen wird...«

Cranz hatte das Gefühl, zu einer Hinrichtung geführt zu werden.

Dr. Rathberg empfing Theo Pelz zunächst allein. Er war in schlechter Laune. Parteikollegen aus Bonn hatten ihn besucht und sich wieder über eine politische Sendung beschwert. Man warf dem Sender Einseitigkeit in der Berichterstattung vor. Mit Erstaunen stellte die Pateileitung fest, daß man von einem christlichen Intendanten recht wenig merkte. Das politische Programm »roch roh«, wie Freunde aus Bonn es maßvoll ausdrückten.

»Bin ich ein Regierungssender?« hatte Dr. Rathberg erregt zurückgefragt. Man hielt diese Frage für sehr unpassend und hatte sich eisig verabschiedet. Wo käme in Deutschland eine Demokratie hin, wenn man solche Fragen beantworten sollte... Die deutsche Auffassung von Demokratie ist sowieso eine sehr pikante...

»Schon wieder Ärger mit dem ›Politischen Magazin‹«, sagte Dr. Rathberg, als Pelz eingetreten war. »Zwölf Minuten SPD und nur neun Minuten CDU! Das sind drei Minuten Benachteiligung.«

»Wir werden nächstens deutlich sichtbar eine große Stoppuhr ins Studio stellen und dem Sprecher laut das Zeichen ›Achtung – auf die Plätze – fertig – los!‹ geben. Ob das Bonn beruhigt, daß dann sogar die Sekunden gezählt werden?«

»Mit Sarkasmus ist das nicht zu lösen, Herr Pelz. Die Bonner Herren sind empfindlich wie Mimosen. Wir müssen im nächsten Politischen Magazin eine CDU-Sendung vorziehen.«

»Dann kommt die SPD und weint.«

Rathberg hob hilflos die Schultern und setzte sich hinter seinen Schreibtisch. »Sie haben Cranz mitgebracht?«

»Ja. Er wartet bei der Kannegießer wie ein Delinquent.«

»Ein tolles Stück, was? Nimmt eine Cutterin auf die Bude und verspricht, aus ihr einen Star zu machen. Unser seriöser Cranz! Ist er verrückt?«

»Von bestimmten Situationen an ist jeder Mann nicht mehr zurechnungsfähig.«

»Sie müssen es ja wissen, Herr Pelz.«

»Eben deshalb. Meine Erfahrung in solchen Dingen ...«

Rathberg und Pelz sahen sich eine Weile stumm an. So grundverschieden diese beiden Männer waren, sie mochten sich, auch wenn ihr Zusammentreffen immer mit einer Auseinandersetzung endete. Aber irgendwie brauchte der eine den anderen, weil jeder etwas hatte, was dem anderen fehlte. Sie ergänzten sich und waren sich in einem Punkt einig: Ein Funkhaus zu leiten, das ist fast wie dic Beherrschung eines Irrenhauses.

»Lassen Sie Cranz kommen«, sagte Rathberg ernst. Theo Pelz blieb stehen und faßte in seine Rocktasche.

»Zuvor noch etwas, Herr Intendant. Ich wollte es Ihnen im Jagdhaus schon sagen, aber dann hatten wir ja anderes zu tun. Es handelt sich um den Tod von Klaus Damms.«

»Ach! Sie haben neue Erhebungen?«

»Ich kenne den Grund des Selbstmordes.«

Dr. Rathberg sah seinen Programmdirektor betroffen an. Er hatte Pelz noch nie so ernst gesehen.

»Er hatte also einen Grund?«

»Wenn man sein Leben wegwirft, tut man das nicht aus Neugier, wie es hinterher aussieht.« Theo Pelz nahm ein paar Blätter aus der Tasche und faltete sie auseinander. »Klaus Damms war seit einem Jahr mit Frau Halver befreundet ...«

»Was?« Dr. Rathberg schlug mit der flachen Hand auf den Tisch. Cornelia Halver war eine der beliebtesten Ansagerinnen des Senders. Sie war glücklich verheiratet, hatte zwei Kinder; nie war sie in einen Skandal verwickelt, ihr Leben war ausgeglichen und zufrieden. Zur Zeit war sie krank. Eine böse Grippe...

»Ja. Es war eine so heimliche Liebe, daß keiner sie merkte. Bis es unmöglich wurde, sich weiter zu verstecken: Cornelia Halver stellte fest, daß ein drittes Kind unterwegs war. Ihr Mann war zu dieser Zeit in Ostasien ... der Fall lag klar. Es kam zu einer Aussprache zwischen Cornelia, ihrem Mann und Klaus Damms. Dabei schlug der Ehemann in heller Wut Damms ein blaues Auge. In eine Scheidung willigte er nicht ein; im Gegenteil: Er drohte, Ihnen, Herr Intendant, alles zu erzählen. Das war kurz nach dem Skandal mit Karin Jarut, der Bannstrahl war noch in frischer Erinnerung. In diesem Moment bekam Klaus Damms einen Kurzschluß. Cornelia verlieren *und* seinen Beruf, das glaubte er nicht ertragen zu können. Und so beschlossen Frau Halver und Damms, gemeinsam zu sterben. Er vergiftete sich mit dem Auspuffgas, sie nahm Schlaftabletten. Ihr Mann entdeckte sie rechtzeitig; in der Klinik konnte sie gerettet werden. Da liegt sie noch.«

»Das ist also ihre schwere Grippe?« sagte Dr. Rathberg.

»Ja, das ist sie.« Theo Pelz holte tief Luft. »Fassen wir zusammen: Klaus Damms nahm sich das Leben aus Angst vor Ihnen...«

Mit einem Satz sprang Dr. Rathberg auf. »Das ist infam, Herr Pelz! Das will ich nicht gehört haben!« schrie er. »Ich will nur Sauberkeit in meinem Betrieb!«

»Wir sind kein Waschmittelhersteller, Herr Intendant. Bei uns arbeiten Hunderte Individualisten.«

»Ich weigere mich, einen Ehebruch Individualismus zu nennen!« rief Dr. Rathberg erregt. Er ging zu seinem geliebten Fenster und starrte auf den Fluß. Seine Finger schnippten nervös. »Ich bin doch kein Unmensch ... mit mir kann man doch sprechen.«

»Klaus Damms starb aus Angst vor Ihnen...«

»Wollen Sie mich anklagen?«

»Wie könnte ich das? Ich kenne Ihre Motive. Den berühmten eisernen Besen hat es schon immer gegeben, aber oft kehrte er zuviel weg.« Theo Pelz legte die Papiere auf den Schreibtisch Rathbergs. »So, das wäre der Fall Damms. Und jetzt rufe ich Cranz herein.«

Einen Augenblick war es still in dem großen Zimmer. Dann drehte sich Dr. Rathberg um und schüttelte den Kopf. Theo Pelz, der schon an der Tür stand, kam zum Schreibtisch zurück.

»Lassen Sie ihn draußen«, sagte Dr. Rathberg. Es klang sehr erschöpft. »Schicken Sie ihn weg ins Studio. Er soll weitermachen. Und diese Biggi... wie heißt sie?«

»Biggi Bergen.«

»Dieses kleine Luder soll er feuern. Sprechen Sie auch mit ihr, Herr Pelz. Sagen Sie ihr, daß ich mit allen juristischen Mitteln vorgehen werde, wenn sie hier einen Rummel machen will. Ich – verdammt noch mal –, ich will Ruhe in meinem Sender. Ist denn das nicht möglich?«

»Wir sind auch alle nur Menschen.« Theo Pelz drückte die Klinke herunter. »Und unter tausend Menschen gibt es hundert Sünder. Sie bleiben trotzdem unsere Brüder.«

»Sehr schön!« Rathberg steckte die Hände in die Rocktaschen. »Am nächsten Samstag übernehmen Sie ›Das Wort zum Sonntag‹, Pelz!«

Ihr gemeinsames Lachen war befreiend und wohltuend. Es tönte bis zum Vorzimmer, wo Detlev Cranz klein und mickrig bei Lore Kannegießer hockte und eine Tasse Kaffee zur Aufmunterung trank.

»Er lacht«, sagte Cranz entgeistert. »Hören Sie das? Er lacht. Wie der Pelz das fertigbringt...«

Lore Kannegießer legte zufrieden ihre Hände über die Tastatur der Schreibmaschine. Ihr Gesicht strahlte. »Ja, wenn wir den Pelz nicht hätten«, sagte sie. »Wir wären ein Sender ohne Herz...«

*

Am nächsten Tag bekam der Sender einen seltenen Besuch.

Die amerikanische Konkurrenz gab sich die Ehre. Der Riese besuchte den Zwerg. Mr. Withcock war an den Rhein gereist, um sein Lieblingskind zu realisieren: Das Musical um Othello. Sein Aufnahmeteam hatte er auf Zypern gelassen. Er drehte einen Kulturfilm über die Ruinen auf der drittgrößten Insel des

Mittelmeers. So etwas zieht immer in den USA; sie haben dort etwas übrig für uralte Trümmer. Ein Film über die Akropolis in Athen zum Beispiel hatte einen riesigen Erfolg. Unabhängig voneinander schrieben drei Millionäre an die griechische Regierung und unterbreiteten ein Kaufangebot für die Akropolis. Man garantierte, jeden Stein zu numerieren und den Tempel in Illinois, Texas und Süd-Dakota naturgetreu wieder aufzubauen. Unverständlicherweise lehnte die griechische Regierung den millionenschweren Dollarscheck ab...

Dr. Rathberg gab für Mr. Withcock ein Essen im Kasino und beobachtete vor allem die jungen Künstler, die alles aufboten, Withcock auf sich aufmerksam zu machen. Welch ein Jahrmarkt der Eitelkeiten, dachte er, leicht angewidert. Wenn Withcock ihnen dafür einen Vertrag böte, würden sie sogar hier im Kasino die Hosen fallen lassen.

Nach viel Whisky und einem riesigen Steak zogen sich Rathberg und Pelz mit Mr. Withcock zurück und stellten jede Störung ab. Lore Kannegießer wurde zum Erzengel; alles, was zu Dr. Rathberg wollte, prallte vor ihr ab. Telefonate erledigte sie allein. Sie ließ sogar ein MdB aus Bonn vertrösten, was dieser mit seiner Bonner Feinfühligkeit übelnahm.

»Ich komme mit sehr realen Vorschlägen«, sagte Mr. Withcock, nachdem er Rathberg seinen Plan von »Spitzenhemd und schwarze Kralle« vorgelegt hatte. Der Humanist Rathberg hatte tief Luft geholt, ehe er das las, was bei Withcock von dem guten alten Othello übriggeblieben war. Das war nicht viel... die Grundidee nur, ein Mohr, ein hübsches Frauchen, ein Gangster-Intrigant, ein unschuldiger Liebhaber, Songs wie zum Beispiel: »Früher trug der Mann Krawatten – heute zieren sie auch Frau'n...«, und am Ende Othellos Läuterung, bevor Desdemona ganz tot ist. Hier wich alles von Shakespeare ab, denn ein Musical muß einen Happy-End-Song haben. Und so singen Desdemona und Othello im Duett: »Die Zeit mit dir vergeß ich nie...«

»Ein toller Stoff, was?« hatte Mr. Withcock begeistert gesagt. »Daß den noch keiner entdeckt hat? Ja, und nun brauche ich Sie, lieber Kollege: Ich will von Ihnen den Regisseur und die Desdemona haben.«

»Karin Jarut!« sagte Dr. Rathberg sofort.

»Erraten.«

»Und als Regisseur?«

»Carlos Heimann. Ein guter Mann, Sir.«

»Wem sagen Sie das?« Rathberg sah zu Theo Pelz, der sich bereits Notizen gemacht hatte. »Ich glaube, ich habe einen Gedanken.«

»Ich auch, Herr Intendant.«

»Vielleicht denken wir das gleiche?« Dr. Rathberg lehnte sich zurück. So kommt der Zufall immer zu Hilfe, dachte er. Da zerbricht man sich seit Tagen den Kopf, wie man Karin Jarut mit Anstand und ohne Verlust des Ansehens wieder auf die Mattscheibe bringen kann – und jetzt lösen sich alle Probleme wie von allein. »Natürlich geben wir die Jarut und Heimann für diese Aufgabe frei.«

»Ich danke Ihnen!« rief Mr. Withcock enthusiastisch und goß sich ein hohes Glas voll puren Whisky.

»Außerdem kaufen wir die deutschsprachigen Rechte«, sagte Theo Pelz. Rathberg nickte. Die gleichen Gedanken.

»Wir senden es vierzehn Tage nach der amerikanischen Uraufführung. Wann wird die sein?«

»Wenn alles nach Plan läuft, im Mai nächsten Jahres.«

»Das ist sehr gut.« Rathberg sah Pelz lächelnd an. »Dann können wir vertreten, Karin Jarut über Amerika wieder nach Deutschland zu bringen. Das dachten Sie doch auch, Herr Pelz?«

»Fast mit den gleichen Worten, Herr Intendant.«

»Schließen wir also ab!« Dr. Rathberg hielt Mr. Withcock die Hand hin, und wie ein Pferdehändler schlug der alte Filmmann ein. »Ich freue mich, daß wir zusammenarbeiten.«

»Es wird eine Fernsehsensation werden!« rief der alte Withcock. Plötzlich stockte er und zog die Hand zurück. »Über den Preis haben wir noch gar nicht gesprochen. Was zahlen Sie für ›Spitzenhemd und schwarze Kralle‹?«

»Die Hälfte von dem, was Sie sich gedacht haben, Old Boy«, sagte Theo Pelz schnell. »Vergessen Sie nicht: Wir leihen Ihnen unsere Spitzenkräfte ohne Entgelt.«

Mr. Withcock ließ sich zurückfallen in den Sessel und streckte die Beine aus. »Nicht nur in den USA gibt es Gangster«, sagte er lachend. »Aber das habe ich gleich gemerkt, als ich Sie zum erstenmal sah, Mr. Pelz.«

»Und noch etwas!« Dr. Rathberg genoß es, diesen Schuß

abzufeuern. Er entschädigte ihn für vieles, was Pelz im Laufe der Jahre gesagt hatte. »Im Mai wird Fräulein Jarut längst Frau Pelz sein ...«

»Das hätten Sie verschlucken sollen«, sagte Theo Pelz mit schiefem Lächeln. »Jetzt zwingen Sie mich, den fast selbstmörderischen Weg zu machen und Karin zu fragen.«

*

»Nanu?« sagte Karin Jarut erstaunt, als sie durch einen Kuß geweckt wurde. Es war zehn Uhr vormittags, und sie hatte noch in tiefem Schlaf gelegen. Sie verpaßte ja nichts. Ein Pensionär darf sich ausruhen, und außerdem soll ein langer Morgenschlaf hübsch machen. »Was ist denn mit dir los? Am Morgen Zärtlichkeiten ... hast du Kummer, Liebling?«

Theo Pelz setzte sich auf die Bettkante, schob die Bettdecke über Karins Brust, was auch ungewöhnlich war, denn meistens schob er sie herunter, dann nahm er ihre Hände in seine Hände und hielt sie fest. Er war sehr ernst. Karin betrachtete ihn interessiert.

»Was ist? Beten wir jetzt zusammen?«

»Laß das.« Theo Pelz sah sie lange stumm an. Sie hielt seinem Blick stand, auch wenn es ihr reichlich dumm vorkam, so angestarrt zu werden. Schließlich zerrte sie an ihren Händen.

»Willst du mich hypnotisieren? Was ist mit dir, Süßer? Weckst mich mit einem Kuß, und dann sitzt du da wie ein Fakir auf dem Nagelbrett.«

»So ist mir auch zumute«, sagte Pelz. Seine Stimme hob sich etwas. »Wenn du jetzt lachst ... Karin, ich schwöre es dir ... ich vergesse mich ... Ich will dir etwas sagen, was das Dämlichste ist, was zwischen uns gesprochen wurde ...«

»Schieß los, Liebling!«

Sie sah ihn aus ihren blauen Augen wie eine Riesenpuppe an.

»Willst du meine Frau werden?«

»O Gott!« Karin ließ sich in das Kissen zurückfallen und schloß die Augen. »Wieviel Kognaks hast du heute morgen schon getrunken?«

»Ich wußte es!« Pelz sprang von der Bettkante auf. »Ich wußte es! Schlaf weiter! Guten Morgen!«

Er ging zur Tür, aber mit einem Satz war Karin Jarut aus dem

Bett, sprang ihn von hinten wie eine Katze an und klammerte sich an ihm fest.

»Sag es noch einmal!« Sie wirbelte herum und stellte sich ihm in den Weg; ein zierliches, berückend schönes Persönchen mit zerwühlten blonden Haaren und einem Nachthemdchen, das bis an die Knie reichte. Und durchsichtig war es auch.

Theo Pelz schnaufte durch die Nase. »Ich mach mich doch nicht lächerlich«, brummte er. »Ich bin doch kein Clown...«

Da hüpfte sie hoch, hängte sich an seinen Hals und zog die Beine an. Pelz blieb gar nichts anderes übrig, als sie zu fassen und auf seinen Armen zu tragen, um selbst nicht das Gleichgewicht zu verlieren. »Was soll das?« schaufte er.

Karin legte den Kopf an seine Schulter und küßte ihn hinter das Ohr. »Trag mich ins Bett zurück...« sagte sie leise. Es war der zärtlichste Ton, den Pelz je von ihr gehört hatte. »Trag mich sofort ins Bett zurück und sag es noch einmal... oder ich schreie... schreie...«

Was tut man nicht alles um des lieben Friedens willen?

Die Vorhänge an Karin Jaruts Fenster blieben auch noch bis zum Mittag zugezogen...

War dies das Ende Vera Hartungs?

*

Horst Helmke kam aus Hamburg zurück. Er hatte vier Filmrollen heruntergekurbelt, alles Hamburger Hafen. »Es ist erstaunlich, was so ein Hafen hergibt«, sagte Carlos Heimann, der Helmke als erster traf, auf dem Weg zum Kopierraum. »Hundertmal St. Pauli, als Film, als Musical, als Hafenschenke, als Dirnenquartier, als Krimi, als Kulturfilm... und nun wieder vier Rollen voll Seeluft mit Öl. Was hast du denn jetzt geknipst?«

»Eine Durchfallepidemie bei Möwen! Jetzt scheißen sie wie die Reiher.«

Heimann nickte und ließ Helmke ziehen. Der Knabe ist in Ordnung, dachte er. Nicht auf den Mund gefallen. Wer in unserer Branche im Ton von Klosterschülern spricht, ist ein armer Hund. Er wird als doof betrachtet. Er ging hinüber zur Nachrichtenredaktion, um dort etwas Neues zu erfahren. Merkwürdigerweise liefen hier nicht nur die Nachrichten über die politischen Ereignisse zusammen, sondern man erfuhr auch alles, was im Funkhaus geschah, zuerst hier in den Nachrichtenbüros.

Die große Neuigkeit, noch unbestätigt, aber glaubwürdig herumgemunkelt: Pelz wird die Jarut heiraten. Wer das aufgebracht hatte – keiner wußte es. Das Gerücht war plötzlich da, so wie ein Geruch über ein Stadtviertel weht, ohne daß man weiß, woher er kommt.

»Das darf doch nicht wahr sein!« sagte Heimann entgeistert und schlug sich auf die Schenkel. »Das ist eine dicke Ente.«

»Immerhin hat man Pelz gestern mit der Jarut Arm in Arm in der Stadt gesehen.«

»Himmel noch mal, welch keusche Gedanken!« Heimann lachte dröhnend. »Wenn es danach ging, hätte ich einen Harem. Aber wir werden das bald haben: Ich frage sie selbst.«

»Die Jarut?«

»Warum nicht? Seit Jahren spielt sie Kätzchen und kratzt mich; jetzt kratze ich mal!«

Karin Jarut war tatsächlich zu Hause, als Heimann anrief. Sie lag auf der Couch und las den ersten Entwurf des Othello-Musicals. »Nanu?« fragte sie, als sie Heimanns Stimme hörte. »Welch verdammter Klang...«

»Schätzchen, ich habe da eben eine große Glocke läuten gehört... Sie machte ›bim-bam – Karinchen heiratet den Pelz‹... Stimmt das?«

»Wenn das die Glocke läutet...«

»Also doch!«

»Nimmst du nun einen Strick?« Karin lachte zufrieden. »Mach einen Doppelknoten, Schatz, damit er nicht aufgeht.«

»Ich werde Pelz einen dicken Strick schicken!«

»Ekel! Scheusal!«

Heimann sah an die Decke seines Büros und legte die Beine auf den Schreibtisch. »An alles hätte ich gedacht, du blondes Luder, aber daran nicht. Amerika, der alte Withcock, wer weiß, was noch... aber Theo Pelz! Das ist eine Meisterleistung. Damit kommst du wieder in den Sender zurück...«

»Nun hör einmal zu.« Karin warf das Rohdrehbuch weg und klopfte gegen die Sprechmuschel, als habe sie Heimanns Nase vor sich. »Pelz kam von sich aus. Ich hatte keine Ahnung. Ich hatte das nie erwartet.«

»Du unschuldiges Schäfchen. Ich weine gleich vor Rührung. Soll ich dir die weiße Hochzeitskutsche vorsingen?«

»Glaub, was du willst! Und nun laß mich in Ruhe! Ich liebe Theo, das weißt du.«

»Amen!« Heimann legte auf. Es stimmte also, es war kein Gerücht: Karin Jarut wurde Frau Programmdirektor. Was das bedeutete, konnte nur der ermessen, der Karin Jarut gut genug kannte. Und zu denen gehörte Heimann seit Jahren. In Theo Pelz hatte der Sender bisher seinen guten Geist gehabt, nun blieb der Geist in Karins Negligé hängen. Was sagte Dr. Rathberg dazu? Wußte Vera Hartung es auch schon?

Heimann begann, Rundgespräche zu führen.

Vera war nicht zu Hause, sie probte im Ballettstudio eine Tanzeinlage für den »Goldenen Kuß«. Horst Helmke saß im Schneideraum und stritt sich mit den Cutterinnen herum, die rücksichtslos an seinen Hamburgfilmen herumschnippelten. Detlev Cranz hatte die Neuigkeit auch gehört; er hielt sie für ein Windei und war entsetzt, als Heimann ihm alles bestätigte.

»Ich werde mit Rathberg sprechen«, sagte er tapfer. »Soll etwa die Jarut die Rolle im ›Goldenen Kuß‹ übernehmen? Das mache ich nicht mit! Ich bin doch kein Kreisel! Vera ist ein hochbegabtes Mädchen... entweder sie, oder sie sollen sich einen neuen Regisseur suchen.«

An diesem Nachmittag erlebte Intendant Dr. Rathberg einen Aufmarsch seiner engsten und besten Mitarbeiter. Die Vorausexemplare der Illustrierten und Radiozeitschriften waren eingetroffen. Einige von ihnen brachten einen Bildbericht über das Erdbeben auf Zypern und stellten Karin Jarut als die große Freundin von Vera Hartung heraus. Auch ein Blinder wußte nun, wohin das alles lief. Dazu die Bilder vom Brand der Jagdhütte, die Verlobung mit Theo Pelz... der Sender war wie ein Ameisenhaufen, in dem man herumgewühlt hat.

»Ich verstehe Ihre Aufregung nicht, meine Herren«, sagte Dr. Rathberg ruhig. Er reichte Zigaretten und Kognaks herum. Heimann und Cranz saßen vor ihm, außerdem war der Produktionsleiter des »Goldenen Kuß« erschienen. Theo Pelz war nicht im Hause... er führte den alten Withcock aus und zeigte ihm das Rheinland. »Es ändert sich gar nichts. Ich sehe keinen Zusammenhang zwischen der Heirat einer Schauspielerin und unseren Plänen.«

Das hat er nett ausgedrückt, dachte Cranz. So spricht man in Bonn, wenn von der Wiedervereinigung die Rede ist. Laut sagte er: »Herr Intendant, Karin Jarut ist von Ihnen selbst mit den härtesten Worten...«

Dr. Rathberg hob die Hand und sah Cranz tief in die Augen. »Wir wollen nicht die Bibel übertreffen und Sünder, die Reue zeigen, verdammen – nicht wahr, Herr Cranz?« Cranz bekam einen roten Kopf. »Fräulein Jarut wird in einem Jahr wieder zu uns zurückkommen. Solange habe ich sie für Aufnahmen in den USA beurlaubt. Sie ja auch, Herr Heimann. Warum gerade Sie intervenieren, ist mir schleierhaft! Sie wissen doch alles!«

»Es geht um Vera Hartung, Herr Intendant.« Heimann sog an seiner Zigarette wie an einem verstopften Strohhalm.

»Hat jemand verlauten lassen, daß sich auch da etwas ändern könnte?« Rathberg hob die Brauen. »Wenn ja – ich werde diesem schmutzigen Gerücht nachgehen!« Er beugte sich vor. Seine Stimme wurde hart, kalt wie das Aufklingen eines Glases. »Es ist mein Bestreben, in meinem Sender Ordnung und Frieden zu haben. Ich hasse Intrigantentum und Rollenschleicherei! Wir sind hier jeder auf den anderen angewiesen. Wir sind eine einzige große Arbeitsgemeinschaft, die nur funktionsfähig ist, wenn jeder der Freund des anderen ist. Fernsehen, das ist eine riesige Maschinerie, in der das kleinste Rädchen wichtig ist... fällt eines aus, kann es Katastrophen geben! Aber wem erzähle ich das? Sie sind doch alle aufgewachsen in diesem besonderen Klima. Oder – vielleicht liegt es daran – haben Sie kein Vertrauen zu meiner Gerechtigkeit?«

Heimann, Cranz und die anderen Herren schwiegen betreten. Das ist auch so eine Frage, dachten sie. Wie kann er darauf eine Antwort erwarten? Da heißt es immer, Kritik ist fruchtbar – aber macht man mal den Mund auf, wird man in die Ecke gestellt wie ein vorlauter Schüler. Am besten also, man schweigt und schluckt so manches hinunter. Zivilcourage... wo gibt es die? In Romanen und in Lehrbüchern über den Umgang mit dem Chef. In der Praxis denkt man nur an sein gutes Gehalt.

Dr. Rathberg lehnte sich zurück. Das Schweigen seiner besten Mitarbeiter traf ihn tief. Bin ich solch ein Scheusal, dachte er. Zugegeben, ich bin unnahbar. Ich gelte als kalt, abweisend. Als Beamter auf einem der Kunst geweihten Stuhl. Als politischer Aufseher. Repräsentant eines Institutes, das wie kaum ein anderes die öffentliche Meinung beeinflußt. Aber man kann doch mit mir sprechen, zum Teufel noch mal! Ich fresse doch keinen!

»Es ist gut, daß wir jetzt unter uns sind, meine Herren«, sagte er. »Vielleicht war es einmal nötig, daß wir uns näher kennenlernen. Ich habe den Eindruck, daß ich Furcht verbreite.«

»Es... es ist nicht leicht...« sagte Heimann tapfer. Er hatte am wenigsten zu verlieren, sein Amerikavertrag war unterschrieben. Wurde das Othello-Musical ein Erfolg, konnte er in den USA bleiben.

»Machen *Sie* es mir leicht, meine Herren?« Dr. Rathberg schlug die Hände zusammen. »Was ich an Unebenheiten – nennen wir es so diskret – gerade in den letzten Wochen ausbügeln mußte, ist doch wohl mehr, als ein normaler Betrieb vertragen kann! Ich habe die volle Verantwortung für alles, was hier geschieht! Glauben Sie, das ist eine leichte Bürde?«

»Natürlich nicht, Herr Intendant.« Detlev Cranz zog sich auf ein sicheres Gebiet zurück. »Es ging uns nur darum, von Ihnen zu hören, daß Vera Hartung in keiner Weise...«

»Es ist schön, daß Sie sich alle so tapfer für eine Kollegin einsetzen«, sagte Dr. Rathberg. Er lächelte sogar. »Das gefällt mir... aber Sie schießen nach Mücken, meine Herren! Ich habe mit Direktor Pelz schon die Pläne für die kommenden Fernsehspiele durchgesprochen. Fräulein Hartung wird im nächsten Jahr mindestens sechs Hauptrollen übernehmen! Beruhigt Sie das?«

»Ungemein.« Heimann erhob sich schnell. Die anderen Herren folgten ihm. Man soll Leutseligkeit nicht strapazieren... Zusage von sechs Rollen, und jetzt aber weg! »Wir danken Ihnen, Herr Intendant.«

Rathberg begleitete seine Besucher bis zur ledergepolsterten Tür. Er gab jedem die Hand. »Wir sollten öfter zwanglos miteinander sprechen«, sagte er. Dann, als er allein war, trank er einen doppelten Kognak. Er hatte mehr Lampenfieber gehabt als jeder Schauspieler vor dem Öffnen des Vorhangs.

*

Vera Hartung, um die sich alle bemühten, nahm die Neuigkeiten gelassen und ruhig auf. Sie hatte drei Tage drehfrei und ging viel spazieren. Am Abend war sie mit Horst Helmke zusammen. Sie aßen in einem kleinen Weinlokal und bummelten dann wie alle Liebespaare durch die Straßen, blieben vor den Schaufensterauslagen stehen und bauten Luftschlösser, wie sie ihre Wohnung später einrichten würden.

Später dann lag sie auf der Couch vom Helmkes Appartement, hörte Schallplatten, fühlte seine zärtlichen Hände und war glücklich.

»Mir ist das alles egal«, sagte sie einmal, »was da im Funkhaus passiert. Ich habe dich – was will ich mehr? Ruhm? Geld? Starrummel? Warum? Vor ein paar Wochen, da hätte ich noch gekämpft, da hätte ich Karin Jarut weggeboxt, mit allen Mitteln einer Frau...«

»Nein, das hättest du nie, Vera. Du bist ein ganz anderer Typ.« Er küßte sie und streichelte ihr Gesicht. »Weißt du noch, wie wir uns kennenlernten?«

»Du machtest Probeaufnahmen von mir und leuchtetest mein Gesicht aus.«

»Und ich hielt dich für ein Geschöpf von Pelz und wunderte mich, daß ein solch raffiniertes Mädchen so treue Augen haben konnte. Wie können sie so lügen, dachte ich. Aber sie logen nicht... du bist so. Du bist ein einmaliges Mädchen.«

»Vielleicht bin ich nur eine gute Schauspielerin?« Sie lachte und rollte sich weg von der Couch auf den Teppich, als er nach ihr griff und sie an sich ziehen wollte. Er ließ sich ebenfalls von der Couch fallen, und sie wälzten sich wie übermütige Kinder auf dem Teppich, balgten sich und rangen miteinander... und dann plötzlich lagen sie still, engumschlungen und sahen sich tief in die Augen. Ihre Herzen hämmerten, sie spürten jeder das jagende Blut des anderen, und es war ein herrliches Gefühl.

»Du...« sagte Helmke atemlos. »O du...«

»Ich liebe dich...« keuchte sie. »Mein Gott, daß man einen Menschen so lieben kann.«

»Laß uns schnell heiraten, ja? Ganz schnell?«

»Warum?«

»Ehe dich das Fernsehen ganz auffrißt. Ich habe Angst, Vera, richtige Angst.« Er zog sie eng an sich, und sie lagen auf dem Teppich und starrten gegen die Decke. »Je erfolgreicher man ist, um so mehr können sie einen fertigmachen. Wie viele große Lieben sind so schon zerbrochen... da ist der Mann in Rom und die Frau in Afrika, und einen Monat später dreht sie in Finnland und er schwitzt in Hawai... Das ist doch schrecklich.«

»Und bei uns soll das anders werden?« Sie drehte sich in seinen Armen und sah ihn an. Er sah sehr ernst aus und nickte jetzt.

»Ja.«

»Und wie?«

»Wir werden Kinder haben. Zwei... drei... vier... fünf... sechs... sieben... Die sieben Zwerge der Helmkes.«

»Wir reden von Kindern, Familie, Aufgeben des Berufes, als laufe uns die Zeit davon. Und wir sind nicht einmal verlobt...«

»Das ist schnell gemacht.« Helmke löste sich aus der Umarmung, kramte in seiner Hosentasche herum und holte ein Kunststoffkästchen hervor. »Das habe ich aus Hamburg mitgebracht«, sagte er und schob es über den Teppich zu Vera hin. Sie lagen nun auf dem Bauch und starrten beide auf den kleinen, graugrünen Kasten. Ihre Herzen hämmerten noch immer von der Balgerei, die verschwitzten Haare klebten an den Stirnen. »Mach es auf«, sagte er fast bettelnd.

Vera ließ den Verschluß schnappen und öffnete den Deckel. Auf dunkelblauem Samt lagen zwei schmale, einfache goldene Ringe. Sie schwieg, nahm die Ringe heraus, streifte den kleineren über ihren linken Ringfinger und steckte den anderen Helmke an die Hand.

»Du wunderst dich gar nicht«, sagte er, als sie noch immer stumm blieb und ihren Ring betrachtete.

»Ich habe darauf gewartet, Horst.« Und plötzlich lachte sie, wälzte sich wieder über den Teppich und strampelte mit den Beinen. »Nur auf dem Teppich, auf dem Bauch liegend... das habe ich nicht gedacht. Ach, was ist das doch für eine verrückte Welt!«

Sie rollte zurück in seine Arme, die er weit ausbreitete, und dann hatten sie viel, viel Zeit und kümmerten sich nicht um die Schläge der alten Barockuhr auf dem Büfett.

*

Am nächsten Tag gingen die Dreharbeiten weiter.

Zwischenfilm zum »Goldenen Kuß«. Vera Hartung spielte einen Clown. Ihr Partner war der berühmte Musikclown Dodo, den Pelz für eine Traumgage engagiert hatte, damit er fünf Minuten lang seine Virtuosität zeigen konnte. Es war der erste Auftritt Dodos im deutschen Fernsehen; ein Ereignis, das sich schnell im Funkhaus herumsprach. Wer irgendwie abkommen konnte, stand an den Wänden von Studio III herum, drängte sich hinter den Kameras und Scheinwerfern. Detlev Cranz drohte bereits, das Studio zu sperren. »Wenn's losgeht, wünsche ich absolute Ruhe!« schrie er herum. Er hockte unter Kamera I auf dem schwenkbaren Wagen, im Bildmischraum saß der Regieassistent und schwitzte bereits Blut, denn Cranz hatte ihm aufgetragen, diese Aufnahme in eigener Verantwortung zu mischen. »Wenn du Mist machst, kannste ab morgen Däumchen drehen!« hatte Cranz angedroht. »Dodo ist so teuer, daß wir den ganzen Schmu nicht zehnmal wiederholen können! Die Ampex sitzt, oder du lernst fliegen ohne Flugschein, verstanden?«

In den Garderoben wurden Dodo und Vera geschminkt. Nach den Glatzkopfperücken mit dem wuscheligen Haarkranz, der dicken Nase und den buschigen Brauen wurde nun die weiße Untergrundschminke dick auf die Gesichter gestrichen. Auf dieses Weiß wurden dann die riesigen roten Münder gemalt.

Vera saß in ihrem Garderobenraum etwas zurückgelehnt in dem Schminkstuhl und hatte die Augen geschlossen, während der Maskenbildner ihr schönes, schmales Gesicht in eine grelle Clownfratze verwandelte. Um ihren Körper schlotterten die Kleider: eine weite Hose, ein Hemd mit riesiger steifer Brust, ein Kragen mit gewaltiger Schleife und ein tausendfach geflickter Frack, an dem eine Kragenseite fehlte. An ihrer Stelle war ein Blechstück, das aus verschieden dicken Stücken bestand. Hämmerte man dagegen, klang es wie ein Xylophon.

Schnell und sicher verwandelte sich das Gesicht Veras. Ein Clowngesicht ist kein Problem für einen Maskenbildner. Schwieriger ist es, historische Personen zu zaubern, einen Bismarck etwa oder einen Napoleon. Nicht jeder Schauspieler, der so etwas darstellen soll, hat Ähnlichkeit mit den wahren Personen. Hier ist es die Kunst des Maskenbildners, mit

Schminke, Plastikmasse und falschen Haaren die Illusion zu schaffen, Napoleon reite wirklich an der Spitze seiner Truppen in die Schlacht.

Ein leichtes Brennen zog über Veras Haut. Sie zuckte ein paarmal mit den Wangen, aber achtete nicht weiter darauf. Soviel dicke Schminke, dachte sie, das kennt die Haut noch nicht. Als das Jucken stärker wurde, öffnete sie die Augen und sagte es dem Maskenbildner.

»Das gibt sich.« Er zog einen weiten Kreis in Rot um die Lippen. »Ich habe bei Ihnen besonders viel eingefettet, weil Sie es noch nicht gewohnt sind. Um so leichter geht's nachher ab...«

Die Tür wurde aufgerissen und ein junger Männerkopf erschien. Der zweite Regieassistent. »Cranz wartet!« schrie er ins Zimmer. »Los, macht schnell, Kinder!«

»Schon fertig.« Der Maskenbildner überpuderte noch einmal das Clownsgesicht Veras, damit es nicht zu sehr glänzte. Unter den Scheinwerfern und im Fernsehbild wirkte manches anders, als es das menschliche Auge normal sieht. Selbst Politiker müssen sich vor der Fernsehkamera schminken lassen, und das, obschon sie von Berufs wegen immer eine Maske tragen.

»Viel Glück!« Der Maskenbildner drückte beide Daumen. »Sie sind eine geduldige Patientin, Fräulein Hartung.«

»Das ist doch selbstverständlich.«

»O Himmel! Es gibt da Kolleginnen von Ihnen, die wegen eines kleinen Strichs ein großes Theater abziehen. Eine verrutschte Locke... und ein Erdbeben folgt. Ich kann Ihnen da Sachen erzählen...«

Vera Hartung rannte über den langen Gang zum Studio III. Detlev Cranz ließ noch einmal – ohne Dodo – das Orchester Jonny Bender proben. Hier gab es kein Playback-Verfahren, hier wurde alles live aufgenommen. Was Dodo macht, sitzt... das hatte der große Clown verlauten lassen.

»Meine Süße!« Cranz klopfte Vera auf die Schulter. Es gehörte schon Mut dazu, diesen Clown Süße zu nennen. Die Umstehenden grinsten. »Alles behalten? Dodo macht erst seine Nummer mit der Gummigeige. Dann kommst du und tanzt einen Charleston. Du animierst Dodo, der mittanzen muß, auch wenn er nicht will. Am Ende tanzt ihr eine Nummer, die die Zuschauer vom Stuhl reißt. Am Schluß fallt ihr beide um, als wäret ihr tot. Jonny geht vom Charleston über in einen Trauermarsch. Es kommen zweimal sechs Männer im Gehrock und Zylinder und tragen euch würdevoll hinaus. Süße, die Szene muß beim ersten Anlauf sitzen. Wir nehmen gleich auf! Bei der Probe war ja alles bestens!« Cranz sah sich um. »Können wir?«

Von der anderen Seite des Studios winkte Dodo, der große Meister. Alles klar. Die Kameras schwenkten ein. Chefkameramann Helmke fuhr mit der Hydraulik nach oben, um von der Studiodecke aus die Aufnahmen zu machen, ein besonders wirkungsvoller Blickwinkel.

»Ruhe im Stall!« brüllte Cranz.

Plötzlich war Totenstille. Keiner schien zu wagen, laut zu atmen. Die Scheinwerfer blendeten auf, gleißendes Licht lag über der Szene... eine Zirkusmanege, aber ohne das Sand-Sägemehl-Gemisch, sondern ausgestattet wie ein Salon aus den zwanziger Jahren.

Vom Bildmischpult und aus dem Tonraum wurde über Kopfhörer mitgeteilt: Alles klar.

»Na, denn los!« sagte Cranz laut und gab Dodo das Zeichen.

Die große Nummer begann. Was sie kostete, hatte Pelz schamhaft verschwiegen. Man konnte die Honorarsumme nur raten. Aber dafür war es der erste Fernsehauftritt Dodos überhaupt.

Die Gummigeige. Dodo kämpfte mit ihr wie mit einer Riesenschlange. Die vielleicht fünfzig Zuschauer hielten den Atem an. Die Kameras summten, die Scheinwerfer glitten mit, wohin Dodo mit seiner widerspenstigen Geige flüchtete, Jonny Benders Orchester untermalte fehlerfrei. Am Mischpult saß der junge Regieassistent und schwitzte vor Aufregung. Das Urteil über ihn kam hinterher, wenn die Ampexaufzeichnung ablief. Plötzlich war auch Theo Pelz da, stand hinter ihm und sah zu, wie er mischte. »Gut so«, sagte er ein paarmal ermunternd. »Gut so... das ist eine ganz moderne Auffassung. Das wird gefallen.«

Vera saß auf ihrem Stuhl und wartete auf ihren Auftritt. Das Kribbeln und Jucken auf ihrer Gesichtshaut war einem stechenden Brennen gewichen. Sie biß die Zähne aufeinander. Nur nichts anmerken lassen, befahl sie sich. Nur nicht nervös werden. Es geht gleich vorbei... es ist halb so schlimm... die Haut kennt das noch nicht... Ruhig, Vera, ruhig...

Dodo kam zum Ende seiner Nummer. Das Wunder geschah... die Gummigeige gab Töne von sich, so herrliche Töne, als spiele Dodo eine Stradivari. Das war eines seiner Geheimnisse, und das kostet Geld, dachte Theo Pelz im Mischraum.

Jonny Bender ging über in die ersten Takte des Charleston. Vera sprang auf. Ihr Gesicht brannte wie Feuer, schlimmer als bei einem Sonnenbrand. Sie hatte das Empfinden, ihr Gesicht müsse rotglühend leuchten und aufgedunsen sein wie ein Hefekloß. Wie es die Rolle erforderte, stolperte sie in die Manege, sah den verdutzten Dodo, stieß einen hellen Schrei aus, ruckte an Hose und Frack und machte die ersten tollen Charleston-Schritte.

Mein Gesicht... dachte sie dabei nur. Was ist mit meinem Gesicht. Ich verbrenne ja... o Himmel, ich verbrenne...

Sie hörte die Musik nur wie durch einen Feuervorhang. Sie tanzte die einstudierten Figuren, und weil sie so völlig ein Clown war, wirkte alles lustig, vollkommen, gekonnt, artistisch, auch wenn sie aus dem Takt kam, stolperte und sich wieder fing. Der einzige, der etwas merkte, war Detlev Cranz. Er hockte unter Kamera I und kaute nervös an den Nägeln.

Das Brennen im Gesicht wurde zum Feuer, zu einer Glut, die unerträglich das Gesicht wie in Flammen tauchte. Noch ein paar Takte tanzte Vera ihren herrlich komischen Charleston, dann zerbrach ihre Beherrschung an dem Schmerz, der ihren Kopf fast zerspringen ließ. Sie taumelte, riß sich plötzlich die Perücke vom Kopf, die lange Nase aus dem Gesicht und fuhr sich mit beiden Händen in die weiße Clownmaske.

»Mein Gesicht!« schrie sie grell. »Mein Gesicht. Ich verbrenne... ich... verbrenne...«

Die Musik brach mißtönend ab. Dodo stürzte auf Vera zu und fing sie auf, als sie schreiend zu taumeln begann. Detlev Cranz brüllte nach einem Arzt und stürzte zu Vera, Horst Helmke fuhr mit seiner Hydraulik von der Decke herab und bahnte sich mit den Fäusten einen Weg durch die Menge, die sofort Vera umringt hatte. Aus dem Mischrauam rannte Theo Pelz und schrie jeden, dem er begegnete, an: »Einen Arzt!

Rufen Sie einen Arzt! Studio III!« Die Scheinwerfer erloschen. Als Pelz im Studio erschien, wälzte sich Vera in unerträglichen Schmerzen auf dem Teppich der Dekoration. Ihre Hände hatte sie gegen das Gesicht gepreßt, ihr Körper zitterte vor der flammenden Glut in ihrer Haut.

»Abschminke her!« schrie Helmke. »Zum Teufel, hat denn keiner Abschminke hier?!«

Es dauerte ein paar Minuten, bis jemand aus einer der Garderoben einen großen Topf mit Abschminke brachte. Helmke und Dodo schmierten sie Vera ins Gesicht, während Cranz, leichenblaß, ihr die Arme herunterhielt, weil sie vor Schmerz um sich schlug.

In wenigen Minuten war die Clownschminke entfernt... als Helmke noch einmal über das zuckende Gesicht wischte, mit einem frischen Handtuch, blieb etwas zurück, was alle für einen verwischten Rest Schminke gehalten hatten... eine feuerrote, aufgedunsene Haut, eine Haut, die zu platzen schien.

»Mein Gott...« stammelte Helmke und umfaßte Vera. »Was ist denn das? Was... was ist das...?«

Endlich kam der Arzt. Da Pelz mindestens zehn Personen auf seinem Weg zum Studio angebrüllt hatte, trafen in kurzen Abständen noch vier weitere Ärzte im Studio ein. Alle fünf waren sich einig, nachdem man Vera eine Spritze gegen die wahnsinnigen Schmerzen gegeben hatte und sie in ihrer Garderobe auf einem Sofa dahindämmerte, daß die Haut durch die Schminke zerstört worden war. Einer der Ärzte sprach es ganz klar und brutal aus. »Die Haut ist irgendwie verätzt worden.«

»Aber das ist doch unmöglich«, stammelte der Maskenbildner, den Theo Pelz in seiner Erregung einen Verbrecher nannte und auf der Stelle fristlos entließ. »Ich arbeite mit der Schminke seit Jahren. Herr Dodo hat die gleiche Schminke. Es hat nie so etwas gegeben. Wieso kann denn die Schminke ätzen? Das ist doch Fett.«

Der Einwand war logisch. Die Ärzte sahen sich an, rochen an dem großen Schminktopf mit der weißen Farbe und schüttelten den Kopf.

»Was nun?« stammelte Helmke. Er saß neben Cranz bei Vera und hielt ihren Kopf fest. Sie schlief, durch die starke Spritze von allen Schmerzen erlöst. »Was passiert nun mit ihr?«

»Sie muß sofort in die Hautklinik. Ich habe schon anrufen

lassen. Ein Krankenwagen ist unterwegs. Vielleicht kann man die Haut noch retten.«

»Und wenn nicht?« fragte Pelz heiser.

Die Ärzte schwiegen. Und damit sagten sie genug.

Ein verstümmeltes Gesicht.

Eine neue Haut, die vielleicht schrumpelig und rotfleckig nachwachsen würde.

Das schöne Gesicht der Vera Hartung, das schönste Mädchengesicht, das Pelz je gesehen hatte, für alle Zeiten verloren.

»Das darf nicht sein«, sagte er leise. »Meine Herren, das darf einfach nicht sein...«

»Hier können wir nur warten.« Einer der Ärzte beugte sich über Vera und betastete vorsichtig die aufgedunsene, rote Haut. »Vielleicht war es ein großes Glück, daß soviel Fett als Untergrund eingerieben wurde...«

Der Krankenwagen brachte Vera in rasender Fahrt zur Klinik. Helmke, Cranz und Pelz begleiteten sie. Noch im Wagen wurde sie von einem mitgekommenen jungen Arzt mit einer Salbe behandelt. Es war makaber, sie anzusehen... nun sah sie wieder wie ein Clown aus, dick mit einer weißen, ins Gelbliche schimmernden Masse überzogen. Ein trauriges Bajazzogesichtchen...

»Ich kann das einfach nicht verstehen«, sagte Cranz immer wieder. Er hielt den großen Schminktopf mit der weißen Schminke zwischen den Knien. Sie sollte im Labor untersucht werden. »Man kann eine empfindliche Haut haben, man kann allergisch sein – aber so etwas? Haben Sie schon mal so was gesehen, Doktor?«

Der junge Arzt hob die Schultern. »Ich kann mir noch kein Bild machen. Herr Professor Warritz wartet in der Klinik. Ihn interessiert der Fall sehr. Solche Allergien sind selten, in solcher Stärke. Auf keinen Fall aber sieht die Haut dann aus wie geätzt. Da muß etwas anderes passiert sein.«

»Sie... Sie glauben... eine Schweinerei?« stotterte Cranz.

Der Arzt schwieg wieder. Man sagt als Mediziner nicht gerne Dinge, die man nicht hundertprozentig verantworten kann.

Zwanzig Minuten später lag Vera auf dem Untersuchungstisch. Grelle Scheinwerfer tauchten ihr Gesicht in ein gnadenloses Licht. Die OP-Schwester hatte die Salbe wieder abgewischt. Professor Warritz untersuchte mit einer Lupe einige Gesichtspartien, während der Oberarzt ein Hautstückchen ablöste und ins Labor schickte.

»Die Sache ist ganz klar... das ist eine reine Säureverletzung«, sagte Professor Warritz. »Die in die Poren eingeriebene Fettcreme hat das Schlimmste verhindert, sonst wäre die Haut völlig zerstört. Allerdings muß ich zugeben, daß es in meiner langen Praxis noch nie vorgekommen ist, daß sich jemand durch Theaterschminke die Haut wegätzt.«

*

Theo Pelz, Detlev Cranz und Horst Helmke saßen im Warteraum der Hautklinik wie ein Trio, das hingerichtet werden soll. Sie sahen, wie man Vera auf einem fahrbaren Bett aus dem Untersuchungszimmer hinausrollte. Sie schlief noch und sah fremd aus. Cranz und Pelz hielten Helmke fest, der zu ihr hinlaufen wollte. Als Professor Warritz aus dem Zimmer kam, sprangen sie alle drei auf.

»Ätzungen!« sagte Professor Warritz knapp.

»Das ist ja verrückt!« Theo Pelz griff sich an den Kopf. »Durch Fettschminke?«

»Es ist rätselhaft. Aber warten wir die Laborergebnisse ab.«

Nach einer Stunde platzte dann die Bombe. Professor Warritz ließ die Herren vom Fernsehen zu sich in sein Arbeitszimmer bitten. Auf dem Schreibtisch vor ihm stand der hohe Schminktopf. »Bitte, nehmen Sie Platz, meine Herren«, sagte er und wies auf die alten schweren Ledersessel, die seit vierzig Jahren in diesem Raum standen. Sein Vorgänger hatte sie stehen lassen, und Warritz hatte sich an sie gewöhnt. »Nun ist alles klar.«

»Da bin ich aber gespannt«, sagte Detlev Cranz. »Ich werde in Zukunft jede weiße Schminke chemisch untersuchen lassen, ehe ich sie anschmieren lasse.«

»Das sollten Sie auch tun.« Es klang gar nicht ironisch, sondern sehr ernst. Mit einem langen Bleistift schlug Professor Warritz gegen den hohen Schminktopf aus Porzellan. »Dieses Clownweiß hat es in sich. Hier unser Laborbericht. Unter die Fettmasse der Schminke wurde ein salzsäurehaltiges Pulver gerührt. Bei Berührung mit der Haut, vor allem, wenn die Haut zu schwitzen beginnt, löst sich die kristalline Form der Säure und wird zur ätzenden Flüssigkeit...«

»Das kann doch nicht wahr sein...«, stotterte Theo Pelz. »So etwas gibt es doch nicht...«

»Bitte!« Professor Warritz schob ihm den Schminktopf zu. »Schmieren Sie sich eine Hautpartie damit ein. In zehn Minuten haben Sie die schönste Verätzung.«

Theo Pelz sah Horst Helmke mit weiten Augen an. Beide dachten das gleiche, aber keiner sprach es aus. Das tat Cranz in seiner polternden Art.

»Mit anderen Worten, Herr Professor: Auf Vera Hartung ist ein Säure-Attentat verübt worden.«

»Man kann es so nennen.« Professor Warritz nickte.

»Na, dann prost!« Cranz lehnte sich zurück. Pelz und Helmke starrten sich noch immer an. »Nun haben wir den reinsten Durbridge im eigenen Haus...«

»Jetzt zeige ich sie an...« sagte Helmke dumpf. »Jetzt zeige ich dieses Luder von Karin an! Und wenn Sie mich hindern wollen, Herr Direktor... ich mache daraus einen Skandal, der über alle Grenzen...«

»Halten Sie die Luft an, Horst.« Pelz holte mit zitternden Fingern eine Zigarette aus seinem Etui. »Karin ist seit zwei Tagen in München. Außerdem würde sie so etwas nie tun.«

»Ach! Und die belichteten Filme auf Zypern?«

»Vergessen wir das.«

»Jawohl, jetzt, wo sie Ihre Braut ist!« Helmke sprang auf. »Ich sage Ihnen eins...«

»Seid doch still!« Cranz wedelte mit beiden Armen. »Karin war es nicht. Ich habe die Schminke gestern noch beim Ballett gebraucht. Da ist nichts passiert. Wir haben jemanden unter uns, der Vera so haßt, daß er sogar ihr Gesicht zerstören will.«

»Ausgerechnet Vera! Die keinem etwas zuleide tut!« rief Helmke.

»Haben Sie eine Ahnung! Es gibt eine ganze Menge, die Vera den Aufstieg zum Star übelnehmen, weil sie dabei übergangen wurden.« Cranz wandte sich an Professor Warritz, der stumm zugehört hatte. »Sie erleben jetzt eine Uraufführung, Herr Professor. Titel: ›Wer hat Vera Säure ins Gesicht geschmiert?‹ Ihre Rolle ist klein, aber wichtig: Sie haben es entdeckt.«

Professor Warritz schob den Schminktopf näher zu sich, als wolle ihm jemand das Gefäß wegnehmen. »Was bin ich glücklich, nur Mediziner zu sein«, sagte er. »Aber die Polizei werde ich Ihnen nicht ersparen können. Ich muß den Vorfall melden. Es ist ein kriminelles Delikt.«

»Auch das noch«, sagte Theo Pelz. »Haben wir nicht schon genug durchgemacht?«

*

Als Vera aus ihrem Betäubungsschlaf erwachte, lag sie in einem weißen Bett in einem kahlen, weißgetünchten Zimmer. Ihr Gesicht war umwickelt und merkwürdig kühl. Wenn sie die Backenmuskeln bewegte, fühlte es sich an, als läge eine feuchte Masse auf der Haut.

Was ist geschehen, dachte sie. Wie komme ich hierher? Was ist mit meinem Gesicht?

Langsam kam die Erinnerung wieder, tauchte wie aus einem Nebel auf.

Die Clownszene... der Charleston... das Feuer im Gesicht... wahnsinnig... wahnsinnig... sie hörte sich selbst schreien...

Mein Gesicht!

Mit beiden Händen fuhr sie zum Kopf. Jemand ergriff ihre Arme und drückte sie mit sanfter Gewalt aufs Bett zurück.

»Du mußt ganz ruhig liegen«, sagte eine Stimme neben ihr. »Es ist alles gut.«

»Horst...«

»Ja...« Seine Stimme war ein Streicheln, beruhigend, sanft, so wundervoll geborgen. »Wie fühlst du dich?«

»Als ob ich schwebe...«

»Das macht die Spritze. Hast du noch Schmerzen?«

»Nein. Gar keine. Es ist so schön kühl auf dem Gesicht. Wie nach einer kalten Dusche.« Sie drehte den Kopf langsam herum. Horst Helmke saß neben ihrem Bett und hielt ihre Hand fest. Während Cranz und Pelz zurück ins Funkhaus gefahren waren, um zusammen mit der Kriminalpolizei zu untersuchen, wie es möglich war, daß jemand ein Säurepulver unter die Schminke mischen konnte, war er in der Klinik geblieben und hatte geduldig gewartet. »Was ist eigentlich passiert, Horst? Was ist mit meinem Gesicht?«

»Eine ganz große Schweinerei, Vera.« Helmke beugte sich

über sie und küßte sie auf den Mund, der schmal und blaß aus den Mullkompressen und dem Verband heraussah. »In der Schminke war Salzsäure.«

»O Gott!« Vera griff wieder nach ihrem Kopf. »Ist mein Gesicht weg, Horst? Sag es ehrlich! Belüge mich nicht! Habe ich kein Gesicht mehr? Bin... bin ich häßlich geworden?«

Ihre großen braunen Augen bettelten, ihr Mund zuckte. Was gibt es Schrecklicheres für eine Frau, als ein zerstörtes Gesicht? Ein Gesicht voller Narben und Schrunden, voller Flecken und geschrumpfter Haut? Eine Fratze. »Sag es mir!« stammelte sie. »In ein paar Wochen sehe ich es ja sowieso. Ich will es jetzt wissen, jetzt! Bin ich für alle Zeiten häßlich?«

Horst Helmke beugte sich über sie. Es fiel ihm unendlich schwer, etwas zu sagen. Er küßte sie und schmeckte die salzige Feuchtigkeit auf ihren Lippen. Sie weinte. Die Tränen rannen über den Verband zu ihrem Mund.

»Ich weiß es nicht«, sagte er ehrlich. »Wir wissen es alle noch nicht... Wir müssen hoffen...«

*

Diesmal gelang es, über einen Vorfall im Funkhaus völliges Stillschweigen zu wahren. Intendant Dr. Rathberg selbst ließ alle Mitarbeiter, die im Studio den Zusammenbruch Vera Hartungs miterlebt hatten, zu sich kommen und verpflichtete sie dazu. »Wenn ein einziger Ton an die Öffentlichkeit dringt«, sagte er zu der Versammlung, die sein großes Büro füllte, »werde ich nicht erst lange untersuchen lassen, wer hier den Mund aufgemacht hat; ich werde lediglich für alle von Ihnen Kündigungsschreiben diktieren beziehungsweise eine Versetzung beantragen.« Er blickte über die Vielzahl der Köpfe hinweg. »Haben wir uns verstanden?«

Gemurmel antwortete ihm. Dann verließen die bedrückten Mitarbeiter das Chefzimmer und verteilten sich wieder auf ihre Zimmer im Funkhaus. Zurück blieb Theo Pelz, der eine Liste aller Anwesenden angefertigt hatte.

»Was nun?« fragte Dr. Rathberg ziemlich erschüttert. »Was meldet die Klinik?«

»Helmke ist bei Vera. Sie weiß, was geschehen ist. Er hat es ihr gesagt.«

»Und wie nimmt sie es auf?«

»Tapfer.« Pelz blickte auf seine Schuhspitzen. »Was bleibt ihr anderes übrig?«

»Und die Ärzte?«

»Sie haben Hoffnung.«

»Wirklich?« Dr. Rathberg ging wieder an sein großes Fenster. Der Blick über den Fluß war wie eine Flucht. Hier stand er immer, wenn er nachdachte, wenn ihm etwas sehr ans Herz ging, wenn er sich ärgerte oder wenn er Ruhe brauchte. Die Weite der Landschaft, das träge fließende Wasser, die Schiffe, der helle Himmel – sie waren wie Balsam für ihn. Sie zeigten ihm, wie klein der Mensch ist in seiner grandiosen Umgebung, und wie sinnlos es doch sein kann, sich über kleine Dinge aufzuregen. Der Strom floß weiter, nichts änderte sich. Dieser Blick aus dem Fenster war schon oft Medizin für Dr. Rathberg gewesen.

»Sie wird ihr Gesicht behalten?« fragte er leise.

»Ja. Das Unterfett hat vieles neutralisiert.« Theo Pelz nahm eine Zigarette aus dem silbernen Kasten. Seine Finger bebten etwas, als er sie anzündete. »Nicht auszudenken, wenn der Anschlag gelungen wäre...« Er sah auf seine Armbanduhr. »Die Herren von der Kriminalpolizei müssen gleich kommen.«

»War das nötig?« fragte Dr. Rathberg gequält.

»Nicht ich habe sie verständigt, sondern der Chef der Klinik. Nachdem im Labor die Salzsäure festgestellt worden war.«

»Man wird den Täter nie finden! Zu viele Personen haben Zutritt zu den Garderoben! Wenn niemand einen Verdacht hat, dann suchen Sie mal unter hunderttausend Personen einen Mann mit einer Warze am Knie, ohne die Hunderttausend auszuziehen!«

Genauso war es auch.

Nach zwei Stunden verließen die Herren von der Kriminalpolizei wieder das Funkhaus, ohne etwas gefunden zu haben. Sie hatten die Garderobe Vera Hartungs auf den Kopf gestellt, sie hatten Beleuchter, Kameramänner, Regisseur Cranz, Skriptgirl, Atelierarbeiter, Schauspieler und den großen Meisterclown verhört – das Ergebnis war mager. Niemand konnte sich denken, wer in die Schminke Veras die Salzsäure gemischt hatte. Nur als ein Beamter ganz nebenbei Detlev Cranz fragte: »Hat es in letzter Zeit zwischen Vera Hartung und anderen

Kollegen einen großen Streit gegeben?« schüttelte er zwar den Kopf, aber seine Augen wurden merkwürdig starr.

Die Außenaufnahmen auf der Skihütte.

Biggi Bergens unmögliches Benehmen und Hinauswurf.

Die Drohung, sich zu rächen.

Detlev Cranz zog sich in sein Zimmer zurück, das man Regisseuren zum Ausruhen zur Verfügung stellte, trank ein paar doppelstöckige Kognaks und schüttelte immer wieder den Kopf.

»Das ist nicht möglich«, sagte er schließlich laut zu sich selbst. »Sie ist ein kleines Biest, aber so etwas ist unmöglich.«

Aber er handelte schnell. Als Regisseur ein Meister von dramatischen Effekten, baute er jetzt eine kleine eigene Szene auf, eine Privatinszenierung, simpel und kostenlos, aber von einer höllischen Wirksamkeit.

Ein paar Rundgespräche im Haus überzeugten ihn davon, daß Biggi Bergen nicht im Studio war, als Vera mit verätztem Gesicht zusammenbrach. Sie saß zu Hause in ihrer kleinen möblierten Wohnung und wartete darauf, daß man ihr wieder eine Rolle anbot. Cranz wird von selbst zu mir kommen, dachte sie. Er wird es ohne mich keine Woche aushalten. Er wird an meinen Körper denken, an meine Zärtlichkeiten, an die Stunden so mancher Nacht... es ist einfach unmöglich, mich zu vergessen.

»Ich brauche noch einmal Studio III«, sagte Cranz ins Telefon zur Abteilung Produktion. »Ja, nur für eine Stunde. Nein, ohne Dekoration. Auch keine Kameramänner. Ich mache alles allein... ich möchte nur ungestört sein. Es handelt sich um einen besonderen Trick.«

Ob es gelingt, dachte er. Und wenn es ein falscher Gedanke war? Warten wir ab! Ist es eine falsche Spur, wird Biggi Bergen nie erfahren, daß sie einen weiblichen Satan gespielt hat.

*

Biggi Bergen wurde rot, und eine plötzliche heiße Welle überspülte sie, als das Telefon klingelte und sich die Vermittlung des Funkhauses meldete. Jetzt, dachte sie. Jetzt ist es passiert. Es wird Doris sein, die mich anruft. Im Funkhaus muß jetzt die Hölle los sein.

Sie nahm das Telefon mit zur Couch, legte sich darauf, denn sie fühlte, wie ihre Beine vor Aufregung schwach wurden, und wartete, bis nach einigem Knacken in der Leitung sich die Stimme von Doris melden würde. Ein Zittern lief durch ihren Körper. Quatsch, dachte sie. Bloß jetzt nicht abbauen! Ganz ruhig sein, ganz ruhig...

Die Stimme von Detlev Cranz, die sie plötzlich hörte, war deshalb um so erschreckender. Sie legte den Kopf zurück und atmete ein paarmal tief ein.

»Du...?« sagte sie gedehnt. »Ich wüßte nicht, was du noch zu sagen hättest! Spar dir alle Worte. Es ist aus, mein Lieber!«

Er kommt, dachte sie dabei. Gleich wird er betteln, wie alle Liebhaber gebettelt haben, die mich nicht vergessen wollten. Und ich werde ihn zappeln lassen... er soll ersticken wie ein an Land gezogener Fisch...

»Komm zum Funkhaus!« sagte Cranz ohne Einleitung. »So, wie du bist.«

»Weißt du denn, wie ich jetzt bin?« Biggi lachte ein wenig verworfen. »Wenn du mich sehen könntest...«

»Mach keine Sprüche... komm!«

»Und warum? Um neue Moralpredigten zu hören? Danke.«

»In zwanzig Minuten mache ich Aufnahmen in Studio III. Wenn du dann nicht hier bist, kann dir keiner helfen.«

»Aufnahmen?« Biggi hielt den Atem an. »Sag das noch einmal!«

»Studio III. Ich warte!«

»Halt!« Biggi sprang auf. »Bleib am Apparat, Liebster. Was sagt denn Dr. Rathberg?«

»Ich habe ihn mit viel Mühe herumgekriegt, noch einmal ein Auge zuzudrücken. Aber es ist deine letzte Chance.«

»Du bist ein Schatz! Du bist ein wirklicher Schatz.« Biggi spitzte die Lippen und knatschte einen Kuß ins Telefon. »Und heute abend... was machen wir da, Liebling?«

»Darüber unterhalten wir uns noch. Ich habe jetzt keine Zeit.«

Cranz legte auf und hieb mit der Faust auf den Tisch. Dann lief er hinüber zum Studio III und begann, alles für seine Privatvorstellung herzurichten.

Es dauerte keine Viertelstunde, bis Biggi Bergen ins Studio wirbelte wie ein blonder Sturmstoß. Sie fiel nach einem Rundblick, der ihr sagte, daß sie allein waren, Cranz um den Hals und küßte ihn glühend. Dann erst sagte sie etwas, und es war eine Frage, die Cranz sehr aufmerksam machte.

»Was ist mit Vera?«

»Wieso? Was soll mit Vera sein?« fragte Cranz zurück.

»Weiß sie, daß ich jetzt doch wieder mitspiele?« Lauern lag in den Augenwinkeln Biggis, Cranz bemerkte es sehr wohl.

»Natürlich. Die kleine Szene, die du jetzt spielen sollst, war eigentlich Veras Szene. Aber sie mußte zum Arzt.«

»Ach!« Biggis Augen flimmerten. »Schlimm?«

»Nein. Ein Schnupfen. Sie hustet wie eine Hustenbonbonreklame.«

»Ach so.« Biggi sah sich um, Studio III war leer. Drei Scheinwerfer brannten und tauchten einen Stuhl in grelles Licht. Die Kulissen waren zur Seite geschoben. Neben der Kamera stand ein Schminktisch mit einem Hocker. Vor dem Spiegel glänzte ein Schminktopf aus Porzellan. Puderquasten, Lippenstifte und andere Farbstifte lagen in einer Porzellanschale. Aus den Augenwinkeln heraus betrachtete Biggi den hohen Topf.

»Keiner hier?« fragte sie. »Noch zu früh?«

»Nein.« Cranz kletterte hinter die Kamera und schwenkte sie zum ausgeleuchteten Stuhl. »Die Szene ist klein, wozu den ganzen Apparat? Das machen wir zwei allein. Paß einmal auf... die Situation ist so: Du bist praktisch das Double von Vera. Keiner erkennt dich, die Aufnahmen sind von hinten...«

»Eine tolle Rolle!« Biggi Bergen setzte sich auf den Stuhl und blinzelte ins Licht. »So wird man nie ein Star.«

»Sei vernünftig, Kleines. Daß Rathberg dich überhaupt vor eine Kamera stellen läßt, ist schon ein einmaliger Vorgang. Sei zufrieden. Die nächsten Aufnahmen sind von vorn.« Cranz fuhr mit der Kamera heran. Biggi zog einen Flunsch.

»Also gut«, sagte sie. »Was soll ich als Double tun?«

»Dich ausziehen.«

»Ach nee! Die große Vera ist sich wohl dazu zu schade, was?«

»Du hörst, sie ist erkältet! Also, Süße, hör zu: Du bist also Vera, kommst von deinem Clownauftritt zurück, hast dich ausgezogen und willst nun ins Bad, dich abbrausen. Die Aufnahme setzt ein, wo du ausgezogen am Stuhl stehst, dich müde reckst und nach hinten in den Schatten weggehst. Da du eine verteufelt schöne Hinterseite hast, ist das genau deine Rolle. Müssen wir das proben?«

»Nein.« Biggi Bergen schlug die langen Beine übereinander. »Das habe ich oft genug vor dir gespielt.«

»Keine persönlichen Dinge, Schätzchen! Los, zieh dich aus. Und nun schmink dir das Gesicht als Clown. Das ist ja der Knüller: Ein herrliches nacktes Weib mit dem Gesicht eines blöden Clowns... Nun mach schon...«

Biggi Bergen erhob sich. Beim Gehen zum Schminktisch zog sie den Pullover aus, ließ den Rock fallen und knöpfte ihren BH auf. Mit nacktem Oberkörper setzte sie sich auf den Hocker und blickte in den runden Spiegel. Detlev Cranz hinter der Kamera tat völlig unbeteiligt.

»Du siehst toll aus«, sagte er bloß. »Du hast eine schönere Figur als Vera Hartung.«

»Ach.« Biggi sah auf den Porzellantopf. Er war halb voll mit fettiger weißer Clownschminke. Ihre Lippen zuckten, als sie ihn zu sich heranzog. Die großen blauen Kinderaugen bekamen einen ängstlichen Glanz.

»Nun fang schon an.« Cranz drehte an dem Objektivrevolver. »Schnell weiße Schminke übers Gesicht... ich schneide es ja doch nur von der Seite an... keine große Unterlage, in zehn Minuten kanst du dich wieder abschminken. Es ist nur, daß der Eindruck entsteht, du seist noch in der Clownmaske, du verstehst?«

Biggi Bergen nickte. »Ja...« sagte sie. Ihre Stimme war merkwürdig rauh. »Was ist das für Schminke?«

»Mein Gott, was weiß ich?« Cranz beobachtete sie scharf durch die Kamera. Er hatte Großaufnahme eingestellt. Biggis Puppengesicht zeigte deutlich unterdrücktes Entsetzen. »Es ist Schminke, wie alle andere. Nun schmier sie schon drauf!«

Biggi tauchte die Fingerspitzen in die weiße, fettige Creme. Aber kaum hatte sie die Fettmasse berührt, zuckte sie schon wieder zurück. Cranz sagte in diesem Moment lässig.

»Ach ja, es ist der Schminktopf aus Veras Zimmer. Arnold hat die ganzen Klamotten vorhin rübergebracht.«

Arnold war der Maskenbildner. Biggi Bergen fuhr zurück, als zische eine Flamme aus dem Schminktopf.

»Ich möchte andere Schminke haben«, sagte sie heiser.

»Blödsinn! Mach schon! Wir haben keine Zeit.«

»Diese Schminke nehme ich nicht!« Biggi sprang auf. Der Hocker polterte auf den Boden. Detlev Cranz hinter seiner Kamera war jetzt ganz ruhig. Du Aas, dachte er bloß. Du gemeines, kleines Teufelchen! Wir sind noch nicht am Ende der Vorstellung.

»Warum denn nicht?« fragte er nüchtern.

»Ich nehme nichts, was Vera gehört! Du weißt, warum!«

»Unsinn! Die Schminke ist Eigentum des Funkhauses. Nun schmier schon, Schätzchen!«

»Nein!« Biggi Bergen wich vom Schminktisch zurück. Sie sah wundervoll aus in ihrer halben Nacktheit. Die blonden Haare flossen über die Schultern bis zu den spitzen Brüsten und umwehten sie, als sie jetzt wild den Kopf schüttelte.

»Kind, werd nicht hysterisch.« Cranz kletterte vom Kamerawagen herunter. Die große Szene begann.

Er ging zum Schminktisch, nahm den Porzellantopf in die linke Hand, tauchte die Rechte tief in die weiße Clowncreme und kam auf Biggi zu.

»Komm«, sagte er dabei. »Halt das Gesicht hin... benimm dich nicht wie eine ungemolkene Kuh... Für Launen ist hier kein Platz.«

Mit einem spitzen Schrei wich Biggi zurück. Sie streckte beide Arme vor und wehrte Cranz ab, der mit der weißen Hand nach ihrem Gesicht fuhr. »Nein!« schrie sie hell. »Nein. Laß das! Laß mich in Ruhe!«

Mit einem bösen Lächeln setzte Cranz ihr nach. Er tauchte die rechte Hand noch einmal tief in den Topf, holte einen großen Klumpen hervor und stellte dann den Topf weg. Mit der linken ergriff er Biggi und zog sie zu sich.

»Nein!« schrie sie wieder. Sie schlug um sich, riß sich los und flüchtete durch das Studio. Cranz rannte hinter ihr her, den Klumpen weißer Schminke in der rechten Hand. Er kannte kein Mitleid mehr... eine blinde Wut stieg in ihm hoch, die alles andere überdeckte.

»Bleib stehen!« sagte er hart. »Bleib stehen!«

Biggi rannte durch die Kulissen, stolperte über Kabel und Versatzstücke, hetzte wie ein gejagtes Wild herum und erreichte die Tür. Sie war abgeschlossen. Verzweifelt rüttelte sie an der Klinke, aber als sie Cranz heranschnellen sah, rannte sie weiter. Es sah aus, als jage ein Faun eine halbnackte, herrliche Nymphe... nur war es hier kein Spiel mehr, sondern verzweifelter Ernst.

Mit ein paar Sprüngen schnitt Cranz Biggi Bergen den Weg ab. Er drängte sie in eine Ecke und verstellte ihr den Weg. Zitternd, mit entsetzensweiten Augen, den Mund zu einem Schrei geöffnet, starrte Biggi ihn an.

»Nimm die Schminke...« sagte Cranz schwer atmend. Er riß Biggi an sich. Sie trat ihm gegen das Schienbein, ihre kleinen Fäuste hämmerten auf ihn ein. Dabei schrie sie wie in höchster Todesangst.

»Hilfe! Hilfe! Nicht... nicht...«

Cranz spürte nicht den Schmerz an seinem Schienbein, die Faustschläge prallten an ihm ab wie an einer Puppe. Er sah nur die weiten Augen Biggis und daß sie genau wußte, was mit dieser Schminke war.

Mit einem wilden Ruck zog er sie an sich, seine rechte Hand fuhr blitzschnell empor und schmierte den weißen Fettkloß in Biggis Gesicht, bevor sie sich fallen lassen konnte. Sie brüllte auf, als sie die weiße Masse auf ihrer Haut spürte, versuchte, sie mit beiden Händen wegzuwischen, aber dadurch verschmierte sie die Schminke nur noch mehr und verrieb sie über ihre rechte Wange.

In diesem Augenblick zerbrach in Biggi Bergen aller Widerstand. Sie fiel auf die Knie, ihr herrlicher Körper war ein einziges Zucken.

»Einen Arzt!« schrie sie. »Helft mir doch! Helft mir doch! Ich will mein Gesicht behalten... ich... will... mein Gesicht...«

Mit einen ächzenden Laut fiel sie nach hinten um. Das Grauen hatte sie ohnmächtig gemacht.

Detlev Cranz sah zurück zur Rückwand des Studios III. Hinter dem Glasfenster zum Tonraum ging Licht an. Der Kopf von Theo Pelz drückte sich gegen die Scheibe.

»Hier haben Sie den Täter, Herr Direktor«, sagte Cranz hart. »Genügt Ihnen das?«

»Danke.« Die Stimme Pelz' war selbst im Lautsprecher wie mit Rost belegt. »Es ist alles auf Tonband.«

Cranz nickte. Er knipste das Mikrophon aus, drehte die Scheinwerfer aus und bückte sich dann. Mit einem Ruck warf er die ohnmächtige Biggi Bergen auf seine Schulter und verließ das Studio.

Es war ein Anblick wie nach einem Happening: Ein Mann in Hemdsärmeln trägt eine halbnackte Frau, deren eine Gesichtshälfte weiß geschminkt ist, weg, und das traurige Licht einer einsamen nackten Glühbirne begleitet sie.

Auf dem Gang zu den Garderoben begegneten sich Cranz und Theo Pelz.

»Was machen Sie nun mit ihr?« fragte Pelz. Cranz lächelte müde.

»Ich werde sie waschen, anziehen und dann hinauswerfen.«

Pelz nickte zustimmend und ging weiter. »Ich wußte schon immer«, sagte er dabei, »Sie sind ein Gentleman, Cranz... Sie vergessen das Waschen nicht...«

*

Die riesige Messehalle war ausverkauft.

Viertausend Menschen saßen dicht gedrängt auf den amphitheatralisch ansteigenden Stuhlreihen. Vierzig Millionen Zuschauer saßen zu Hause vor den Fernsehempfängern und hatten die Abendnachrichten hinter sich, sahen auf die Wetterkarte und warteten auf die Fanfarenstöße, die die neue große Sendung »Der goldene Kuß« ankündigen sollten.

Endlich war es soweit: Der große Abend begann. Die Straßen waren leer! Bei den Betrieben, die auch Samstagabend arbeiten mußten, waren Fernsehapparate in den Hallen aufgestellt. Die Gaststätten waren voll, von den Wänden flimmerten die Mattscheiben. In Tausenden von Wohnungen wurden jetzt die Bierflaschen geöffnet und die Gläser vollgeschüttet, die Teller mit belegten Broten zurechtgerückt und die Kinder, die zuschauen durften, ermahnt, still zu sein.

Noch sieben Minuten.

Zwanzig Millionen Menschen setzten sich zurecht.

Die Spannung erreichte ihren Höhepunkt...

Wochenlang hatten sie auf diesen Abend gewartet. Besuche, Besprechungen, Reisen waren abgesagt worden. Der Name Vera Hartung war in diesen Tagen bekannter als der eines Politikers, was einige Bonner Kreise mit saurer Miene registrierten. Die Bildberichte von dem Erdbeben auf Zypern, die wundersame Befreiung aus der Höhle kannte jeder in Europa. Hinzu kam, daß auch Karin Jarut wieder im Gespräch war. Die Presseleute des Senders hatten es geschickt verstanden, aus beiden Erlebnissen eine rührende Geschichte zu machen und sogar von einer unlösbaren Freundschaft zwischen Karin Jarut und Vera Hartung zu sprechen. Superlative waren in aller Munde. »Die mutigste Schauspielerin, die es je gab«, »Ein Fernsehstar mit Tigermut«, »Das hat noch keine Frau geleistet«... mit solchen Überschriften hatte die Presse die Herzen von Millionen gerührt. Selbst aus den USA kamen Briefe; die dort sehr einflußreichen Frauenverbände wählten Vera Hartung zur »Frau des Monats« und Karin Jarut zur »Freundin, die jeder haben möchte«.

»Das ist ja alles Wahnsinn«, stöhnte Karin, als Theo Pelz ihr die Nachricht brachte.

»Das ist Popularität, Süßes.« Pelz rieb sich die Hände wie einer, dem die Finger erfroren sind. »›Hosianna‹ und ›Kreuzigt ihn‹ liegen nahe beieinander, da siehst du es wieder. Vor drei Monaten warst du noch die Hexe des deutschen Fernsehens – jetzt umstrahlt dich ein Glorienschein. Trage ihn mit Würde und putze ihn fleißig. Millionen Frauenherzen werden schneller schlagen.«

Hinter der Bühne der riesigen Messehalle herrschte das große Lampenfieber. In den Monitoren lief das Vorprogramm ab: Wetterkarte, Abendansage des ganzen Programms, dann ein kurzer politischer Kommentar zur Lage, den man geschickt noch eingebaut hatte. Normalerweise hörten ihn nur wenige an, aber jetzt saß halb Europa vor dem Fernsehschirm und wartete auf den »Goldenen Kuß«. Notgedrungen mußten sie auch den Kommentar anhören. Er war sehr geistreich und beschäftigte sich mit einem bekannten Politiker.

Noch fünf Minuten.

Regisseur Cranz lief herum und brüllte. Aber niemand hörte auf ihn. Theo Pelz stand neben Vera und hielt ihre beiden Hände. Er sprach auch nichts, er drückte sie bloß. Die Kehle war ihm wie zugeschnürt. Horst Helmke saß bleich hinter der Kamera I gleich vor der Bühne. Intendant Dr. Rathberg hatte seinen Platz in der ersten Reihe schon eingenommen. Auch er wirkte nervös und rieb öfter die Handflächen mit seinem Taschenbuch ab. Das Ballett hatte sich schon aufgestellt für den

Auftakt, bevor der Quizmaster heraustrat. Ruhe und Gelassenheit gab es nur in der Technik. Hier saßen die Ton- und Bildingenieure. Draußen vor Halle. In zwei Funkwagen, die Kopfhörer umgeschnallt. Sie warteten auf das Startzeichen.

»Ich werde verrückt!« stöhnte Cranz. Er raste schwitzend hinter der Bühne hin und her und suchte einen Mann, der völlig unwichtig war. »Wo ist Hämmerle?«

»Wer?« fragte Pelz verwundert.

»Hämmerle!«

»Unser Hausmeister, ja!« Cranz verdrehte die Augen. »Er soll doch in der zweiten Abteilung seine Rolle auf der Bühne spielen!«

»Weiß er das denn?« fragte Pelz ahnungsvoll zurück.

»Natürlich! Halten Sie mich für einen Idioten? Vor sieben Wochen haben wir geprobt. Mein Gott, was heißt proben ... er braucht ja nur dazusitzen in seinem Glaskasten und viermal ›Guten Tag‹ zu sagen. Wo ist Hämmerle?!«

»Ich nehme an, vor seinem Fernsehgerät. Wenn Sie ihm nicht präzise gesagt haben, er soll heute abend ...«

Cranz sank auf einen Stuhl und raufte sich die Haare. »Herr Direktor!« schrie er. »Nach dieser Sendung bin ich reif fürs Irrenhaus! Nichts klappt! Gar nichts! Man sollte sich aufhängen!«

Drei Minuten noch.

In den Monitoren ging der politische Kommentar zu Ende. Ein Bühnenarbeiter wurde weggeschoben zu den Garderoben und bekam eine Portiersuniform angepaßt. Von den Kameras kam die Meldung »Alles klar«. In der Halle verlosch langsam das Licht, auch die Bühne wurde dunkel. Sie flammte erst in vollem Licht auf, wenn die ersten Klänge des Orchester erschallten.

»Achtung!«

Die Sendewagen meldeten sich. Noch war das Funkhaus eingeschaltet. Die Sprecherin Luise Martini erschien auf dem Bildschirm.

»... und nun die große Show ›Der goldene Kuß‹. Angeschlossen sind die Fernsehsender von Österreich, der Schweiz, Italien und Frankreich, Belgien und der Niederlande. Wir schalten um in die Messehallen und wünschen Ihnen einen fröhlichen Abend ...«

Ein Knopfdruck ... auf den Monitoren erschien das Bild, das Kamera I gerade aufnahm: eine Totale der Bühne, schemenhaft, wie in Nebel gehüllt. Dann blitzte das Licht auf, die Kamera schwenkte zum Orchester, die ersten Töne der flotten Ouvertüre, ein Feuerwerk von bunten Kulissen strahlte auf die Zuschauer ... achttausend Hände klatschten, in Millionen Wohnungen lehnte man sich zurück ... »Jetzt geht's los, Mathilde! Komme her, laß das Spülen sein! Jetzt kommt Vera Hartung ...«

Cranz hockte wie aus dem Wasser gezogen auf seinem Sitz und stöhnte. Das Aufflammen des Lichtes war für ihn wie ein Todesschuß gewesen. Das Lampenfieber zerstörte ihn völlig ... aber dann erstand aus Asche ein neuer Mensch, kühl, umsichtig, klar, durch nichts aus der Ruhe zu bringen. So war es jedesmal; eine Minute vor Beginn wurde Detlev Cranz neu geboren.

»Ballett!«

Die Girls tanzten aus der Seitenkulisse in die Scheinwerfer. Cranz wischte sich den Schweiß von der Stirn, holte ein paarmal tief Atem.

»Kopf hoch!« murmelte er und gab dann im Regie- und Bildmischraum mit einer unheimlichen Ruhe seine Kommandos.

»Kamera 6 ... jetzt I ... jetzt 4 ... jetzt 3 ...«

Die Sendung »Der goldene Kuß« lief.

Zwischen zwei nach Leim und Farbe stinkenden Kulissenwänden stand Vera und wartete auf ihr Stichwort. Sie war ebenfalls ganz ruhig, zu ruhig, wie Pelz von weitem bemerkte. Er kannte das ... sie fressen es in sich hinein, und nachher sind sie verkrampft. Sie zwingen sich zur Ruhe, aber das Herz drückt ihnen die Luft ab. Die großen »Lampenfieberer« sind da anders ... sie vergehen vor Angst, sie könnten mit dem Kopf gegen die Wand rennen oder wie der große Tenor Gigli den Wunsch haben, jetzt, in diesem Augenblick, schlicht zu sterben ... und dann treten sie auf die Bühne und alles ist weg, sie sind frei wie ein Vogel in der Frühlingsluft, und ihre Kunst reißt die Millionen mit.

Noch einmal wurde Veras Gesicht schnell von ihrem Maskenbildner überpudert. Ein Blick in den vorgehaltenen Handspiegel, ein Nicken ... alles in Ordnung.

Ein schönes, ebenmäßiges Gesicht.

Vor vier Wochen wußte man noch nicht, ob es zerstört worden war. Vor vier Wochen lag sie noch in der Klinik, und als der Professor den Verband abnahm und sie dann stumm betrachtete, hatte sie leise gesagt: »Bitte, sagen Sie nichts, Herr Professor... ich will es selbst sehen. Geben Sie mir einen Spiegel...«

Eine Schwester hatte ihn ihr gegeben, und sie hatte einige Minuten gebraucht, bis sie die Kraft und den Mut hatte, ihn hochzuheben und in die blanke Scheibe zu blicken.

Noch war die Haut etwas fleckig, aber sie war nicht zerfressen. Keine Fratze starrte sie an, sondern ihr Gesicht, ihr schönes, schmales, vollendetes Gesicht. Da hatte sie geweint, vor Freude, vor Erlösung aus aller Qual, und hatte dem Professor stumm die Hand gedrückt.

Was wäre geworden, wenn die Säure sie zerstört hätte?« Wie wäre das Leben weitergegangen?

Nicht daran denken...

Noch eine Minute bis zum Stichwort.

Dann hinaus in die Scheinwerfer... und der neue Star war geboren!

Achtung, Vera! Pelz hob die Fäuste. Toi, toi, toi...

...Eine Stimme... »das Mädchen, das Millionen schon kennen: Vera Hartung!«

Wieder klatschten achttausend Hände. In Millionen Wohnzimmern starrte man auf die Mattscheibe. »Jetzt kommt se, Mathilde...«

»Süß sieht se aus. Richtig süß. Pst, hör doch mit der Tellerklapperei auf...«

Vera stand auf der riesigen Bühne, umrauscht vom Beifall. In der Seitenkulisse stand Theo Pelz und wedelte sich mit einem großen Taschentuch Luft zu. Hinter der Kamera I vor der Bühne hob Horst Helmke schnell die Hand. Er brachte Veras Gesicht in Großaufnahme... im Regieraum nahm Cranz die Idee auf und drückte auf Kamera I. In vierzig Millionen Herzen wehte der strahlende Blick Vera Hartungs.

»Liebe Freude...«

Veras Stimme. Und wie sie es sagte: Liebe Freunde... jeder fühlte sich angesprochen, jeder war in dieser Sekunde glücklich, ihr Freund zu sein.

»... ich bin glücklich, unter euch zu sein. Ich habe von der Insel Zypern ein kleines Lied mitgebracht, das dort die Mütter ihren Kindern vorsingen, wenn die Männer noch in den Tavernen bei Wein und Käse sitzen und die Nacht über das weite Land sinkt. Es ist das Lied der griechischen Mütter, der tapferen Frauen eines geteilten Landes ...«

»Toll«, flüsterte Theo Pelz zu dem neben ihm stehenden Produktionsleiter. »Das kommt an. Das treibt Millionen Tränen in die Augen. Das rauscht unter die Haut. Der Text war doch nicht im Drehbuch, die Szene auch nicht ... das ist doch alles neu.«

»Ja. Wir haben den Anfang ganz aktuell gemacht. Der deutsche Text ist übrigens von Vera selbst.«

»Ein Naturereignis!« Theo Pelz lehnte sich gegen die Kulisse. »Daß ich so etwas entdeckt habe, kann man mir nie wieder gutmachen ...«

Die Show »Der goldene Kuß« lief zwei Stunden lang ohne Stockung, ohne Fehler, ohne Leerlauf ab. Es war eine Sendung, die voll Witz und Musik war, voll Romantik und Spannung, voll Liebe und Herz – es war eine Show für Millionen. Als dann schließlich ein sechzigjähriger Finanzbeamter der Publikums-Sieger wurde und beim Schluß-Quiz Veras Lippen aus fünf anderen Lippenpaaren sicher heraussuchte und sie küssen durfte, da kannte der Jubel keine Grenzen mehr – vor allem, als Vera Hartung schlagfertig sagte: »Jetzt bin ich ein Jahr lang sicherlich steuerfrei ...«

Das Ende waren Blumen und Gratulationen. Und die große Abschlußnummer, die sich Theo Pelz ausgedacht hatte und von der sogar Dr. Rathberg überrumpelt wurde: Karin Jarut erschien auf der Bühne, in einem berauschenden Abendkleid aus französischer Seide, schillernd in allen Farben. Mit ausgebreiteten Armen lief sie auf Vera zu, umarmte sie und küßte sie auf beide Wangen.

Welch ein Bild!

Dr. Rathberg lächelte vor sich hin. Das wäre wieder ein Grund, Theo Pelz morgen am Boden zu zerstören, dachte er. Aber warum? War es nicht ein Erfolg? Sind nicht Millionen begeistert? Kann Korrektheit nicht manchmal auch ein ekelhafter Bremsklotz sein?

Er erhob sich in der ersten Reihe, trat an die Bühnenrampe

und klatschte laut mit. Und alle, die es sahen, wußten in diesem Moment: Der große Rathberg hatte eine einmalige Leistung vollbracht. Er war über seinen eigenen Schatten gesprungen...

*

Und dann war alles vorbei.

Die Scheinwerfer erloschen, die viertausend Menschen hatten die große Messehalle verlassen, in den Wohnzimmern von vierzig Millionen Menschen ertönte wieder die Stimme des Nachrichtensprechers.

Politische Konferenzen... Katastrophe beim Start einer Weltraumfähre... Bauern wollen höhere Eierpreise... In München wurde ein Mannequin ermordet aufgefunden... im Libanon wieder Schießerei... in Äthiopien neue Angriffe der Widerstandsgruppen... Reagan hat gesagt...

Zwei Stunden Zauber waren vorbei. Es blieb die Erinnerung an ein bewegendes Mädchengesicht, an eine Stimme, an einen Charme, der irgendwie noch im Zimmer lag.

»Was machen wir jetzt?« fragte Horst Helmke. Er half Vera aus dem Wagen. Der Portier des Hotels riß die Türen auf. Auch er hatte die Sendung gesehen. In der Tür zur Direktion wartete der Direktor mit einem großen Rosenstrauß in der Hand.

»Ich bin müde«, sagte Vera Hartung. »Ich bin hundemüde, Horst. Ich lege mich ins Bett.«

»Ausgeschlossen!« Helmke legte ihr den Pelz um die Schulter. »In einer halben Stunde Galaessen im Speiseraum. Dann Interview mit drei US-Sendern. Dr. Rathberg wird eine Ansprache halten. Kind, du mußt dich daran gewöhnen: Du bist jetzt ein Star...«

»Trotzdem bin ich müde.« Sie lehnte den Kopf an seine Schulter. »Wann heiraten wir?«

»Ostern«, sagte Helmke sofort.

»Wie gut! Dann mußt du auf mich aufpassen, daß sie mich nicht verheizen wie andere vor mir. Du mußt ganz höllisch auf mich aufpassen...«

»Worauf du dich verlassen kannst!« Helmke drückte sie an sich und küßte sie auf dem Weg vom Auto zur Hoteltür. »Ich werde dich bewachen wie ein Drache seinen Schatz. Übrigens hat mir Rathberg ein Angebot gemacht. Ich soll im Sommer selbst Regie führen.«

Der Portier riß die Tür auf, die Gäste in der Hotelhalle klatschten, aus dem Speisesaal kamen Dr. Rathberg und Theo Pelz gelaufen, der Direktor wurde abgedrängt. Funkreporter belagerten Vera Hartung.

»Wie fühlt man sich nach solch einem Triumph?«

Die übliche Frage... was soll man darauf antworten?

Vera Hartung lehnte den Kopf wieder an Helmkes Schulter. Ihr Lächeln, wieder gefilmt, würde morgen in allen Zeitungen leuchten.

»Müde...«, sagte sie. »Müde, aber glücklich. Ich glaube, es hat ganz gut geklappt...«

Theo Pelz stieß Dr. Rathberg an. »Sage ich es nicht: ein Naturtalent«, flüsterte er ihm ins Ohr. »Das sind Worte, die mitten ins deutsche Gemüt treffen.«

»Ich weiß.« Dr. Rathberg lächelte sarkastisch. »Auch Sie sind ein Genie, Pelz!«

Durch eine Gasse fröhlicher Menschen ging Vera hinüber zum Speiseraum. Die Fotografen liefen neben ihr her und knipsten jede ihrer Bewegungen. Der Rosenstrauß der Hoteldirektion lag in ihrem Arm... sie hatte kaum bemerkt, wie man ihn ihr überreicht hatte.

Nun bin ich ein Star, dachte sie und drückte sich näher an Horst Helmke. Der Traum eines kleinen Mädchens wurde Wahrheit. Oder ist es wirklich nur ein Traum? Werde ich morgen früh erwachen und in dem alten Bett in meinem möblierten Zimmer liegen, auf die Post warten und auf ein paar Zeilen, die ich sprechen darf?

Sie sah zu Helmke auf und blinzelte ihm zu.

Halt mich fest, hieß das, halt mich ganz fest... du allein weißt doch, daß der große Star in Wirklichkeit nur ein kleines, sich nach Liebe sehnendes Mädchen ist...

»Es lebe Vera Hartung!« rief jemand. Ein Orchester spielte einen Tusch. Hände klatschten.

Sie nickte, lächelte und ging weiter.

Wenn ihr wüßtet, wie müde ich bin, dachte sie. Aber ihr wollt eine lachende Vera Hartung. Ihr sollt sie haben.

Vorhang auf, das Spiel geht weiter!

Mit dem Rosenstrauß winkend, betrat sie den Saal, der Liebling der Millionen.

Wie lange?

Das Fernsehen ist ein gefräßiges Tier, sagte Theo Pelz einmal. Wenn es Hunger hat, frißt es sogar sich selbst auf.

Dann kam die Nacht.

Sie lagen nebeneinander auf dem Bett und hielten ihre Hände. Der Himmel vor dem Fenster war weit, und ein einziger Stern funkelte darin.

»Das bist du«, sagte Horst Helmke. »Ein einzigartiger, heller Stern, und drum herum nichts...«

»So soll es nie sein!« Sie sprang auf, rannte zum Fenster und zog mit einem Ruck die Vorhänge vor. Dann sprang sie zurück ins Bett und kuschelte sich an Horst.

»Jetzt ist der Stern fort«, sagte sie leise. »Aber ich bin geblieben... ich... und du...«

So lagen sie lange und dachten an die Zukunft.

»Bist du glücklich?« fragte Horst. Es war gegen Morgen.

»Ich weiß es nicht«, antwortete sie und zuckte mit den Schultern.

Es war eine kluge Antwort – denn wissen wir wirklich, was Glück ist?

Als die Sonne über die Dächer strahlte, schliefen sie endlich, Hand in Hand wie zwei Kinder, die sich verlaufen hatten und die nun träumten von der Wärme unter einem gastlichen Dach.